DANIELLE STEEL

Sag niemals adieu

Buch

Michael, Millionärssohn und Architekturstudent, und Nancy, eine blutjunge Malerin, lieben einander. Aber ihre Beziehung steht unter einem Unstern; denn Michaels egoistische, herrschsüchtige Mutter möchte ihr Geschäftsimperium nicht teilen. Und sie hat herausgefunden, daß Nancys Eltern weit unter ihrem Stand rangieren.

Michael hält an Nancy fest. Doch das Schicksal ist gegen ihn. Als er sich mit seiner Braut und seinem Freund Ben auf die nächtliche Fahrt zur heimlichen Trauung begibt, verünglücken sie. Michaels Mutter sieht ihre Wünsche reifen. Sie trifft mit dem Mädchen, dessen Gesicht bei dem Unfall entstellt wurde, ein Abkommen: Verzichtet Nancy auf Michael, würde sie ihr die dringend nötige Gesichtsoperation und eine neue Karriere finanzieren. Verzweifelt willigt Nancy ein.

Der Gesichtschirurg Gregson schafft aus Nancy ein neues Geschöpf, eine neue Persönlichkeit. Sie nennt sich von nun an Marie und beginnt in San Francisco als Fotografin Fuß zu fassen.

Da greift das Schicksal zum zweiten Mal ein. Michael, dem man eingeredet hat, Nancy sei bei dem Unfall ums Leben gekommen, lernt Marie kennen und verliebt sich in sie. Noch weiß er nicht, daß er Nancy vor sich hat …

Autorin

Als Tochter eines deutschstämmigen Vaters in New York geboren, kam Danielle Steel als junges Mädchen nach Frankreich. Sie besuchte verschiedene europäische Schulen. An der Universität von New York studierte sie französische Sprache und Literatur. Seit 1977 schreibt sie Romane, die international Bestseller sind.

DANIELLE STEEL
SAG NIEMALS ADIEU

Roman

Aus dem Englischen
von Keto Waberer

PORTOBELLO

Titel der Originalausgabe
»The Promise«
A novel by Danielle Steel
Based on a screenplay by Garry Michael White

Umwelthinweis:
Alle bedruckten Materialien dieses Taschenbuches
sind chlorfrei und umweltschonend.

Portobello Taschenbücher erscheinen im Goldmann Verlag,
einem Unternehmen der Verlagsgruppe Random House GmbH.

Einmalige Sonderausgabe November 2003

Umschlaggestaltung: Design Team München
Umschlagfoto: Corbis
Druck: Elsnerdruck, Berlin
Verlagsnummer: 55345
KvD · Herstellung: Lisa Weber
Made in Germany
ISBN 3-442-55345-8
www.portobello-verlag.de

1 3 5 7 9 10 8 6 4 2

1

Im Morgensonnenlicht nahmen sie ihre Räder aus dem Ständer vor dem Eliothaus auf dem Harvard-Campus-Gelände. Sie hielten einen Moment inne und lächelten sich an. Es war Mai, und sie fühlten sich sehr jung. Das kurze Haar des Mädchens leuchtete im Sonnenlicht. Sie suchte seinen Blick und fing leise an zu lachen.

»Nun, Herr Diplomingenieur, wie fühlen Sie sich?«

»Frag mich doch bitte erst in zwei Wochen, wenn ich mein Diplom in der Tasche habe.« Er lächelte sie an und schüttelte seine blonden Haare aus dem Gesicht.

»Zum Teufel mit deinem Diplom, es ist mir seit heute nacht egal.« Wieder grinste sie ihn an, und er verabreichte ihr einen Klaps aufs Hinterteil.

»Freches Luder! Und wie fühlst *du* dich, Miss McAllister? Kannst du überhaupt noch laufen?« Sie waren nun beide auf ihre Räder gestiegen, und sie warf ihm über die Schulter einen frivolen Blick zu.

»Kannst *du* denn noch laufen?« Mit diesem Satz trat sie in die Pedale und fuhr voraus. Er betrachtete sie, wie sie da auf dem niedlichen kleinen Fahrrad, das er ihr vor ein paar Monaten zum Geburtstag geschenkt hatte, vor ihm herflitzte. Er liebte sie. Er hatte sie immer geliebt. Er hatte sein ganzes Leben von ihr geträumt. Und nun kannte er sie seit zwei Jahren.

Die ersten Semester an der Harvard-Universität hatte er sich sehr einsam gefühlt. Die Sehnsüchte seiner Kommilitonen konnte er nicht teilen. Was sie wünschten, war, mit einer Studentin aus Radcliffe oder Vassar oder Wellesley ins Bett zu gehen. Aber er hatte allzu viele dieser Mädchen schon vor seinem Studium kennengelernt und fand, daß ihm bei ihnen etwas fehlte. Michael wünschte sich mehr, sehnte sich nach einer verwandten Seele, nach Substanz und Tiefe. Er hatte seine sexuellen Probleme im letzten Sommer geschickt zu lösen gewußt. Eine Affäre mit einer Freundin seiner Mutter, von der letztere selbstverständlich nichts wußte, hatte ihn über den Sommer gerettet. Sie war eine verdammt attraktive Frau Ende Dreißig gewesen. Jahre jünger als seine Mutter, versteht sich. Sie war eine der Chefredakteurinnen bei *Vogue*. Aber all das war nur ein Sport für beide gewesen. Nancy war ganz anders als sie.

Ja, sie war anders, das hatte er im ersten Augenblick begriffen, als er in einer Bostoner Galerie eine Ausstellung ihrer Bilder sah. Ihre Landschaften spiegelten Einsamkeit wider, und ihre Porträts hatten jene Zärtlichkeit und Tapferkeit, die ihn mit Mitgefühl erfüllten und ihn wünschen ließen, die Hände nach diesen Leuten auszustrecken und den Künstler, der sie erschaffen hatte, kennenzulernen. Sie hatte an diesem Tag einen roten Hut und einen alten Waschbärmantel getragen. Ihre zarte Haut war noch immer rosig gewesen, denn sie war zu Fuß zur Charlesstreet-Galerie gelaufen. Ihre Augen strahlten. Ihr Gesicht hatte eine eigene Lebendigkeit. Nie hatte er eine andere Frau so begehrt, wie er sie begehrt hatte. Er hatte zwei Gemälde gekauft und Nancy danach zu Lockobers zum Essen eingeladen. Zu dem, was folgte, hatte es mehr Zeit bedurft. Nancy McAllister war keine Frau, die sich schnell hingab. Weder körperlich noch seelisch. Allzu einsam hatte sie gelebt, um nicht achtsam mit sich umzugehen. Mit ihren neunzehn Jahren hatte sie schon die Weisheit derer, die viele Schmerzen ertragen haben. Die Schmerzen der Einsamkeit. Die Schmerzen des Verlassenwerdens. Seit sie ein Kind im Waisenhaus gewesen war, hatten sie jene Schmerzen nie verlassen. Sie erinnerte sich nicht mehr an den Tag, an dem ihre Mutter sie, kurz bevor sie starb, im Heim untergebracht hatte. Aber sie erinnerte sich an die kalten Gänge. An die Gerüche fremder Menschen. An die Morgengeräusche, wenn sie verzweifelt in ihrem Bettchen lag und mit den Tränen kämpfte. An all das würde sie sich ihr ganzes Leben erinnern müssen. Und viele Jahre hatte sie geglaubt, daß nichts die große Leere in ihr würde füllen können. Aber nun hatte sie Michael.

Nicht immer war ihre Beziehung einfach gewesen, aber sie war stark und fußte auf ihrer Liebe und ihrem gegenseitigen Respekt. Sie hatten ihre beiden Welten vermischt, und etwas Schönes und Seltenes war daraus entstanden. Michael war kein Narr und wußte, welche Gefahren es in sich barg, sich in jemanden zu verlieben, der »anders« war, wie seine Mutter es ausdrückte. Aber Nancy war nicht »anders«. Es gab nur einen Unterschied, sie war eine Künstlerin, und er war Student. Sie brauchte nicht mehr herumzusuchen, sie war schon das geworden, was sie sein wollte. Und das unterschied sie von den anderen Frauen, die er gekannt hatte. Sie hatte es nicht nötig, die Kandidaten für ihre Liebesaffären zu prüfen; sie hatte den Mann, den sie liebte, gewählt. In den zwei Jahren, die sie sich kannten, hatte er sie nie betrogen. Und sie glaubte, daß das auch nie geschehen würde. Viel zu gut kannten sie einander schon. Was konnte wohl noch eintreten, das sie nicht schon voneinander wußten? Sie kannten alles voneinander: die blöden kleinen Geheimnisse, die läppischen Fröhlichkeiten, die Kindheitsträume, die verzweifelten Angstgefühle. Durch ihn hatte sie es gelernt, seine Familie zu respektieren. Selbst seine Mutter.

Michael stammte aus einer traditionellen Familie. Man hatte ihn zum »Kronprinzen« erzogen. Und er nahm diese Angelegenheit nicht auf die leichte Schulter oder scherzte darüber. Im Grunde machte ihm die Sache angst. Würde es ihm gelingen, den Erwartungen zu entsprechen? Die Legende zu erfüllen? Aber Nancy wußte, daß es ihm gelingen würde. Sein Großvater Richard Cotter war Architekt gewesen. Auch sein Vater. Der Großvater hatte das Imperium gegründet. Aber erst als durch die Heirat von Michaels Eltern das Cotter-Architekturbüro mit dem Hillyard-Vermögen zusammengekoppelt worden war, hatte man das Cotter-Hillyard-Unternehmen gegründet. Richard Cotter wußte, wie man mit Geld umging. Das Geld der Hillyards hatte seine Geschichte. Es kam aus einer alten Tradition mit Riten und Machtvorstellungen. Zuzeiten schien das Erbe für Michael eine schwere Bürde zu sein. Aber er hielt sich dafür bereit, und Nancy respektierte seine Haltung. Sie wußte, daß Michael eines Tages an der Spitze des Cotter-Hillyard-Unternehmens stehen würde. Am Anfang ihrer Beziehungen hatten sie die Sache unentwegt diskutiert, dann später noch einmal, als sie bemerkten, wie ernsthaft ihre Affäre war. Aber Michael wußte, daß er eine Frau gefunden hatte, die an seiner Seite zu stehen vermochte. Er wußte, daß sie ihren Verpflichtungen sowohl auf familiärer als auch auf geschäftlicher Basis nachkommen konnte. Im Waisenhaus hatte sie nichts gelernt, was sie auf diese Stellung vorbereitet hätte, aber Michael wußte, daß sie diesen Platz einnehmen konnte. Es war, als wäre sie im Inneren schon längst darauf vorbereitet gewesen.

Und er beobachtete sie nun mit einem Stolz, der ihn beinahe schmerzte, als sie vor ihm herflitzte. Sie war so selbstsicher, so stark, ihre schlanken, kräftigen Beine traten mit Macht in die Pedale. Sie wandte ihm das Gesicht über die Schulter zu und lachte. Er wollte sie überholen, sie vom Rad reißen ... hier ... im Gras ... wollte er sie an sich ziehen ... so wie heute nacht. Rasch verdrängte er aber die Gedanken und versuchte sie einzuholen.

»He, du Rennfahrerin, wart auf mich!« In wenigen Sekunden hatte er sie eingeholt und fuhr nun schweigend neben ihr her. Er streckte die Hand zu ihr hinüber, und sie hielten sich fest. »Du siehst heut wunderschön aus, Nancy.« Seine Stimme klang wie eine Liebkosung. Um sie herum zitterte die grüne und goldene Frühlingsluft. »Weißt du, wie sehr ich dich liebe?«

»O ja, ungefähr halb soviel, wie ich Sie liebe, Mr. Hillyard.«

»Nicht so frech, Miss Nancy, sonst zieh' ich Ihnen das Höschen stramm.«

Sie lachte, denn es gelang ihm stets, sie glücklich zu machen. Was für wundervolle, unerwartete Dinge er oft tat. Sie dachte daran, als er damals in der Galerie aufgetaucht war und gedroht hatte, sich nackt auszuziehen, wenn sie ihm nicht zwei ihrer Gemälde verkaufen würde. »Wie die Sache liegt«, sagte er, »liebe ich dich mindestens siebenmal soviel, wie du mich liebst.«

»Nee.« Sie grinste ihn an, steckte ihr Näschen in die Luft und trat in die Pedale. »Ich liebe dich viel mehr, Michael.«

»Woher willst du das wissen?« Er duckte sich, um sie wieder einzuholen.

»Das hat mir der Weihnachtsmann erzählt.« Und mit diesem Satz raste sie los und entwischte ihm auf dem engen Weg. Beide waren in einer festlichen Stimmung, und Michael betrachtete sie zärtlich. Die schlanken Hüften in den engen Jeans, die schmale Taille, die zarten Schultern, über die sie locker den roten Pullover gebunden hatte, die wundervollen glänzenden schwarzen Haare. Er hätte sie Jahre so betrachten können. Und genau das, so dachte er, hatte er auch vor. Da fiel ihm etwas ein. Er wollte heute morgen mit ihr darüber sprechen. Er fuhr, so dicht er konnte, von hinten an sie heran und klopfte sie zart auf die Schulter.

»Verzeihen Sie mir, Mrs. Hillyard.« Bei diesen Worten fuhr sie zusammen und lächelte ihm scheu zu. Die Sonne schien auf sie herunter, und er sah die kleinen Sommersprossen, die wie Goldstaub auf der hellen Oberfläche ihrer Haut verstreut lagen. »Ich sagte . . . Mrs. Hillyard . . .« Er sprach die Worte mit Vergnügen aus. Viele Jahre hatte er auf diesen Augenblick gewartet.

»Ich finde, du bist ein wenig zu hastig, Michael.« Ihre zarte Stimme klang zögernd, fast als fürchte sie sich. Mit Marion hatte er noch nicht gesprochen, obgleich er sich mit Nancy völlig einig war.

»Nein, ich glaube nicht, daß ich zu hastig bin. Seit Wochen habe ich vor, die Sache zu klären. Nach meinem Diplom, nach meiner Diplomprüfung werde ich es angehen.«

Schon lange waren sie sich einig, daß nur eine kleine, intime Hochzeit in Frage kam. Nancy hatte keine Familie, und Michael wünschte diesen wichtigen Augenblick in seinem Leben nur mit Nancy und mit keiner Menschenmenge und Armeen von Gesellschaftsfotografen zu teilen. »Nun, ich hatte vor, heute nach New York zu fahren, um mit Marion darüber zu sprechen.«

»Heute schon?« Diesmal konnte man die Furcht deutlich in ihrer Stimme hören. Als Antwort nickte er nur. Sie warf einen gedankenschweren Blick auf die grünen Hügel, die sie umgaben. »Und was glaubst du, was sie sagen wird?« fragte sie und wagte ihn nicht anzusehen; sie fürchtete sich vor seiner Antwort.

»*Ja* wird sie natürlich sagen, macht dir das wirklich angst?« Das war eine törichte Frage, und sie beide wußten es. Es gab vielerlei, über das man sich Sorgen machen konnte. Marion war kein »Blumenkind« – sie war Michaels Mutter. Sie war so zärtlich wie ein Tankschiff, eine Frau mit ungeheurer Macht und Entschlossenheit. Eine Frau aus Stahl und Beton, die seit dem Tod des Vaters das Familiengeschäft auf den Schultern getragen hatte. Nichts konnte Marion Hillyard aufhalten. Am wenigsten wohl ein junges Mädchen oder der eigene Sohn. Wenn sie gegen die Heirat war, würde man sie kaum zu einer Zustimmung bewegen können. Michael gab vor, sich seiner Sache sicher zu sein, aber Nancy wußte nur zu genau, was Marion Hillyard von ihr hielt.

Marion hatte ihre Gefühle nie verheimlicht. Von dem Augenblick an nicht, als sie sich zugeben mußte, daß Michaels »Geschichte« mit »dieser Künstlerin« ernster Natur war. Sie hatte Michael nach New York beordert und versucht, ihn mit Schmeicheleien und Charme umzustimmen. Als ihr das nicht gelungen war, hatte sie ihm gedroht und versucht, ihn mit Versprechungen zu ködern. Aber dann schien es, als habe sie resigniert. Michael glaubte, dies sei ein gutes Zeichen, aber Nancy war sich nicht so sicher. Sie fühlte, daß Marion einen Plan hatte und wußte, was sie tat. Im Augenblick hatte sie sich wohl vorgenommen, die »Sache« zu ignorieren. Sie lud die beiden jungen Leute nicht ein, machte Michael aber auch keine Vorwürfe. Andererseits entschuldigte sie sich auch nicht für das, was sie Michael an den Kopf geworfen hatte. Neue Probleme gab es jedenfalls nicht. Nancy existierte für sie nicht. Und Nancy selbst war immer wieder überrascht, wie schmerzhaft sie das empfand. Da sie keine eigene Familie hatte, träumte sie oft von Marion. Sie wünschte sich diese Frau zur Freundin. Sie wünschte sich, mit ihr für Michael einkaufen zu gehen, und wollte . . . daß Marion . . . etwas wie eine Mutter für sie werden würde. Aber diese Rolle wollte Marion nicht akzeptieren. Marion ließ sich nicht leicht in diese Rolle zwingen, das hatte Nancy in den beiden Jahren nur zu gut begriffen. Michael aber behauptete noch immer, seine Mutter würde das Unumgängliche akzeptieren und am Ende nachgeben. Die beiden Frauen würden gute Freunde werden, meinte er, Nancy aber war sich dessen nicht allzu sicher. Sie hatte Michael sogar dazu gezwungen, die Möglichkeit einer Ablehnung von seiten Marions ins Auge zu fassen. Was sollte dann aus ihnen werden?

»Na, dann setzen wir uns ins Auto und fahren zum nächsten Friedensrichter. Wir sind doch volljährig, oder?«

Nancy hatte über seine Naivität gelächelt. Sie wußte, es würde nicht so einfach sein, aber was machte das schon?

Nach zwei gemeinsamen Jahren fühlten sie sich, als wären sie verheiratet.

Schweigend betrachteten sie für eine Weile die Aussicht. Dann griff Michael nach Nancys Hand und sagte: »Ich liebe dich, Kleines.«

»Ich liebe dich auch.« Sie blickte ihn ängstlich an, und er küßte sie auf die Augen. Aber nichts konnte die Unruhe, die beide empfanden, beseitigen. Klarheit verschaffte einzig und allein ein Gespräch mit Marion. Nancy ließ ihr Rad zu Boden gleiten und warf sich in Michaels Arme. »Ich wollte, alles wäre etwas einfacher, Michael.«

»Es ist alles ganz einfach, warte es ab. Und jetzt komm, oder wollen wir den ganzen Tag hier stehen, anstatt zu radeln?« Wieder gab er ihr einen Klaps, und lächelnd beobachtete sie, wie er ihr Rad aufhob. Im nächsten Moment saßen sie beide wieder in den Sätteln, und fort ging's. Sie lachten und sangen. Sie taten so, als gäbe es keine Marion, und doch war diese Marion, die mehr eine Institution war als eine Frau, ständig gegenwärtig, zumindest in Michaels Leben und nun also auch in Nancys Leben.

Die Sonne stieg höher, als sie, sich überholend und neckend, durch die Wiesen fuhren. Dazwischen gab es stille Minuten, in denen jeder seinen Gedanken nachhing. Gegen Mittag erreichten sie Revere Beach. Sie trafen Ben Avery, einen vertrauten Freund, der seine neueste Eroberung bei sich hatte. Wieder so eine langbeinige Blonde. Sie wirkten alle wie Prinzessinnen, und manche waren es auch.

»Na, ihr zwei, wollt ihr zum Jahrmarkt?« grinste Ben und

stellte, mit einer Handbewegung zu dem Mädchen, Jeannette vor. Man begrüßte sich lachend, und Nancy legte die Hand über die Augen, um sie vor der Sonne zu schützen, und betrachtete die Jahrmarktsbuden in der Ferne.

»Ist es die Sache wert, daß man hinfährt?«

»Aber klar doch! Wir haben 'nen rosa Hund gewonnen.« Ben wies auf das Monster in Jeannettes Korb. »Und 'ne grüne Schildkröte, die ist aber abgehauen. Dann noch zwei Dosen Bier. Die haben außerdem tolle geröstete Maiskolben.«

»Du hast mich überzeugt!« rief Michael und lächelte Nancy zu. »Wollen wir?«

»Klar. – Und ihr, kommt ihr noch mal mit?« Aber sie konnte sehen, daß die beiden anderes vorhatten. Bens Augen funkelten, und Jeannette schwieg. Nancy mußte heimlich lächeln, als sie die beiden beobachtete.

»Also, wir sind seit sechs Uhr früh auf den Beinen. Ich bin fix und fertig. Übrigens, was macht ihr zwei Hübschen heute abend. Wollen wir Pizza essen?« Bens Bude lag nur ein paar Türen von der Michaels entfernt.

»Na, was haben wir vor, Señor?« fragte Nancy mit breitem Lächeln Michael. Er schüttelte den Kopf.

»Habe heute abend was Geschäftliches vor. Ein andermal gern.« Und sogleich dachten beide wieder an Marion.

»Na schön – bis bald.« Ben und Jeannette winkten und stiegen auf ihre Räder. Nancy blickte Michael an. »Also willst du wirklich mit ihr sprechen, heute abend?«

»Ja, und hör bitte auf, dir Sorgen zu machen. Alles wird gut gehen. Übrigens, Mutter sagt, er hat den Job bekommen.«

»Ben?« Nancy warf ihm einen fragenden Blick zu, als sie auf die Zelte und Buden zuradelten. »Ja. Wir fangen zur selben Zeit an. In verschiedenen Abteilungen natürlich.« Michael sah äußerst zufrieden drein. Er kannte Ben seit dem Gymnasium und liebte ihn wie einen Bruder.

»Weiß er schon Bescheid?«

Michael schüttelte mit einem geheimnisvollen Lächeln den Kopf. »Ich wollte ihm die Freude nicht verderben, die Sache offiziell mitgeteilt zu bekommen.«

Nancy lächelte ihm zu. »Du bist ein netter Kerl, und ich liebe dich, Hillyard.«

»Wie nett von Ihnen, Mrs. Hillyard.«

»Hör auf damit, Michael.« Sie wünschte sich diesen Namen viel zu sehr, als daß sie darüber hätte scherzen können.

»Das werde ich nicht tun, du gewöhnst dich wohl besser daran.« Sein Gesicht wurde auf einmal ganz ernst.

»Schön. Aber erst, wenn die Zeit dazu gekommen ist. Bis dahin reicht ›Miss Allister‹.«

»In zwei Wochen also. Los, wer ist schneller?«

Sie sausten Seite an Seite lachend und prustend bis zum Eingangszelt des Jahrmarkts. Machael kam eine Nasenlänge vor Nancy an. Beide waren braungebrannt und rotwangig – die Ängste schienen gebannt.

»Nun, mein Herr, was soll's als erstes sein?« Aber sie hatte es bereits erraten.

»Maiskolben. Da fragst du noch?«

»Dachte mir's.«

Sie lehnten ihre Fahrräder an einen Baum, wohl wissend, daß in dieser verschlafenen Landgegend niemand sie stehlen würde. Arm in Arm schlenderten sie davon. Zehn Minuten später stopften sie sich bereits den Magen voll. Butter tropfte von ihren Fingern, als sie an den Maiskolben nagten. Es folgten Hot-dogs und kaltes Bier. Als Nachtisch wählte Nancy einen riesigen Knäuel Zuckerwatte.

»Wie kannst du das Zeug nur essen?«

»Ist lecker«, murmelte Nancy durch eine klebrige rosa Wolke hindurch. Ihre Augen glitzerten wie die einer Fünfjährigen.

»Hab ich dir letzthin gesagt, wie schön du bist?«

Sie grinste ihn an, Zuckerwatte klebte an ihren Backen. Er zog sein Taschentuch heraus und wischte sie ab.

»Wenn du dich ein bißchen säuberst, lassen wir uns fotografieren.«

»Herrlich! Wo?« Wieder verschwand ihre Nase in der rosa Wolke.

»Unmögliches Mädchen! Dort drüben.« Er zeigte auf eine Bude, in der man den Kopf durch eines der runden Löcher in einem Brett steckte und sich mit einem dort aufgemalten Körper fotografieren lassen konnte. Sie wählten Rhett Butler und Scarlett O'Hara, die Helden aus »Vom Winde verweht«, und fanden, daß ihnen die Kostümierung recht gut stand. Nancys zartes Gesicht und ihre schön gezeichneten Züge wirkten zauberhaft über dem opulent femininen und detailliert gemalten Kostüm der Südstaatlerin. Michael dagegen sah aus wie ein jugendlicher, charmanter Schurke. Der Fotograf reichte ihnen das Foto und kassierte einen Dollar. »Sollte es behalten. Ihr seht klasse aus.«

»Wie nett.« Nancy war von diesem Kompliment gerührt, aber Michael lächelte nur. Wie stolz er auf sie war . . . nun . . . noch zwei Wochen. Eine kleine Hand, die an seinem Ärmel zupfte, riß ihn aus seinen Tagträumen.

»Schau mal, da drüben kann man Ringe werfen.« Das hatte sie als Kind immer spielen wollen. Aber die Nonnen aus dem Waisenhaus hatten es ihr nie erlaubt. Zu teuer. »Wollen wir?«

»Aber sicher, Liebling.« Er schwang sie herum und hakte sich bei ihr ein. Nancy war viel zu erregt, um sich dem Stand langsam zu nähern. Sie hüpfte voraus wie ein lebhaftes Kind. Ihre Seligkeit entzückte ihn. »Jetzt gleich, ja?«

»Gewiß, mein Schatz.« Er legte einen Dollar auf den Tisch, und der Mann reichte ihnen die Ringe. Nancy hatte keine Erfahrung, ihre Würfe gingen alle daneben. Michael beobachtete sie amüsiert. »Sag mal, was willst du denn gewinnen?«

»Die Perlenkette.« Ihre Augen leuchteten, und ihre Stimme war fast nur ein Flüstern.

»Ich hab' noch nie eine Kette besessen.« Als Kind hatte sie sich solch glitzernden Tand sehnlichst gewünscht.

»Wie leicht man dich doch glücklich machen kann, mein Schatz. Bist du sicher, daß du nicht lieber das rosa Hündchen hättest?« Er deutete auf das Monster, das sie schon in Jeannettes Korb gesehen hatten, aber Nancy schüttelte entschieden den Kopf.

»Die Kette!«

»Dein Wunsch ist mir Befehl.« Er landete drei perfekte Würfe, und lächelnd reichte ihm der Mann die Kette über die Theke. Michael legte die Perlen rasch um Nancys Hals.

»Voilà, Mademoiselle, hier sind sie. Sollten wir sie vielleicht versichern?«

»Hör sofort auf, dich über meinen Schmuck lustig zu machen. Ich finde ihn fabelhaft.« Nancy berührte die Perlen sanft mit den Fingerspitzen. Sie war bezaubert von der Vorstellung, so geschmückt zu sein.

»Ich finde *dich* fabelhaft. Gibt's noch etwas, das dein Herz begehrt?«

Sie grinste spitzbübisch. »Noch eine Portion Zuckerwatte.«

Er kaufte das Gewünschte, und langsam schlenderten sie zu ihren Rädern zurück.

»Müde?«

»Nicht eigentlich.«

»Sollen wir noch ein bißchen weiterfahren? Ich kenne da ein hübsches Plätzchen. Wir könnten uns die Brandung ansehen.«

»Klingt gut.«

Sie fuhren weiter – diesmal ohne viel zu reden und zu lachen. Die erregte Stimmung des Jahrmarkts lag hinter ihnen, und nun hing jeder seinen eigenen Gedanken nach. Bald näherten sie sich Nahant, und als Nancy die Landzunge sah, mit dem alten Baum darauf, war sie entzückt. »Michael, wie schön es hier ist!«

»Nicht wahr?«

Sie setzten sich auf ein schmales, weiches Graspolster am Rande des Sandstrandes und beobachteten die Wellen, die sich an einem Felsen brachen.

»Ich wollte dich schon immer mal herbringen.«

»Prima, daß du's nun wirklich getan hast.«

Schweigend und Hand in Hand blickten sie aufs Meer hinaus. Plötzlich sprang Nancy auf.

»Was gibt's?« fragte er sie.

»Ich muß einfach!«

»Da drüben – hinter den Büschen.«

»Nein, du Dussel, doch nicht das!« Schon rannte sie zum Strand hinunter, und er folgte ihr neugierig und verblüfft. Sie blieb vor einem großen Stein stehen und versuchte ihn zu heben – ohne Erfolg.

»He, Dummchen, laß dir helfen, was hast du denn vor mit dem Ding?« fragte er.

»Ich möchte ihn nur ein wenig bewegen . . . nur ein ganz klein wenig – so.« Der Stein hatte Michaels Druck nachgegeben und war ein Stück weiter gerückt. Eine feuchte Mulde blieb im Sand zurück. Rasch löste Nancy die blaue Perlenkette von ihrem Hals, hielt sie für Sekunden in die Höhe und schloß die Augen. Dann ließ sie die Kette in den Sand unter dem Felsen fallen. »Okay, roll ihn wieder drüber.«

»Über die Kette?«

Sie nickte, sie ließ kein Auge von den gleißenden Glasperlen. »Diese Kette soll unsere Bindung symbolisieren, unsere körperliche Bindung. Hier soll sie liegen, unter diesem Stein begraben, solange diese Küste und diese Bäume hier bestehen. Ja?«

»Ja, gut.« Er lächelte sanft. »Wir sind heute ziemlich romantisch, wie?«

»Und warum auch nicht? Wenn man das Glück hat, lieben zu können, warum soll man das nicht feiern? Hier ist unsere Liebe zu Hause.«

»Du hast recht – ja, du hast völlig recht. Also hier ist unsere Liebe zu Hause.«

»Und nun wollen wir uns ein Versprechen geben. Ich verspreche, nie zu vergessen, was hier vergraben liegt – und nicht das, was es bedeuten soll. Jetzt du!«

Sie berührte seine Hand. Nie hatte er sie mehr geliebt.

»Und ich verspreche . . . ich verspreche, nie Adieu zu sagen.«

Dann lachten sie beide völlig grundlos. Es war herrlich, jung zu sein, romantisch, ja sogar kitschig.

»Sollen wir nach Hause fahren?«

Sie nickte, und Hand in Hand schlenderten sie zurück zu den Rädern. Zwei Stunden später kamen sie in Nancys winzigem Appartement in der Nähe des Universitätsgeländes an. Michael sah sich um, ehe er sich faul aufs Sofa fallen ließ. Wieder bemerkte er, wie wohl er sich in dem Raum fühlte, und wie sehr er ihm Heimat bedeutete. Das einzige Heim, das er je besessen hatte, denn in den Mammutappartements seiner Mutter hatte er sich nie heimisch fühlen können. Hier aber tat er das. Das Zimmer hatte Nancys Wärme und phantasievolle Atmosphäre. Ihre Gemälde hingen an den Wänden, und sie hatte warme Brauntöne für die Einrichtung gewählt. Da gab es die weiche, schokoladenbraune Samtcouch, den Pelzteppich, den sie einem Freund abgekauft hatte, und Blumen, die immer und überall verteilt waren. Wie gut sie für ihre Topfpflanzen sorgt, dachte er, als sein Auge die Farne streifte und den kleinen, weißen Marmortisch, an dem sie aßen. Und dann war da das große altmodische Messingbett, das geradezu freudig zu knarren schien, wenn sie sich liebten.

»Weißt du, wie sehr ich dein Zimmer liebe?«

»Ja, ich weiß.« Melancholisch sah sie um sich. »Ich liebe es auch. Was soll nur daraus werden, wenn wir heiraten?«

»Wir schleppen all die gemütlichen kleinen Sachen nach New York, und dort finden wir ein nettes Häuschen für alles.« Plötzlich fiel sein Blick auf ihre Staffelei, auf der ein angefangenes Ölbild stand. »Und das, ist das ein neues?«

Das Bild war noch nicht fertig, aber man erahnte bereits die faszinierende Vitalität, mit der Nancy ihre Landschaften malte. Er trat näher und betrachtete die Felder, Hügel und Bäume. In einer Baumkrone saß ein kleiner Junge und ließ die Beine vom Ast baumeln.

»Wird man das Kerlchen noch sehen, wenn du die Blätter an die Zweige gemalt hast?«

»Vielleicht nicht. Aber wir werden auf jeden Fall wissen, daß er dort sitzt. Gefällt es dir?«

Ihre Augen leuchteten, als er sein Wohlgefallen so deutlich zeigte. Er verstand ihre Arbeiten stets.

»Ich liebe es jetzt schon«, sagte er.

»Dann wird es mein Hochzeitsgeschenk für dich – wenn's fertig ist.«

»Wunderbar, und da wir gerade von Hochzeitsgeschenken sprechen . . .« Er sah auf die Uhr. Es war schon fünf, um sechs sollte er am Flugplatz sein. »Ich muß gehen.«

»Mußt du's wirklich heute abend schon mit ihr besprechen?«

»Ja. Es ist wichtig. In ein paar Stunden bin ich wieder da. Ich denke, ich werde so um halb acht bis acht bei Marion eintrudeln, das hängt allerdings vom Verkehr in New York ab. Um elf nehme ich das letzte Flugzeug zurück und bin um Mitternacht zu Hause – zufrieden?«

»Na schön.« Aber sie zögerte. Es gefiel ihr nicht, daß er sie jetzt verließ. Sie wollte ihn nicht fortlassen und wußte nicht recht, warum. »Ich hoffe, alles läuft glatt.«

»Ich bin davon überzeugt.« Aber beide wußten, daß Marion nur sah, was sie sehen wollte, hörte, was sie hören wollte, und verstand, was sie verstehen wollte. Dennoch wußte er, daß er sie würde überzeugen können. Es mußte ihnen gelingen. Er brauchte Nancy, ganz gleich, was auch geschah. Er nahm sie zum letzten Mal in die Arme, band sich einen Schlips um und schlüpfte in eine leichte Jacke. Er wußte, wie heiß es in New York war, aber bei Marion durfte man nur in Anzug und Krawatte aufkreuzen. Das war wichtig. Marion hatte mit »Hippies« und »Gammlern« wenig im Sinn. Auch die »Niemande«, wie sie Durchschnittssterbliche nannte, gefielen ihr nicht. Nancy war eine von ihnen. Beide wußten deshalb, was ihm bevorstand, als sie sich zum Abschied küßten.

»Viel Glück.«

»Ich liebe dich.«

Lange Zeit saß Nancy in ihrem stillen Appartement und betrachtete das Jahrmarktsfoto. Rhett und Scarlett – die unsterblichen Liebenden in ihren blödsinnigen Holzkostümen. Aber die Gesichter wirkten nicht blöde, sondern glücklich. Sie fragte sich, ob Marion das verstehen würde, das und den Unterschied zwischen blöde und glücklich oder zwischen Realität und Traum. Würde Marion das begreifen? Nancy bezweifelte es.

2

Im Eßzimmer glänzte die Tischplatte wie der Spiegel eines Sees, an dessen Ufer die gleißende Pracht nur an einer Stelle unterbrochen wurde. Dort lag ein cremeweißes Leinenset, auf dem zartes, blaugoldenes Porzellan stand. Neben dem Teller glitzerte ein silbernes Kaffeeservice und befand sich eine kleine Tischglocke. Marion Hillyard lehnte sich im Sessel zurück und seufzte leise, als sie den Rauch der soeben angezündeten Zigarette ausstieß. Sie fühlte sich heute müde. Sonntage ermüdeten sie stets. Manchmal dachte sie, daß sie am Sonntag zu Hause mehr arbeitete als die ganze Woche über im Büro. An Sonntagen beantwortete sie stets ihre privaten Briefe, ließ sie sich die Bücher von der Köchin und der Haushälterin zeigen, fertigte sie Listen über nötige Reparaturen im Haus an, notierte sie fehlende Modeaccessoires und plante sie die Speisezettel für die Woche. Eine langweilige Arbeit, aber sie hatte sich schon seit Jahren damit beschäftigt, lange bevor sie das Geschäft übernommen hatte. Als sie dann an die Stelle ihres Mannes getreten war, hatte sie sich sonntags weiterhin um den Haushalt gekümmert – auch um Michael, wenn das Kindermädchen freihatte. Bei dieser Erinnerung mußte sie lächeln und schloß für Sekunden die Augen. Wie hatte sie jene Sonntage genossen! Ein paar Stunden, in denen sie ihn ganz für sich allein hatte, ohne daß jemand störte oder ihn ihr raubte. Heute und seit vielen Jahren nun verliefen diese Sonntage ganz anders. Eine winzige Träne stahl sich in ihr Auge, als sie so dasaß und sich ihren Sohn im Alter von sechs Jahren vorstellte. Ein kleiner Kerl, der ganz ihr gehörte. Wie sehr sie dieses Kind liebte! Sie hätte alles für ihn getan, und sie hatte es auch getan. Sie hatte ihm sein Imperium erhalten, es über die Generation hinweg als sein Erbe gesichert. Das war ihr kostbarstes Geschenk an Michael. Cotter-Hillyard. Sie selbst hatte gelernt, das Geschäft fast ebenso zu lieben wie ihren Sohn.

»Wie schön du aussiehst, Mutter!«

Sie riß erstaunt die Augen auf. Da stand er in der gerundeten Tür des prächtig getäfelten Eßzimmers. Nun, bei seinem Anblick hätte sie beinahe wirklich geweint. Sie wollte aufspringen und ihn in die Arme nehmen, wie damals, statt dessen schenkte sie ihrem Sohn ein zurückhaltendes Lächeln.

»Ich hab' dich nicht kommen hören.« Sie zeigte keine Willkommensfreude; von ihren Gefühlen war ihr nichts anzumerken. Bei Marion wußte man über ihre wahren Empfindungen nie Bescheid.

»Ich hab' meinen Schlüssel benutzt. Darf ich reinkommen?«

»Aber ja, möchtest du einen kleinen Nachtisch?«

Langsam betrat Michael das Zimmer, ein leises, nervöses Lächeln spielte um seinen Mund. Dann beäugte er den Teller wie ein kleiner Junge. »Hm . . . was gab's denn zum Nachtisch? Sieht aus wie Schokolade – stimmt's?«

Sie schmunzelte und schüttelte den Kopf. Er würde in mancher Beziehung nie erwachsen werden. »Profiterolen. Möchtest du welche? Mattie ist noch draußen in der Anrichte.«

»Und ißt, was übriggeblieben ist, was?«

Sie lachten beide, weil sie wußten, daß er damit sicher recht hatte. Marion griff nach der Glocke. Mattie erschien sogleich in der Tür, sie trug eine schwarze Uniform mit Spitzenschürze, war blaß, lächelte aber strahlend. Sie hatte ihr Leben damit zugebracht, andere Leute zu bedienen. An den wenigen freien Tagen hatte sie gar nicht gewußt, was sie mit sich allein anfangen sollte. »Ja, Madame?«

»Kaffee bitte für Mr. Hillyard, Mattie, und . . . willst du Dessert, Liebling?«

Er schüttelte den Kopf.

»Nur Kaffee also.«

»Ja, Madame.«

Wieder fragte sich Michael, wie schon so oft, warum sich seine Mutter nie bei den Dienstboten bedankte. Es war, als glaube sie, diese seien schon zum Dienen geboren worden. Marion war von Kindesbeinen an von dienstbaren Geistern umgeben gewesen. Ihre Mutter war zusammen mit Marions Bruder, dem Erben des Cotterschen »Architekturthrones«, bei einem Unfall ums Leben gekommen. Nach dieser Katastrophe mußte die dreijährige Marion ihrem Vater den Sohn ersetzen. Das hatte sie nach Kräften getan.

»Und was macht dein Studium?«

»Fast vorbei – noch zwei Wochen.«

»Weiß ich. Bin stolz auf dich. Es ist herrlich, den Doktor zu machen, besonders in der Architektur.«

Aus irgendeinem Grund wollte er nun »Ach Mutter!« sagen, wie damals, als er neun Jahre alt war, antwortete jedoch: »Diese Woche werden wir den jungen Avery kontaktieren wegen des Jobs – hast ihm nichts davon gesagt, oder?«

Sie betrachtete ihn eher neugierig als streng; es war ihr im Grunde gleichgültig. Sie hatte es etwas kindisch gefunden, daß Michael soviel daran lag, Ben zu überraschen. »Nein – habe nichts gesagt. Er wird sich freuen.«

»Das sollte er auch – ist ein fabelhafter Job.«

»Er hat ihn sich verdient.«

»Nun, das denke ich auch.«

»Und du? Bist du bereit zu arbeiten? Nächste Woche ist jedenfalls dein Büro fertig.« Ihre Augen leuchteten bei dem Gedanken daran auf – ein schönes Büro. Holzgetäfelte Wände, wie sie damals sein Vater liebte, dazu Radierungen aus dem Besitz des Großvaters und eine lederbezogene, schwere Couch mit passenden Sesseln. Die übrigen Stilmöbel hatte sie selbst in den Ferien in England gekauft. »Sieht alles prächtig aus, Liebling.«

»Gut.« Er lächelte seine Mutter an. »Ich muß noch etwas rahmen lassen, aber damit warte ich, bis ich das Dekor begutachtet habe.«

»Das brauchst du gar nicht, ich habe schon alles an Wandschmuck besorgt.«

Er aber auch – Nancys Zeichnungen nämlich. Plötzlich glomm in seinen Augen etwas auf, und sogleich wurde Marion vorsichtig. Sie hatte etwas Seltsames in seinem Gesicht bemerkt.

»Mutter.« Er setzte sich mit einem kleinen Seufzer neben sie und streckte die Beine aus. Mattie servierte den Kaffee. »Danke, Mattie.«

»Gern geschehen, Mr. Hillyard.« Sie nickte freundlich, wie sie es immer tat. Er war stets so nett zu ihr – so, als erteile er ihr nur widerstrebend Befehle; er war nicht wie ... »Kann ich sonst noch etwas für Sie tun, Madame?«

»Nein, im Moment nicht ... Michael, wollen wir in die Bibliothek hinuntergehen?«

»Na schön.« Vielleicht sprach sich's dort leichter. Mutters Eßzimmer erinnerte ihn stets an die Ballsäle von früher, die nicht dazu angetan waren, eine intime Unterhaltung zu begünstigen, noch viel weniger dazu, sanfte Überredungsversuche zu fördern. Er erhob sich und folgte seiner Mutter die mit weichem Teppich ausgelegte Treppe hinunter in die Bibliothek. Von hier aus hatte man einen prächtigen Ausblick auf die Fifth Avenue und ein Stück des Central Parks. Zwei Wände wurden von Büchern eingenommen, es gab auch einen gemütlichen Kamin. An der vierten Wand dominierte das Porträt von Michaels Vater. Michael gefiel das Bild. Vater sah freundlich aus, wie jemand, den man gern kennengelernt hätte. Als kleiner Junge war Michael manchmal hergekommen, um das Porträt zu betrachten; er hatte mit dem Bild gesprochen. Mutter hatte ihn einmal dabei ertappt und ihm klargemacht, wie absurd er sich verhielt. Dann aber hatte er sie selbst dabei überrascht, wie sie in diesem Raum hockte und weinend auf das Bild starrte.

Mutter ließ sich behaglich in ihren gewohnten Sessel, einen französischen Barocksessel, nieder, der mit beigem Damast bezogen war und dem Kamin gegenüberstand. Heute abend trug sie ein Kleid in fast derselben Farbe, und für Augenblicke, im zuckenden Licht des Feuers, erschien sie Michael beinahe schön. Sie war einmal schön gewesen, und das war sogar noch nicht allzu lange her. Nun zählte sie siebenundfünfzig Jahre. Ihren Sohn Michael hatte sie mit dreiunddreißig geboren, vorher hatte sie für Kinder keine Zeit gehabt. Damals war sie sehr schön gewesen, mit demselben dichten, honigblonden Haar, das auch Michael besaß. Nun aber waren ihre Locken eisgrau geworden, das Leben verschwand immer mehr aus ihren Zügen und wurde von anderem ersetzt. Wohl hauptsächlich von Geschäftssorgen und Überlegungen. Die einst kornblumenblauen Augen verblichen zu grauen Sternen, als sei endlich der Winter gekommen.

»Ich habe das Gefühl, daß du heute abend hier bist, um mit mir über etwas Wichtiges zu sprechen. Über was, Michael?« Hatte er ein Mädchen geschwängert? Sein Auto zusammengefahren? Jemanden verletzt? Selbstverständlich war nichts irreparabel, wenn er sich ihr nur anvertraute. Sie war froh, daß er gekommen war.

»Nein, es ist nichts geschehen. Es gibt etwas anderes, das ich mit dir besprechen möchte.« Schon falsch. Er zuckte fast sichtbar bei seinen eigenen Worten zusammen. Besprechen? Er hätte sagen sollen, er müsse ihr etwas *mitteilen*, nicht etwas mit ihr *besprechen*. Verdammt! »Ich dachte, es wäre an der Zeit, ehrlich miteinander zu sein.«

»Das klingt, als ob wir das für gewöhnlich nicht wären.«

»In dieser Sache sind wir's auch nicht.« Sein Körper spannte sich, er beugte sich in seinem Sessel vor und war sich bewußt, daß ihm Vaters Bild über die Schulter blickte. »Wenn es sich um Nancy dreht, sind wir nicht ehrlich miteinander, Mutter.«

»Nancy?« Sie sagte das, als wisse sie von nichts. Plötzlich hatte er Lust, sie zu ohrfeigen. Er haßte die Art, in der sie ihren Namen aussprach. Es klang, als spräche sie von einem Dienstmädchen.

»Nancy McAllister. Meine Freundin.«

»Ach ja.« Eine winzige Pause entstand, als sie das kleine Emaillöffelchen auf die Untertasse des Mokkaschälchens legte. »Und inwiefern sind wir bei Nancy nicht ehrlich?« Ihre Augen verbargen sich hinter einer grauen Eisschicht.

»Du versuchst so zu tun, als existiere sie nicht, und ich versuche, dich nicht aufzuregen. Aber Tatsache ist . . . daß ich sie heiraten werde, Mutter.« Er atmete tief ein und lehnte sich im Sessel zurück. »In zwei Wochen.«

»Ich verstehe«, sagte Marion Hillyard vollkommen ruhig. Sie bewegte weder Augen noch Hände und Gesicht. »Darf ich fragen, warum? Ist sie schwanger?«

»Natürlich nicht.«

»Welches Glück! Warum also willst du sie dann ehelichen und wieso in zwei Wochen?«

»Weil ich dann mein Examen hinter mir habe. Weil ich dann

nach New York ziehe und anfange zu arbeiten – darum! Das ist doch sinnvoll.«

»Wer findet das sinnvoll?« Die Eisschicht wurde dichter. Ein Bein wurde mit leisem Zischen der auseinandergleitenden Seide über das andere geschlagen. Michael fühlte sich unter Marions fixierendem Blick unruhig werden. Sie hatte keine Sekunde die Augen von ihm gewandt. Wie sonst als Geschäftsfrau war sie auch jetzt skrupellos. Sie konnte jeden Mann dazu bringen, sich zu winden und schließlich zu zerbrechen.

»*Wir* finden das sinnvoll, Mutter.«

»Nun, ich nicht. Dieselben Leute, die hinter dem Hartford Center standen, haben uns gebeten, ein Medizinisches Zentrum in San Francisco zu bauen. Für eine Ehefrau wird dir wenig Zeit bleiben. Die nächsten zwei Jahre rechne ich fest mit deiner energischen Mitarbeit. Um ehrlich zu sein, Liebling, ich wollte, du würdest noch warten.« Nun schien sie zum ersten Mal etwas weicher zu werden. Er bemerkte es und fragte sich, ob vielleicht doch eine Hoffnung für ihn bestand.

»Mutter, Nancy ist doch für uns beide eine Bereicherung. Sie ist keine Ablenkung für mich oder gar eine Nervensäge für dich – sie ist ein prächtiges Mädchen.«

»Das mag schon sein, aber da wir gerade von Bereicherung reden . . . hast du an den Skandal gedacht?« Nun blitzte ein sieghaftes Leuchten in ihren Augen auf. Sie duckte sich zum tödlichen Sprung zusammen, und plötzlich hielt Michael den Atem an. Er fühlte sich als hilflose Beute und wußte nicht, von woher oder wie sie ihn anzuspringen gedachte.

»Was für ein Skandal?«

»Natürlich hat sie dir erzählt, wer sie ist, nehme ich an?«

»Lieber Heiland, was soll das? Wie meinst du das ›*wer* sie ist‹?«

»Genauso, wie ich es sage. Ich muß offenbar deutlicher werden.« Mit einer weichen, katzenhaften Bewegung glitt sie zum Schreibtisch, nachdem sie das Mokkatäßchen abgestellt hatte. Aus der untersten Schublade zog sie einen Aktendeckel und reichte ihn Michael. Er hielt ihn sekundenlang in Händen, ohne ihn zu öffnen. »Was ist das?«

»Ein Bericht. Ein Privatdetektiv hat sich das Vorleben deiner kleinen Kunststudentin vorgenommen. Ich war nicht sehr zufrieden damit.« Das war tiefgestapelt; sie mußte außer sich gewesen sein. »Bitte, setz dich und lies das.«

Er setzte sich nicht, öffnete aber widerstrebend den Ordner und las. Bereits den ersten zwölf Zeilen entnahm er, daß Nancys Vater im Gefängnis das Zeitliche gesegnet hatte, als sie noch ein Baby gewesen war. Ihre Mutter, eine Alkoholikerin, war zwei Jahre später gestorben. Da stand auch, daß ihr Vater sieben Jahre für bewaffneten Raubüberfall bekommen hatte.

»Reizende Leute, nicht wahr, Liebling?« Leise Verachtung schwang in Marions Stimme, und plötzlich warf Michael den Ordner angeekelt auf den Tisch. Der Inhalt der Akte rutschte auf den Boden.

Michael rief: »Diesen Unrat will ich nicht lesen!«

»Aber du willst ihn heiraten.«

»Was bedeutet es denn, wer ihre Eltern waren? Ist das vielleicht ihre gottverdammte Schuld, was die gemacht haben?«

»Nein – ihr Pech, und deines, wenn du sie heiratest. Michael, sei doch vernünftig, du wirst ein Geschäft mit Millionenumsatz übernehmen. Du kannst dir einen Skandal nicht länger leisten. Du würdest uns ruinieren. Dein Großvater hat dieses Geschäft vor fünfzig Jahren gegründet, und du willst es wegen einer Liebesgeschichte zerstören. Du bist doch nicht verrückt? Höchste Zeit, daß du erwachsen wirst, mein Junge. Deine Kindergartenjahre sind vorüber in – genau zwei Wochen.« Nun war sie ganz Feuer und Flamme für ihre Ansicht. Sie sah ihn an. Sie würde diese Schlacht nicht verlieren. »Ich will keine weitere Diskussion, Michael. Es bleibt dir keine andere Wahl.« Das hatte sie stets zu ihm gesagt. Verdammt noch mal, das hatte sie immer!

»Zum Teufel, das glaubst nur du!« Nun brüllte er. Er ging im Zimmer auf und ab. »Ich werde mich nicht ein Leben lang deinen Gesetzen und Vorschriften unterwerfen, Mutter. Das werde ich nie tun! Was glaubst du eigentlich, wer ich bin? Du willst mich ins Geschäft nehmen, mich dort schleifen und biegen, bis du zurücktrittst, und mich dann vom Sofa aus wie eine Marionette weiter hüpfen lassen. Ich lasse mir das aber nicht gefallen. Hörst du? Ich werde für dich arbeiten, und das ist alles. Ich bin doch nicht dein Eigentum, und ich kann heiraten, wen ich will.«

»Michael!«

Die Türglocke schrillte, und sie betrachteten sich sekundenlang schweigend wie zwei Jaguare im Käfig. Die alte Katze und die junge; sie fürchteten sich ein wenig voreinander, beide dürsteten nach dem Sieg. Noch immer standen sie zitternd vor Wut in den äußersten Ecken des Raumes, als George Calloway das Zimmer betrat und sofort begriff, daß er eine leidenschaftliche Auseinandersetzung unterbrochen hatte. Er war ein sanfter, eleganter Herr Ende Fünfzig und seit Jahren Marions rechte Hand. Mehr als das, er war auch ein Teil der Macht, die Cotter-Hillyard in Bewegung hielt. Im Gegensatz zu Marion trat er aber selten in den Vordergrund; ihm lag es mehr, mit seiner Macht im Schatten zu bleiben. Vor langer Zeit schon hatte er die Vorteile der ruhigen Machtausübung kennengelernt, und das hatte ihm vor Jahren Marions Bewunderung und ihr Vertrauen eingebracht, als sie den Platz ihres Gatten einnahm. Damals war sie nur eine Staffage gewesen. Es war George, der einige Jahre dem Geschäft vorstand und ihr gleichzeitig entschlossen und bewußt beibrachte, an welchen Fäden sie zu ziehen hatte. Er hatte prima gearbeitet damals. Marion lernte alles gut, was er ihr beibrachte, und noch mehr. Nun war sie selbst an die Macht gekommen, verließ sich aber immer noch auf George, wenn es um einen wichtigeren Abschluß ging. George bedeutete es viel, daß sie seiner nach all den Jahren noch bedurfte. Er wußte wohl, sie würde ihn immer brauchen. Sie waren ein Team im stillen, unzertrennbar und einer stark um des anderen willen. Manchmal fragte er sich, ob Michael wohl wußte, wie nahe Marion und er sich standen; er bezweifelte es. Michael war immer Mutters Augapfel gewesen. Wie sollte er bemerken, was für tiefe Gefühle in George schlummerten. Selbst Marion wußte das wohl nicht in vollem Ausmaß. Aber George akzeptierte all das und fuhr fort, seine Kräfte und Energien in das Geschäft zu stecken. Eines Tages – wer weiß . . .

George betrachtete Marion mit plötzlicher Besorgnis. Er hatte gelernt, die Spannung um ihren Mund zu deuten – die Blässe unter der sorgsam aufgetragenen Puderschicht.

»Marion, ist dir nicht wohl?« Er wußte über ihre Gesundheit besser Bescheid als jeder andere. Sie hatte sich ihm vor Jahren anvertraut. Jemand mußte Bescheid wissen – des Geschäftes wegen. Marion litt an viel zu hohem Blutdruck und einer nicht zu unterschätzenden Herzschwäche.

Zuerst antwortete niemand. Dann riß sie ihre Augen widerstrebend von ihrem Sohn los und sah ihren alten Partner und Freund an. »Nein, nein, es geht mir gut. Tut mir leid. Guten Abend, George.«

»Ich glaube, ich komme ungelegen.«

»Ganz und gar nicht, George, ich bin am Gehen.« Michael wandte sich ihm zu, er unternahm nicht einmal den schwachen Versuch zu lächeln. Dann blickte er seine Mutter an, traf aber keine Anstalten, sich ihr zu nähern. »Gute Nacht, Mutter.«

»Ich rufe dich morgen an, Michael. Wir können die Angelegenheit am Telefon besprechen.«

Er hätte ihr gerne ein haßerfülltes Wort an den Kopf geworfen – hätte sie gerne erschreckt, aber er schaffte es nicht, er wußte nicht, wie er es anstellen sollte. Und was hätte das für einen Sinn gehabt?

»Michael . . .«

Er gab ihr keine Antwort mehr und schüttelte nur George die Hand. Er verließ die Bibliothek, ohne sich umzusehen. Er bemerkte weder den Blick in den Augen seiner Mutter noch die Besorgnis in Georges Augen. Er sah nicht, wie sie sich langsam in ihren Sessel zurücksinken ließ und ihre bebenden Hände vors Gesicht hielt. Tränen rannen aus ihren Augen, und sie versuchte, sie vor George zu verbergen.

»Was, um Himmels willen, ist passiert?«

»Er hat etwas ganz Hirnloses vor.«

»Warte doch – in seinem Alter droht man oft nur, die entsetzlichsten Dinge zu tun.«

»Nein, in *unserem* Alter droht man nur, in seinem Alter tut man sie wirklich.« All ihre Bemühungen umsonst! Die Berichte des Detektivbüros, die Telefongespräche ... Sie seufzte und drückte sich langsam gegen die Lehne des Sessels.

»Hast du heute schon deine Medizin genommen?«

Sie schüttelte fast unmerklich den Kopf.

»Wo hast du sie?«

»In meiner Tasche hinter dem Schreibtisch.«

Er umrundete den Tisch, äußerte sich nicht zu den am Boden liegenden Blättern des Berichts und fand die schwarze Krokotasche mit der goldenen Schließe. Er kannte diese Tasche gut, sie war vor drei Jahren sein Weihnachtsgeschenk für sie gewesen. Er fand das Medizinröhrchen und hielt Marion zwei weiße Pillen hin. Sie öffnete die Augen. Diesmal lächelte sie ihm zu. »Was täte ich bloß ohne dich, George?« sagte sie.

»Und was täte ich ohne dich?« Er konnte den Gedanken kaum ertragen. »Soll ich dich jetzt allein lassen? Du solltest dich etwas ausruhen.«

»Nein, das würde mich nur aufregen, weil ich an Michael denken müßte.«

»Hat er noch vor, in der Firma zu arbeiten?«

»Ja – es war was anderes.«

Also das Mädchen – George wußte Bescheid. Er wollte aber Marion im Augenblick nicht unter Druck setzen. Sie war sichtlich deprimiert – nun wenigstens bekam sie wieder rosige Wangen, nachdem sie die Pillen geschluckt hatte. Sie nahm eine Zigarette aus ihrer Dose. Er zündete sie ihr an und beobachtete dabei ihr Gesicht. Was für eine faszinierende Frau sie war! Er hatte sie immer bewundert. Michael wußte sicher nicht, wie krank sie war, sonst hätte er sie nicht so aufgeregt.

Was George nicht wußte, war die Tatsache, daß in dieser Minute auch Michael sehr betrübt war. Er saß im Taxi zum Flugplatz – Tränen brannten in seinen Augen.

Sobald er am Flugplatz ankam, rief er Nancy an. Sein Flugzeug startete erst in zwanzig Minuten.

»Na, wie lief's?« fragte sie ihn. Sie hatte seiner Stimme nicht allzu viel entnehmen können.

»Gut. Und du wirst jetzt deine Sachen packen, dich anziehen und bereit sein, wenn ich in eineinhalb Stunden heimkomme – ja?«

»Bereit sein? Für was soll ich bereit sein?« Sie war verwirrt und rollte sich, während sie den Hörer hielt, auf der Couch zusammen.

Er machte eine Pause und lächelte dann. »Ein Abenteuer kommt auf dich zu, mein Schatz. Wirst schon sehen.«

»Du bist verrückt.« Er hörte ihr wunderbar weiches Lachen.

»Ja, verrückt nach dir.« Jetzt fühlte er sich wieder besser. Alles hatte wieder einen Sinn. Er war wieder bei Nancy. Niemand konnte ihm das nehmen, weder seine Mutter noch ein Reporter, noch sonst irgend jemand. Er hatte geschworen, in jener Minute, als sie die Perlenkette vergruben, ihr nie mehr Adieu zu sagen. Es war ihm ernst damit. »Also los, Nancymaus – und pack ein jungfräuliches Nachthemd ein für unsere . . .« Nun grinste er übers ganze Gesicht.

»Soll das etwa heißen . . .?« Vor Verblüffung blieb ihr die Stimme weg.

»Ja, das soll heißen, daß wir heute nacht heiraten werden. Ist dir's recht?«

»Ja, aber . . .«

»Kein Aber, meine Dame. Raff dich auf und fühl dich als Braut.«

»Aber wieso heute nacht?«

»Vielleicht sagt mir das mein Instinkt. Vertrau mir bitte. Außerdem ist Vollmond.«

»Das mußte ja so sein.« Nun lächelte auch sie. Sie würde heiraten – sie würde Michaels Frau werden.

»Also in einer Stunde. Und . . .«

»Ja, Michael?«

»Ich liebe dich.« Er hängte ein und lief zum Ausgang. Er war der letzte Passagier, der das Flugzeug nach Boston bestieg. Jetzt konnte ihn nichts mehr aufhalten.

3

Er trommelte nun bereits seit zehn Minuten an die Tür, er gab nicht nach. Er wußte, Ben war dort drinnen.

»Ben! Mach schon auf, komm . . . *Ben!* Um Himmels willen, Mann, mach auf . . .« Wieder ließ er seine Faustschläge an die Tür hageln, und nun endlich vernahm er drinnen Schritte, dann einen dumpfen Ton. Die Tür öffnete sich, und vor ihm stand ein verschlafener und verwirrter Ben in Unterwäsche, der sich mit der einen Hand sein Schienbein rieb. »Herr des Himmels, es ist erst elf, wie kommt es, daß du schon so fest schläfst?« Aber als Michael das langsame Lächeln sah, das sich auf Bens Züge stahl, wußte er Bescheid. »Ach nein, du bist angesoffen!«

»Bis an die Kiemen, mein Lieber.« Ben betrachtete mit einem zärtlichen Lächeln das unsichere Beben seiner Knie.

»Nun, Partner, dann wirst du jetzt ganz schnell nüchtern werden. Ich brauche dich nämlich.«

»Das bildest du dir wohl ein. Sechs Beefeaters mit Tonic, und du meinst, ich habe Lust, das zu vergeuden? Das hast du dir wohl eingebildet.«

»Das ist mir egal. Zieh dich an.«

»Ich *bin* angezogen.« Ben kniff unglücklich die Augen zusammen, als Mike das Licht andrehte. »He, was soll das?«

Aber Mike lächelte nur und drängte sich an ihm vorbei in die kleine, unordentliche Küche. »Möchte wissen, was du hier drin machst? Handgranaten detonieren lassen?«

»Jawohl, und eine von diesen Handgranaten kannst du dir in deinen . . .«

»Aber, aber, wir haben es hier mit einer wichtigen Angelegenheit zu tun.« Mike wandte sich um und lächelte ihm von der Küchentür her zu, und für Sekunden flackerte Hoffnung in Bens Augen auf. »Wollen wir darauf trinken, Mike?«

»Soviel du willst – aber später.«

»Scheiße.« Ben ließ sich in einen Sessel fallen und lehnte den Kopf an die weichen Kissen.

»Möchtest du nicht wissen, um was es geht?«

»Nicht, wenn ich nicht darauf trinken darf. Ich werde mein Examen bestehen, aber darauf kann ich trinken.«

»Und ich heirate.«

»Das ist aber nett.« Dann jedoch setzte Ben sich mit einem Ruck auf und riß die Augen auf. »Was sagst du?«

»Du hast ja gehört. Nancy und ich werden heiraten«, sagte Mike mit dem stillen Stolz eines Mannes, der weiß, was er will.

»Ist das eine Verlobungsparty?« Bens Gesicht leuchtete erneut auf. Mann, das würde ihm mindestens sechs weitere Beefeaters einbringen, vielleicht sogar sieben oder acht.

»Keine Verlobungsparty, Avery. Ich sag' dir doch, es ist eine Hochzeit.«

»Jetzt gleich?« Wieder verdüsterten sich Bens Züge. Hillyard war wirklich nicht zum Aushalten. »Wieso jetzt?«

»Weil wir das wollen. Außerdem bist du viel zu besoffen, um das zu verstehen. Aber du mußt dich zusammenreißen, um mein Trauzeuge zu sein.«

»Klar, du Hurensohn, also willst du wirklich . . .« Ben sprang aus dem Sessel, schwankte beängstigend, stolperte und stieß mit seinen Zehen an das Bein des Beistelltisches. »Gottverdammter . . .«

»Versuch dich anzuziehen, ohne dich dabei umzubringen. Ich mach' dir Kaffee.«

»Jawohl . . .« Ben moserte noch immer vor sich hin, als er in der Tür des Schlafzimmers verschwand. Nach einer Weile trat er heraus und wirkte ein wenig besser. Er trug sogar eine Krawatte über dem blau-rot-gestreiften T-Shirt. Mike betrachtete ihn und schüttelte grinsend den Kopf.

»Du hättest wenigstens eine Krawatte wählen können, die zum T-Shirt paßt.«

Die Krawatte zeigte braune Striche auf einem beigen Untergrund.

»Brauch' ich denn die Krawatte?« Mit einemmal sah Ben ängstlich aus. »Ich konnte keine finden, die paßte.«

»Jetzt knöpf erst mal deine Hose zu, und dann werden wir weitersehen. Vielleicht findest du auch den anderen Schuh, wie wär's?«

Ben warf einen Blick auf seine Füße und entdeckte, daß er nur einen Turnschuh trug. Er fing an zu lachen. »Okay, ich bin ganz schön abgestürzt, aber ich konnte ja nicht riechen, daß du mich heute nacht brauchen würdest. Vielleicht hättest du's mir besser heute morgen gesagt.«

»Das hab' ich heute morgen noch nicht gewußt.«

Das zauberte plötzlich einen ernsten Ausdruck auf Bens Gesicht. »Ach, du hast es nicht gewußt?«

»Nee.«

»Bist du dir da sicher?«

»Allerdings. Hör mal her, halt jetzt hier keine Reden, ich hab' mir schon genug angehört heute abend. Versuch dich so schick wie möglich herzurichten, wir müssen gleich Nancy abholen.« Er reichte seinem Freund einen Becher mit dampfendem Kaffee. Ben nahm einen tiefen Schluck und zog eine Grimasse. »So vergeudet man den teuren Gin.«

»Wir kaufen dir nach der Hochzeit neuen Gin.«

»Und wo findet das statt?«

»Du wirst es schon sehen. Es ist ein nettes kleines Städtchen, in das ich schon seit Jahren verliebt bin. Ich habe dort als Kind meine Sommerferien verbracht. In einer Stunde sind wir dort. Dies Städtchen ist genau der richtige Ort.«

»Hast du eine Heiratserlaubnis?«

»Brauch' ich keine. Das ist eine von diesen verrückten Städten, wo man alles auf einmal machen kann. Bist du fertig?«

Ben hatte endlich seinen Kaffee ausgetrunken und nickte. »Ich glaube, ich bin fertig. Herr im Himmel, ich werd' ganz nervös. Hast du keine Angst?« Er betrachtete Mike mit etwas nüchterneren Augen, aber Mike schien seltsam ruhig, als er erwiderte: »Kein bißchen.«

»Na ja, vielleicht weißt du ja wirklich, auf was du dich eingelassen hast. Ich für meine Person . . . es ist nur . . . heiraten . . .« Ben schüttelte seinen Kopf und betrachtete seine Füße. Das erinnerte ihn daran, daß ihm der andere Turnschuh noch fehlte. »Nancy ist 'n wahnsinnig nettes Mädchen, das muß ich sagen.«

»Und mehr.« Mike entdeckte den Turnschuh unter der Couch und reichte ihn seinem Freund. »Sie ist all das, was ich mir immer gewünscht habe.«

»Dann wünsche ich euch, daß euch diese Ehe all das bringt, wovon ihr beide träumt, Mike.« In Bens Augen spiegelte sich Zärtlichkeit wider, und für Sekunden hielten sich die Männer an ihren Schultern fest.

»Danke dir.«

Beide sahen weg, verlegen lachend. Der feierliche Augenblick war vorüber.

»Na, wie sehe ich aus?« Ben suchte in seiner Hosentasche, fand seinen Geldbeutel und suchte weiter nach seinen Schlüsseln.

»Du siehst fabelhaft aus.«

»Ach, komm schon ... verdammt noch mal ... wo sind meine Schlüssel?« Er warf Mike einen hilflosen Blick zu und lachte dann. Die Schlüssel hingen am Gürtel seiner Hose.

»Los, Avery, laß uns abmarschieren.«

Arm in Arm verließen sie das Zimmer, und während sie durch den Gang zogen, sangen sie den Lieblingsschlager des vergangenen Sommers. Man konnte sie im ganzen Gebäude hören, aber es regte sich niemand auf. Hier lebten nur Studenten, und zwei Wochen vor dem Ende des Semesters ging es überall laut her.

Zehn Minuten später parkten sie vor Nancys Wohnung auf der Spark Street. Mike hupte, und Nancy winkte nervös aus dem Fenster. Sie hatte das Gefühl, als hätte sie schon stundenlang gewartet. Minuten später stand sie neben dem Auto, und plötzlich verstummten die beiden jungen Männer. Es war Mike, der zuerst sprach: »Heilige Jungfrau, Nancy ... du siehst wunderschön aus. Wo hast du das hergekriegt?«

»Ich hatte das schon.«

Sie lächelten sich lange und zärtlich an, und keiner bewegte sich. Und trotz der späten Stunde und der eigenartigen Umstände fühlte sich Nancy plötzlich wie eine wirkliche Braut. Sie trug ein langes weißes Spitzenkleid, und eine blaue Satinkappe saß auf ihrem glänzenden schwarzen Haar. Dieses Kleid hatte sie vor drei Jahren als Brautjungfer angehabt, und Mike hatte es noch nie gesehen. An den Füßen trug sie weiße Sandalen, und in der Hand hielt sie ein sehr altes wunderschönes Spitzentaschentuch.

»Seht ihr – etwas Altes – etwas Neues – und etwas Blaues – das Taschentuch ist von meiner Großmutter – das Mützchen ist blau.«

Sie war so schön, daß es Mike die Sprache verschlug. Sogar Ben wirkte durch diese Erscheinung völlig ernüchtert. »Du siehst aus wie 'ne Prinzessin.«

»Dank dir, Ben.«

»Hör mal, hast du auch was Geliehenes an dir?«

»Wie meinst du das?«

»Na, du weißt doch, wie der Spruch lautet, etwas Altes, etwas Neues, etwas Geliehenes . . .«

Sie lachte und verneinte.

»Okay, nimm.« Er beugte sich nach vorn und begann an seinem Nacken zu hantieren. Sekunden später hielt er eine schmale wunderhübsche Goldkette in Händen. »Also, das leihe ich dir. Meine Schwester hat sie mir zum Examen geschenkt, und ich hab' sie jetzt schon angezogen. Ich leihe sie dir zu deiner Hochzeit.« Er lehnte sich aus dem Auto und befestigte die Kette an Nancys Hals, dicht über dem zarten Spitzenausschnitt.

»Sieht wunderschön aus«, freute sie sich.

»*Du* siehst wunderschön aus«, sagte Mike, stieg aus und hielt ihr die Tür auf. Er war versteinert von ihrer Schönheit gewesen und hatte sich nicht rühren können. »Du auf den Hintersitz, Avery. Liebling, setz dich neben mich.«

»Kann sie sich nicht auf meinen Schoß setzen?« schlug Ben vor, kroch aber dann doch auf den Rücksitz, als Mike ihm mit dem Finger drohte, und wiegelte ab: »Okay, Mann, okay, reg dich nicht auf. Ich dachte nur, nachdem ich doch der Trauzeuge bin . . .«

»Wenn du dich nicht mäßigst, bist du die längste Zeit Trauzeuge gewesen.« Aber diesen Satz sprach Michael lachend, und Nancy setzte sich auf den Vordersitz und strahlte den Mann, den sie zu heiraten gedachte, selig an. Für Sekunden überkam sie eine leichte Schwäche, als sie an Marion dachte, aber sie verdrängte dieses Gefühl sogleich. Im Augenblick waren nur sie beide wichtig, Michael und sie selbst. »Verrückte Nacht, aber mir gefällt's.«

Auf der Landstraße scherzten, lachten und unterhielten sie sich. Manchmal schwiegen sie auch, und am Ende hing jeder seinen eigenen Gedanken nach. Michael erinnerte sich an das Gespräch mit seiner Mutter, und Nancy dachte bei sich, wieviel ihr dieser Tag bedeutete.

»Ist es noch weit, Liebster?« Nancy wurde langsam nervös, und das Spitzentaschentuch ihrer Großmutter rollte sich in ihren Händen zu einem verknüllten Ball zusammen.

»Nur noch fünf Kilometer, Kinder, wir sind fast da.« Michael griff kurz nach Nancys Hand. »Noch ein paar Minuten, Kleines, und wir sind Mann und Frau.«

»Dann mach! Ich krieg' kalte Füße, fahr schon!« sang Ben vom Hintersitz, und alle drei lachten. Mike trat aufs Gaspedal, und der Wagen flog in die nächste Kurve. Aber das Lachen verging ihnen rasch, als Michael sich plötzlich einem großen Lastwagen gegenübersah, der die ganze Straße einnahm und erbarmungslos auf sie zuzurasen schien. Der Lastwagen fuhr schnell, so als wäre er aus der Kontrolle geraten. Vielleicht schlief der Fahrer. Das einzige, an was sich Nancy erinnerte, war Bens entsetzte Stimme. »O nein!« Dann hallten ihre eigenen Schreie in ihren Ohren wider. Endlos, wie es schien, währte der Knall, das brechende Glas, das Metall, das ächzte und kreischte, das Brüllen der Maschinen, das reißende Leder, das berstende Plastik und der Hagel von Glassplittern. Dann trat plötzliche Stille ein. Die ganze Welt war schwarz.

Jahre später, so schien es ihm, wachte Ben auf. Er lag, den Kopf gegen das Armaturenbrett geklemmt; ein grauenhaftes Pulsen füllte seine Ohren. Um ihn her war alles dunkel, und sein Mund war, wie es ihm schien, mit Sand gefüllt. Wieder glaubte er, daß Stunden vergingen, ehe er seine Augen öffnen konnte, und diese Anstrengung allein bereitete ihm Übelkeit. Zuerst konnte er das, was er sah, nicht verstehen. Es ergab alles keinen Sinn. Dann begriff er, daß er in Michaels rechtes Auge blickte. Er war zu ihm auf den Frontsitz geschleudert worden, aber alles, was er von Michael sehen konnte, war ein dünnes Blutrinnsal, das über Michaels Schläfe rann und im Kragen verschwand. Eine Weile beobachtete er das rinnende Blut mit seltsamer Unbeweglichkeit, er konnte nicht anders, er mußte ... zusehen ... wie Mike ... blutete ... Heiliger Gott! Dann dämmerte es ihm – etwas war geschehen. Ein Unfall ... sie hatten einen Unfall gehabt ... er und Mike zusammen im Auto ... Er versuchte, den Kopf vom Armaturenbrett zu heben, um sich umzusehen, aber er fühlte einen Schmerz, der ihn mit eiserner Faust zurückzwang. Er brauchte Minuten, ehe er wieder richtig atmen konnte. Erneut öffnete er die Augen. Mike lag immer noch da und blutete, aber nun konnte Ben erkennen, daß er atmete, und als er diesmal den Kopf zu heben versuchte, gelang es ihm. Er schaute an Mike vorbei und sah den Lastwagen, mit dem sie zusammengestoßen waren. Er lag umgestürzt auf der anderen Seite der Straße. Was Ben nicht sehen konnte, war, daß der Fahrer unter dem Führerhaus begraben lag. Und dann fiel Ben etwas ein. Er schaute durch die Fenster hinaus, in denen kein Glas mehr war. Alle Scheiben waren zu winzigem Glasschnee zerstampft worden, der im Wageninneren lag. Auf Mikes Seite fehlte die Tür. Was war es nur, was ihm eingefallen war? Da gab es noch etwas. Richtig, noch jemand war dabeigewesen ... Nancy! ... Aber wohin waren sie unterwegs? Sein Kopf schmerzte ihn unerträglich, und es fiel ihm schwer, die Gedanken zu ordnen. Als er sich zu drehen versuchte, schoß ein grauenhafter Schmerz in seinem Bein herauf bis hinauf zur Schulter. Er bewegte sich sacht, um den Schmerz zu besänftigen, und plötzlich sah er sie.

Nancy ... lieber Gott ... das war Nancy, sie hatte ein rotweißes Kleid an, rot-weiß! Und sie lag, mit dem Gesicht nach unten, auf dem Kühler des Autos ... Nancy ... Sie mußte tot sein. Er vergaß den Schmerz in seinem Bein. Er mußte sie ... umdrehen ... er mußte ... sie erreichen ... ihr helfen ... Nancy ... und dann sah er Nancys Haar, in dem glitzernde Glassplitter hingen, ihr ganzes Kleid war mit feinen Glasscherben bedeckt, das war von der Windschutzscheibe, mein Gott, mit letzter Kraft rollte er sich an sie heran, und dann begann er mitleiderregend zu wimmern wie ein verschreckter und entsetzter kleiner Junge.

»Ach, mein Gott ...« Unter der blauen, blutgetränkten Satinmütze gab es kein Gesicht mehr. Ob sie tot war oder noch lebte, konnte er nicht sagen, aber einen entsetzlichen Augenblick lang hoffte er, daß sie tot war, denn es gab einfach keine Nancy mehr. Es war überhaupt nichts mehr da, nichts von dem einst wunderschönen Gesicht existierte noch. Und dann, in all dem Blut und in seinen Tränen, fiel er in eine gnädige Ohnmacht.

4

Unerträglich blaß sah er aus – die Augen seiner Mutter glitten über ihn hin. Marion Hillyard saß auf ihrem Stuhl in der Ecke, ihr Gesicht war ausdruckslos. Hier in diesem Raum hatte sie schon einmal gesessen an jenem Tag und hatte dieses Gesicht beobachtet ... nein, nicht genau dieses Gesicht; es war auch nicht dieser Raum gewesen, aber sie hatte das Gefühl, als hätte sich nichts verändert. Alles war genau wie damals, als Frederick den schweren Herzanfall hatte, an dem er wenige Stunden später verstorben war. Sie war in der Ecke gesessen wie heute, genauso still, genauso verängstigt und ebenso allein. Und er hatte ... Frederick ... sie fühlte, wie ein Schluchzen in ihrer Kehle aufstieg, und atmete tief und heftig ein. Sie durfte nicht weinen. Sie durfte es sich nicht erlauben, an damals zu denken. Ihr Mann war tot, aber Michael lebte noch. Nichts würde Michael geschehen können. Sie würde es nicht erlauben, daß er starb. Sie hielt ihn fest mit jeder Faser ihrer Kraft, mit allem, was sie zu geben hatte.

Einen Augenblick wandte sie die Augen von ihm ab und betrachtete die Schwester. Diese beobachtete Michael aufmerksam, und man konnte in ihrem Gesicht keine Aufregung feststellen. Den ganzen Tag lag er nun schon im Koma, seit dem Unfall in der Nacht hatte er sich nicht bewegt. Marion war um fünf Uhr morgens angekommen. Sie hatte einen Autodienst, der 24 Stunden arbeitete, angerufen und war von New York hergereist. Aber sie wäre auch gelaufen, wenn das nötig gewesen wäre – nichts hätte sie davon abhalten können, an Michaels Seite zu eilen. Sie mußte hier sein, damit er weiterlebte. Er war alles, was sie besaß. Michael und das Geschäft . . . das Geschäft war ja für ihn. Sie hatte alles für ihn getan . . . nun, nicht gerade alles, aber doch das meiste. Das Geschäft war ihr größtes Geschenk an ihn, damit reichte sie ihm Erfolg und Macht, und das durfte er nicht an diese elende kleine Person wegwerfen . . . er durfte es nicht wegwerfen, indem er *starb*. Diese verdammte Nutte, alles war ihre Schuld. Wahrscheinlich hatte sie ihn dazu überredet. Sie hatte . . .

Die Schwester stand hastig auf und hob eines von Michaels Augenlidern. Marions ganzer Körper spannte sich, und sie vergaß ihre Gedanken. Sie erhob sich leise und trat schnell neben die Schwester. Was immer es hier zu sehen gab, sie wollte es sehen. Aber nichts geschah, nichts hatte sich verändert. Die ausdruckslose Frau in Weiß umfaßte für einen Augenblick Michaels Handgelenk und flüsterte dann dieselben Worte, die Marion schon kannte: »Keine Veränderung.« Mit einer Geste bat sie Marion, ihr auf den Gang hinaus zu folgen. Diesmal schien sie sich nicht um Michael, sondern um seine Mutter Sorgen zu machen.

»Dr. Wickfield hat mich gebeten, Sie um fünf Uhr wegzuschikken, Mrs. Hillyard, und ich fürchte . . .« Mechanisch warf sie einen Blick auf ihre Uhr und lächelte dann, um Entschuldigung heischend. Es war fünfzehn Minuten nach fünf. Marion saß nun schon seit zwölf Stunden an Michaels Bett. Sie hatte den ganzen Tag dort gesessen und nur zwei Tassen Kaffee zu sich genommen, um nicht die Kraft zu verlieren. Aber nun war sie nicht müde, sie war auch nicht hungrig, sie fühlte überhaupt nichts, sie dachte nicht daran, wegzugehen.

»Vielen Dank für Ihre Fürsorge. Ich werde den Gang hinunterlaufen und in einem Augenblick wieder zurück sein.«

Nein, sie würde nicht von seiner Seite weichen, niemals! Sie hatte damals Frederick verlassen – nur für eine Stunde, um eine Kleinigkeit zu essen. Sie hatten sie so gedrängt, daß sie etwas essen müsse, und dann war es passiert. Während sie nicht bei ihm weilte, war er gestorben. Das würde ihr diesmal nicht wieder passieren. Sie wußte, daß, solange sie neben Michael saß, ihr Sohn nicht sterben konnte. Er hatte hauptsächlich innere Verletzungen, und selbst Dr. Wickfield hatte gesagt, er würde bald aus dem Koma erwachen. Aber sie wollte nichts riskieren, auch damals hatten sie gesagt, Frederick würde den Herzanfall überleben. Nun traten Tränen in ihre Augen, als sie die glatte blaue Wand hinter der Krankenschwester anstarrte.

»Mrs. Hillyard?« Die Schwester berührte sie sanft am Arm, und Marion fuhr zusammen. »Sie sollten sich etwas ausruhen. Dr. Wickfield hat ein Zimmer im dritten Stock für Sie herrichten lassen.«

»Das ist nicht nötig.« Sie schenkte der Schwester ein kleines, nervöses Lächeln und machte sich auf, den Gang entlangzulaufen. Behutsam setzte sie sich auf das Fensterbrett und rauchte die erste Zigarette seit Stunden. Über der hübschen, weißen Kirche stand noch die Sonne. Gottlob lag das Städtchen nicht am Ende der Welt, sondern war nur eine Autostunde von Boston entfernt. Es war nicht schwer, die besten Ärzte herbeizuschaffen, um Michael untersuchen zu lassen, sobald man ihm das zumuten konnte. Dann würde sie ihn in ein Krankenhaus nach New York überführen lassen. Medizinisch gesehen, hatte Michael die schwersten Folgen des Unfalls zu tragen. Der Avery-Junge hatte auch etwas abgekriegt, aber er war zu sich gekommen und lebte. Sein Vater hatte ihn am Nachmittag in einer Ambulanz nach Boston bringen lassen. Er hatte Arm, Schenkel, Fuß und Schlüsselbein gebrochen, aber all das würde heilen. Das Mädchen ... nun, sie war selber schuld, es gab keinen Grund, daß man ihretwegen ... Marion zertrat den Zigarettenstummel rasch unter ihrem Schuh. Auch das Mädchen würde wieder werden. Jedenfalls lebte sie noch. Das einzige, was sie verloren hatte, war ihr Gesicht. Aber vielleicht geschah ihr das recht. Für Bruchteile von Sekunden versuchte Marion die Wut in ihrem Inneren zu bekämpfen und das Gefühl des Mitleids in sich aufkeimen zu lassen – man wußte ja nie genau, ob die christlichen Geschichten der Nächstenliebe stimmten. Vielleicht waren ihre Gefühle schädlich für Michael . . . vielleicht gab es wirklich einen Gott, der sie strafen würde, indem er ihr ihn wegnahm. Aber sie konnte kein Mitleid empfinden, sie haßte dieses Mädchen mit all ihrer Leidenschaft.

»Ich dachte, ich hätte befohlen, daß Sie sich etwas ausruhen?«

Marion wandte sich rasch um und lächelte dann müde, als sie sah, daß es ihr eigener Arzt war, Dr. Wickfield. Wicky.

»Läßt du dir von niemandem was sagen, Marion?«

»Nur wenn ich's nicht verhindern kann. Wie geht's Michael?« Sie griff nach einer zweiten Zigarette.

»Ich habe ihn mir gerade angesehen. Er ist ziemlich stabil. Ich habe dir gesagt, er wird bald aus dem Koma aufwachen. Laß ihm Zeit. Sein ganzes körperliches Gefüge hat einen grauenhaften Schock erlitten.«

»Meines auch, als ich die Nachricht erhielt. Glaubst du, es sind irreparable Schäden?« Einen Augenblick schwieg sie und fügte dann das Wort hinzu, vor dem sie sich so sehr fürchtete: »Hirnschäden?«

Wickfield tätschelte ihr den Arm und setzte sich neben sie auf die Fensterbank. Hinter ihnen lag friedlich die kleine Stadt wie eine hübsche Postkarte. »Ich sagte dir doch schon, Marion, das einzige, was wir wissen können, ist, daß er lebt. Es hängt natürlich viel davon ab, wie lange er nicht zu sich kommt – aber im Augenblick macht mir die Zeit noch keine Sorgen.«

»Ich habe Angst.« Diese drei kleinen Worte hörten sich aus dem Mund dieser starken Frau ziemlich seltsam an, und der Doktor warf ihr einen überraschten Blick zu. Marion Hillyard besaß Seiten, die er noch nicht entdeckt hatte. »Und wie geht's dem Mädchen?« fuhr sie fort. Nun war sie wieder die Marion, die er kannte; die schmalen Augen hinter dem Zigarettenrauch und das harte Gesicht wandten sich ihm zu. Die Angst war verschwunden.

»Bei ihr hat sich nicht viel geändert. Jedenfalls im Augenblick geht es ihr, wie zu erwarten war, aber wir können, verdammt noch mal, gar nichts für sie tun. Zum ersten ist es viel zu früh, und zum zweiten gibt es nur zwei Männer in diesem Land, die mit derlei totalen Rekonstruktionen betraut werden können.

Von ihrem Gesicht ist überhaupt nichts übriggeblieben, kein einziger Knochen, der noch ganz wäre, kein Nerv, der nicht durchschnitten wäre, kein Muskel. Das einzige, was noch zu gebrauchen ist, sind ihre Augen.«

»Damit sie sich besser damit sehen kann.«

Dr. Wickfield fuhr beim Ton von Marions Stimme zusammen. »Michael saß am Lenkrad, Marion, nicht das Mädchen.«

Marion nickte nur. Was für einen Sinn hatte es, ihm zu erklären, daß sie wohl wußte, wer die Schuld an dem Unfall trug. Dieses Mädchen!

»Was passiert mit jemandem, der einen solchen Unfall hatte? Wird sie, wenn man keine plastische Chirurgie anwendet, trotzdem leben können?«

»Unglücklicherweise ja. Aber sie wird ein tragisches Leben führen. Man kann nicht ein 20jähriges Mädchen hernehmen, es in ein Monster verwandeln und erwarten, daß sie sich daran gewöhnt. Niemand könnte sich daran gewöhnen und sie . . . war sie hübsch vorher?«

»Das nehme ich an, ich weiß es nicht, wir haben uns nie kennengelernt.« Marions Stimme war hart wie Stein, ihre Augen auch.

»Ich verstehe. Jedenfalls wird sie sich mit einer grauenhaften Realität auseinandersetzen müssen. Natürlich wird man hier im Krankenhaus alles für sie tun, wenn sie etwas stärker geworden ist, aber viel ist das nicht. Hat sie Geld?«

»Keinen Cent.« Marion sprach diese Worte wie ein Todesurteil aus. Das war das Schlimmste, was sie von einem Menschen sagen konnte.

»Viele Alternativen hat sie da nicht, fürchte ich. Die Fachleute, die solche Operationen machen, tun das nicht aus Nächstenliebe.«

»Denkst du an bestimmte Namen?«

»Nun, ich kenne ein paar Kollegen. Zwei im besonderen. Der beste arbeitet in San Francisco.« Ein Funke glomm im Herzen Dr. Wickfields auf. Marion hatte soviel Geld, sie konnte leicht . . . wenn sie nur . . . »Sein Name ist Peter Gregson. Wir haben uns vor ein paar Jahren kennengelernt. Er ist wirklich erstaunlich gut in seinem Fach.«

»Könnte er sie operieren?«

Wickfield fühlte, wie ihn die Bewunderung für diese Frau durchströmte. Er hatte fast Lust, sie zu umarmen, aber er wagte es nicht. »Ich glaube, er ist der einzige, der es wirklich könnte. Soll ich . . . möchtest du, daß ich ihn anrufe?« Er hatte gezögert, die Worte auszusprechen, denn er sah, daß sie ihn nun wieder mit ihren kalten berechnenden Augen betrachtete, und er fragte sich, was wohl durch ihren Kopf ging. Die Welle der Bewunderung verebbte.

»Ich gebe dir Bescheid«, sagte sie.

»Schön.« Er warf einen Blick auf seine Uhr und erhob sich. »Ich möchte, daß du nun hinuntergehst und dich hinlegst. Ich meine das ernst.«

»Ich weiß.« Sie schenkte ihm ein kaltes Lächeln. »Aber das werde ich nicht tun, und das weißt du auch. Ich muß bei Michael bleiben.«

»Selbst wenn du dich damit umbringst?«

»Das werde ich nicht. Ich bin zu böse, um zu sterben, Wicky. Außerdem habe ich noch viel Arbeit vor.«

»Ist das die Sache wert?« Er betrachtete sie neugierig. Hätte er nur ein Zehntel ihres Ehrgeizes besessen, er wäre ein großer Chirurg geworden. Wie die Sache stand, war das nicht der Fall. Aber er war nicht sicher, ob er sie überhaupt beneidete. »Ist es die Sache wert?« fragte er sie noch einmal mit leiser Stimme, und sie nickte.

»Absolut! Ich habe daran nie auch nur eine Sekunde des Zweifels. Ich habe alles, was ich mir im Leben gewünscht habe, damit bekommen.« Es sei denn, ich verliere meinen Michael, dachte sie. Sie schloß die Augen und schob den Gedanken von sich.

»Nun, ich gestatte dir, noch eine Stunde bei ihm zu bleiben, und dann komme ich noch einmal rauf. Es ist mir ganz gleich, ob ich mit dem Beruhigungsgewehr Nembutal auf dich schießen oder dich mit eigener Hand die Treppe hinunterzerren muß – dann gehst du ins Bett! Hab' ich mich klar genug ausgedrückt?«

»Äußerst.« Sie erhob sich, ließ ihre Zigarette fallen und zertrat sie. Sie tätschelte seine Wange. »Und Wicky ...« Unter ihren langen, haselnußbraunen Wimpern warf sie ihm einen Blick zu, und für Sekunden war sie völlig wieder die elegante und weiche Schönheit, die sie einmal gewesen war. »... vielen Dank.«

Er küßte sie sanft auf die Wange und drückte ihren Arm. »Er wird gesund, Marion, du wirst schon sehen.«

Er wagte nicht, das Mädchen noch einmal zu erwähnen. Darüber konnten sie später sprechen. Er lächelte und ging davon. Sie blieb einsam am Fenster stehen. Er war froh, daß er vor einer Stunde George Calloway angerufen und ihn gebeten hatte, Marion beizustehen. Sie brauchte einen Menschen, der sie stützte. Er ging den langen Flur hinunter und dachte an das Mädchen.

Marion hatte sich nicht von der Stelle gerührt und blickte ihm nach. Langsam kam Bewegung in sie, und sie begann, zu Michaels Zimmer zu gehen. Sie schritt an offenen und geschlossenen Türen vorbei, an menschlichen Dramen, an Hoffnungen, die sich nie erfüllen würden. Wenige dieser Menschen würden überleben. In dieser Etage lagen die schweren Fälle, und aus den Krankenzimmern drang kein menschlicher Laut. Sie ging langsam, bis sie auf halbem Wege stehenblieb, weil leises Schluchzen an ihr Ohr drang. Das Schluchzen war so leise, daß sie einen Augenblick nicht sicher war, ob sie etwas gehört hatte. Und dann sah sie die Nummer an der Tür und wußte Bescheid. Sie blieb stehen, als wäre sie gegen eine Mauer gelaufen, und starrte die Tür an. Das Zimmer hinter dieser Tür lag in ziemlicher Dunkelheit.

In der Ecke konnte sie den Schatten des Bettes ausmachen, denn im Raum war es dämmrig. Die Vorhänge und die Läden waren geschlossen, als dürfe der Patient nicht mit dem Sonnenlicht in Kontakt kommen. Marion stand minutenlang in der Tür und hatte Angst, ins Zimmer zu treten, aber sie wußte, was sie zu tun hatte, und langsam setzte sie einen Fuß vor den anderen und glitt ins Zimmer hinein. Sie blieb stehen und lauschte dem Schluchzen, das nun deutlicher zu hören war.

»Ist da jemand?« Der ganze Kopf des Mädchens war bandagiert, und ihre Stimme klang seltsam erstickt. »Ist da jemand?«

Nun schrie sie lauter: »Ich kann nichts sehen!«

»Ihre Augen sind mit Bandagen bedeckt. Ihren Augen ist nichts geschehen.«

Weiteres Schluchzen war die Antwort auf diese Worte.

»Warum sind Sie wach?« Marion sprach mit monotoner Stimme. Sie konnte keinen Trost spenden – sie empfand nichts für dieses Mädchen, und sie selbst hatte das Gefühl, einen Alptraum zu träumen. Aber sie wußte, daß sie um Michaels willen weitermachen mußte. »Haben die Ihnen nichts gegeben, um Sie zu beruhigen?«

»Es nützt nichts, ich wache immer wieder auf.«

»Haben Sie solche Schmerzen?«

»Nein, alles ist wie betäubt. Wer . . . wer sind Sie?«

Marion hatte Angst, ihr das zu sagen. Statt dessen trat sie auf das Bett zu und setzte sich auf den kleinen blauen Plastikstuhl, den sicher zuvor die Schwester benutzt hatte. Auch die Hände des Mädchens waren von Bandagen bedeckt und lagen wie zerbrochen auf der Bettdecke. Marion erinnerte sich daran, daß Wicky ihr erzählt hatte, das Mädchen habe versucht, ihr Gesicht zu schützen. Die Hände waren fast ebenso zerrissen wie das Gesicht, und das bedeutete für eine Malerin das Ende. Kurz gesagt – das Leben war für sie vorbei. Ihre Jugend, ihre Schönheit, ihre Arbeit, nichts war ihr geblieben. Auch nicht ihre Liebe. Und nun wußte Marion, was sie zu sagen hatte.

»Nancy . . .« Es war das erste Mal, daß sie den Namen aussprach, aber nun machte es nichts mehr. Sie hatte keine andere Wahl. »Haben sie dir . . .« Ihre Stimme war weich und seidig, als sie den nächsten Satz aussprach. »Haben sie dir Bescheid gesagt wegen deines Gesichts?«

Eine grauenhafte Stille entstand im Zimmer und währte länger, als Marion erwartet hatte. Dann rang sich ein schluchzender Laut zwischen den Bandagen hervor.

»Haben sie dir gesagt, wie schlimm es darum steht?« Ihr Magen zog sich zusammen, als sie die Worte aussprach, aber sie konnte sich nicht zurückhalten. Sie mußte Michael befreien. Wenn sie ihn befreite, würde er leben können. Sie spürte das in ihrem Inneren.

»Haben sie dir gesagt, daß es unmöglich sein wird, dich wieder zusammenzuflicken?«

Das Schluchzen klang nun zornig. »Sie haben mich belogen. Sie haben gesagt . . .«

»Es gibt nur einen Mann, der dich wieder zusammenflicken kann, Nancy, und diese Operation würde Hunderte, ja Tausende von Dollar kosten. Du kannst ihn dir nicht leisten, Michael kann ihn sich auch nicht leisten.«

»Das hätte ich auch nie von ihm verlangt.« Nun klang ihre Stimme wütend. »Ich hätte ihm nie erlaubt . . .«

»Also, was haben Sie vor?« Marion hatte vom vertraulichen »du« zum »Sie« übergewechselt.

»Ich weiß es nicht.« Wieder begann Nancy zu schluchzen.

»Könnten Sie ihm so gegenübertreten?«

Es dauerte Minuten, ehe ein stammelndes »nein« sich aus den Bandagen vernehmen ließ.

»Glauben Sie, er würde Sie in diesem Zustand noch lieben können? Selbst wenn er es versuchte, weil er Loyalität fühlt und Verantwortung, wie lange würde diese Liebe anhalten? Könnten Sie es aushalten zu wissen, wie Sie aussehen und was Sie ihm damit antun?«

Die Geräusche, die aus Nancys Kehle drangen, waren fürchterlich – sie würgte, als wolle sie sich übergeben. Auch Marion fragte sich, ob sie sich nicht selbst erbrechen müsse.

»Nancy, nichts ist von Ihnen übrig, nichts. Nichts von dem Leben, das Sie bis heute geführt haben, ist noch vorhanden.«

Sie saßen in schrecklichem Schweigen, und dann fing Nancy an zu schluchzen, und Marion glaubte, sie würde nie mehr aufhören. Es war nötig, ihr weh zu tun, sonst konnte sie ihren Plan nicht durchsetzen.

»Sie haben ihn schon verloren. Das könnten Sie ihm doch nicht antun. Und er . . . er verdient etwas Besseres als das. Wenn Sie ihn lieben, dann wissen Sie das. Und Sie lieben ihn doch? Aber Sie könnten ein neues Leben für sich haben.«

Das Mädchen antwortete nichts, sondern schluchzte weiter.

»Sie *könnten* ein neues Leben für sich haben. Eine ganz neue

Welt könnte sich Ihnen auftun.« Marion wartete, bis sie hörte, daß das Schluchzen jetzt zorniger klang, und sagte dann: »Ein ganz neues Gesicht.«

»Wie denn?«

»In San Francisco gibt es einen Mann, der Sie wieder schön machen kann. Er könnte auch erreichen, daß Sie wieder malen können. Das würde lange dauern und sehr viel Geld kosten, aber wäre das die Sache nicht wert, Nancy? Wäre es das nicht wert?« In Marions Mundwinkel zeigte sich ein winzigkleines Lächeln, sie war nun auf ihrem gewohnten Terrain – dies war ein Geschäft, ein Multimillionengeschäft. Ein 100-Millionen-Dollar-Geschäft. Alle Geschäfte waren gleich.

Ein kleiner zitternder Seufzer stieg aus den konturlosen Bandagen. »Das können wir uns nicht leisten.«

Marion erbebte, als sie das Wort »wir« hörte. Es gab kein »wir« mehr. Es hatte es nie gegeben, sie und Michael waren ein »wir«. Nicht dieses ... dieses ... sie atmete tief und versuchte, sich wieder in den Griff zu bekommen. An die Arbeit! Das war das einzige, an das sie denken konnte. Sie konnte nicht an dieses Mädchen denken – sie mußte nur an Michael denken.

»*Sie* können es sich nicht leisten, Nancy, aber *ich* kann. Sie wissen doch, wer ich bin, oder?«

»Ja.«

»Es ist Ihnen doch klar, daß Sie Michael schon verloren haben? Er könnte dem Druck dieser Tragödie nie ins Auge sehen und überleben. Er könnte nie ertragen, was Ihnen geschehen ist, wenn er überhaupt den Unfall überlebt. Das verstehen Sie doch, wie?«

»Ja.«

»Und Sie wissen doch auch, daß es gemein von Ihnen wäre, ihm diesen Schmerz anzutun, von ihm zu verlangen, daß er Ihnen Ihre Loyalität beweist?« Sie brachte es nicht über die Lippen, das Wort Liebe zu benutzen. Das Mädchen war dieses Wort einfach nicht wert. Marion zwang sich dazu, das zu glauben. »Verstehen Sie das, Nancy?« Es gab eine kleine Pause. »So sagen Sie doch?«

Diesmal fiel ein kleines und sehr müdes »ja« in den kalten Raum zwischen ihnen. Nancy sagte es todmüde.

»Sie haben bereits alles verloren, ist Ihnen das klar?«

»Ja.« Das Wort wurde tonlos ausgesprochen, leblos. Es klang, als verließen alle Kräfte das gebrochene Mädchen.

»Nancy, ich möchte Ihnen ein kleines Geschäft vorschlagen.« Nun lief Marion Hillyard zur Hochform auf. Hätte ihr Sohn ihr zugehört, er hätte sie sicher umbringen wollen. »Mir gefällt die Idee, daß Sie ein neues Gesicht haben sollen. Ein neues Leben – eine neue Nancy. Denken Sie einmal darüber nach, was das für Sie bedeuten könnte. Sie wären wieder schön wie zuvor, könnten Freunde haben, könnten in Restaurants gehen, ins Kino, in Läden, Sie könnten hübsche Kleider tragen und mit Männern zum Tanzen gehen. Oder ... oder das alles wird nicht mehr der Fall sein. Oder es schreien die Leute auf, wenn Sie an ihnen vorbeigehen. Oder Sie können sich nirgends mehr sehen lassen, bei niemandem und nie. Oder Kinder heulen, wenn sie Sie kommen sehen. Können Sie sich vorstellen, wie Sie aussehen werden? Aber Sie können *wählen.*« Sie betonte das letzte Wort.

»Das kann ich nicht.«

»Doch, das können Sie. Ich möchte Sie vor diese Wahl stellen. Ich kann Ihnen ein neues Leben geben. Ein neues Gesicht, eine neue Welt. Ein Appartement in einer anderen Stadt während der Operation, alles, was Sie brauchen, Geld zu allem, was Sie tun wollen. Es würde keine Schwierigkeiten geben, Nancy, und in einem Jahr etwa wäre dieser Alptraum vorüber.«

»Und dann?«

»Dann wären Sie frei. Das neue Leben würde Ihnen gehören.«

Es folgte eine Pause, die nicht enden wollte, und Marion machte sich bereit, Nancy nun ihre Bedingungen zu stellen. »Solange – solange Sie keinen Kontakt zu Michael aufnehmen. Sie bekommen ein neues Gesicht, aber nur, wenn Sie Michael aufgeben. Wenn Sie mein ... mein Geschenk nicht annehmen wollen, dann haben Sie ihn erst recht verloren, das muß Ihnen doch klar sein. Also, warum sollten Sie den Rest Ihres Lebens als Monster verbringen, wenn die Dinge so liegen?«

»Und was passiert, wenn sich Michael nicht an unser Abkommen hält? Was, wenn ich mich von ihm fernhalte und er sich nicht von mir fernhält?«

»Alles, was ich von Ihnen brauche, ist das Versprechen, sich von ihm fernzuhalten. Was Michael tut, überlasse ich ihm selbst.«

»Und daran werden Sie sich halten? Wenn er mich noch will ... trotzdem ... wenn er mir nachkommt, dann überlassen Sie das Weitere ihm?«

»Das akzeptiere ich.«

Nancy fühlte sieghaftes Vertrauen in sich aufsteigen. Sie kannte Michael soviel besser, als seine Mutter ihn kannte; er würde sie nie aufgeben. Sie wußte, daß er sie finden und ihr das qualvolle Jahr über beistehen würde, und dann wäre sie ja bereits auf dem Wege, wieder sie selbst zu werden. Diesmal würde seine Mutter nicht gewinnen können. Wenn Nancy das Geschäft annahm, spielte sie mit falschen Karten, denn sie wußte selbst, wie es ausgehen würde. Trotzdem mußte sie es tun, sie mußte akzeptieren, es gab keinen anderen Ausweg.

»Wollen Sie es tun?« Marion war nahe daran, den Atem anzuhalten, als sie auf die Zustimmung wartete und betete, daß das erlösende Wort, das Michael befreite, endlich kam.

Von Nancy war es ein sieghaftes Wort einer Unterlegenen. Sie fühlte sich von dem Glauben an Michael erfüllt. Sie erinnerte sich an seine Worte, als sie die Perlenkette unter dem Felsen vergraben hatten: »Ich verspreche, nie Adieu zu dir zu sagen.«

Sie nur wußte, daß das ein Schwur war, den er nie brechen würde.

»Antworten Sie mir, Nancy.« Marion konnte nicht mehr warten. Ihr Herz schlug wie wild. »Sind Sie bereit?«

»Ja.«

5

Marion Hillyard stand in der Eingangshalle des Krankenhauses. Sie trug ein schwarzes Wollkleid und einen schwarzen Cardin-Mantel. Sie sah zu, wie man das Mädchen im Ambulanzwagen verstaute. Es war sechs Uhr morgens, und sie hatte kein weiteres Wort mehr mit Nancy gewechselt. Am vergangenen Abend waren sie übereingekommen, und Marion hatte Wicky sofort gebeten, den Chirurgen in San Francisco anzurufen. Wickfield war überglücklich gewesen. Er hatte Marion auf die Wange geküßt und Peter Gregson zu Hause angerufen. Gregson übernahm den Fall. Er hatte Nancys sofortigen Transport nach Westen angeordnet, und Marion hatte ein Spezialabteil 1. Klasse in einer Maschine nach San Francisco, die um acht Uhr morgens startete, gebucht. Außerdem hatte sie zwei Schwestern für Nancys Pflege angestellt. Sie scheute die Ausgaben nicht.

»Was für ein Glück dieses Mädchen hat, Marion!« Wickfield betrachtete sie bewundernd, als sie ihre Zigarette austrat.

»Das will ich meinen. Und Wicky – ich möchte nicht, daß Michael etwas davon erfährt. Sind wir uns da einig?« In ihrer Stimme klang leise ein drohender Ton. »Wenn jemand ihn über diese Angelegenheit unterrichtet, lasse ich die Behandlung sofort abbrechen.«

»Aber warum nur? Er hat ein Recht, zu erfahren, was du für dieses Mädchen getan hast.«

»Das bleibt zwischen uns beiden. Oder sagen wir, zwischen uns dreien. Ich schließe Gregson ein. Michael braucht nichts davon zu erfahren. Wenn er aus dem Koma erwacht, wünsche ich nicht, daß das Mädchen ihm gegenüber erwähnt wird. Das würde ihn nur aufregen. Deshalb, Robert, wirst du ihm nichts sagen, verstanden?«

Nie nannte sie ihn bei seinem formellen Vornamen – nur wenn sie ihn daran erinnern wollte, was das Hillyard-Geld für sein Krankenhaus bedeutete.

»Selbstverständlich nicht, wenn du es so willst.«

»Ich wünsche es.«

Die Türen der Ambulanz wurden mit dumpfen Schlägen geschlossen, von dem Mädchen war nichts weiter zu sehen als eine blaue Decke. Die Schwestern waren bei ihr. Diese Schwestern würden sie auf ihrem Leidensweg sechs bis acht Monate lang in San Francisco begleiten. Danach, so hatte Gregson gesagt, würden sie nicht mehr benötigt werden. Aber sechs bis acht Monate würde Nancy mit bandagierten Augen verbringen müssen, während er ihre Lider wieder aufbaute, ihre Nase neu formte, Brauen und Wangen bildete. Er mußte ein komplettes Gesicht erschaffen. Außerdem wären noch andere Ausgaben nötig, hatte er gesagt. Nancy würde ständig einer psychotherapeutischen Behandlung bedürfen, um den emotionellen Schock der Verwandlung in ein neues Wesen zu überwinden. Auf keinen Fall würde Gregson ihr altes Gesicht wieder herstellen können. Er mußte eine neue Frau schaffen. Marion gefiel die Idee der neuen Frau: Dadurch entfernte sich das Mädchen noch weiter von Michael. Damit wurde auch ein zufälliges Treffen ausgeschlossen – das Risiko, daß sich die beiden später zufällig auf einem Flugplatz trafen und Michael sie erkannte. Marion hatte keine Lust, das geschehen zu lassen. Im Geiste ging sie noch einmal das Arrangement durch, das sie mit Gregson um vier Uhr morgens am Telefon getroffen hatte. In San Francisco war es ein Uhr gewesen. Er hatte am Telefon klug und lebendig, ja dynamisch gewirkt. Er war ein Mann, der auf seinem Gebiet als internationale Kapazität galt. Das Mädchen hatte verdammtes Glück gehabt. Er sagte ihr, daß seine Sekretärin den Vertrag ausarbeiten und für ein Appartement und Kleidung sorgen würde. Sie waren rasch die Kosten für acht Monate chirurgischer Behandlung durchgegangen und hatten die zusätzlichen Ausgaben für die psychotherapeutische Behandlung hinzugezählt. Es folgten die Gehälter der Krankenschwestern und die allgemeinen Lebenskosten. Sie waren auf die ungefähre Summe von 400 000 Dollar gekommen – ein vernünftiger Preis. Marion würde um neun mit ihrer Bank telefonieren und den Betrag auf Gregsons Konto überweisen lassen. Um neun, wenn seine Bank öffnete, würde diese Bankanweisung bereits sein Konto erreicht haben. Nicht, daß er sich gesorgt hätte, er wußte ja, wer Marion Hillyard war. Wer wußte das nicht?

»Warum kommst du nicht mit herein und frühstückst ein bißchen, Marion?« Wickfield hatte es aufgegeben, sie zu beeinflussen, und Calloway konnte, wie er sagte, New York erst heute verlassen. Wickfield wußte nicht, daß Marion ihn darum gebeten hatte. Sie hatte allein sein wollen, um ihren Plan auszuarbeiten – ihr »Geschäft«. Alles war glatt gelaufen.

»Marion?«

»Hm?«

»Frühstück?«

»Später, Wicky, später. Ich möchte Michael sehen.«

»Ich bin gerade dabei, hinaufzugehen und ihn mir selber anzusehen.«

Marion verschwand für einen Augenblick in der Damentoilette, während Wickfield zu Michaels Zimmer lief. Er erwartete keine Veränderung, denn er hatte seinen Patienten erst vor einer Stunde überprüft. Als Marion das Zimmer betrat, war es seltsam still. Nur fünf Minuten waren vergangen. Wicky trat mit einem feierlichen Ausdruck im Gesicht vom Bett zurück, und von der Schwester war nichts zu sehen. Viel zu still war alles, und plötzlich spürte Marion ihr Herz in ihrem Mund klopfen. Es war genauso wie damals mit Frederick . . . ohne daß sie es wollte, flog ihre Hand zum Herzen, und sie blieb wie erstarrt in der Tür stehen und schaute von Wickys Gesicht zum Bett hin. Und dann sah sie Michael, und ihre Augen füllten sich mit Tränen. Er lächelte ihr zu . . . ihr Junge lächelte ihr zu. Es war nicht wie damals mit Frederick. Ein Schluchzen stieg ihr in die Kehle, auf schwachen Beinen näherte sie sich dem Bett, beugte sich über Michael und berührte sachte sein Gesicht und seine Hände.

»Servus, Mama.«

Das waren die schönsten Worte, die sie je in ihrem Leben gehört hatte. Tränen rannen über ihre Wangen, sie lächelte. »Ich liebe dich, Michael.«

»Und ich liebe dich auch.«

Selbst Wickfield hatte Tränen in den Augen, als er sie beobachtete. Der Junge, so hübsch und so lebendig und wieder dem

Leben geschenkt, und die Frau, die in den letzten zwei Tagen soviel durchgestanden hatte. Leise schlüpfte er aus dem Zimmer, niemand hörte ihn gehen. Zärtlich hielt Marion ihren Sohn lange Minuten in den Armen und streichelte sein Haar.

»Ist ja schon gut, Mama, ist ja alles okay. Herrgott, hab' ich 'nen Hunger!« Marion lachte, es klang so herrlich, er lebte wieder, er gehörte ihr.

»Nun, wir werden dir das beste und größte Frühstück servieren, das du je gegessen hast – wenn Wicky es uns erlaubt.«

»Zum Teufel mit Wicky, ich bin am Verhungern!«

»Michael!« Sie konnte ihm nicht böse sein. Sie konnte ihn nur lieben. Aber als sie ihn so betrachtete, sah sie, wie sich sein Gesicht umwölkte, als ihm plötzlich einfiel, wo er war und warum. Er versuchte sich aufzusetzen, wußte nicht, wie er es sagen sollte, mit welchen Worten er fragen sollte. Er betrachtete ihr Gesicht, und sie verbarg ihm ihre Augen und hielt seine Hand fest mit ihren Fingern umschlossen.

»Mama . . . was ist mit den anderen . . . neulich nacht . . . ich erinnere mich . . .«

»Ben ist von seinem Vater nach Boston geholt worden, er hat einiges gebrochen, aber all das wird heilen. Es geht ihm viel besser als dir«, sagte sie mit einem Seufzer und hielt seine Hand um so fester. Sie wußte, was jetzt kommen würde. Sie war bereit und wartete darauf.

»Und . . . Nancy?« Sein Gesicht wurde weiß wie Elfenbein, als er ihren Namen aussprach. »Nancy, Mama?« Seine Augen füllten sich bereits mit Tränen. Er konnte die Antwort vom Gesicht seiner Mutter ablesen, als sie sich behutsam auf den Stuhl neben seinem Bett setzte und mit der Hand sachte seine Wange streichelte.

»Sie hat es nicht geschafft, Liebling. Sie haben alles getan, was in ihrer Macht stand, aber sie war zu schwer verletzt.« Sie machte eine Pause und fuhr dann fort: »Sie ist heute morgen gestorben.«

»Hast du sie gesehen?« Noch immer suchte er in ihrem Gesicht etwas, das er nicht beschreiben konnte.

»Ich habe letzte Nacht lange an ihrem Bett gesessen.«

»O Gott . . . und ich war nicht bei ihr . . . o Nancy . . .« Er drehte seinen Kopf in das Kissen und weinte wie ein Kind. Marion umklammerte seine Schultern. Immer wieder sagte er ihren Namen, immer wieder, bis er nicht mehr weinen konnte. Dann blickte er seine Mutter an. Sie entdeckte etwas in seinem Gesicht, das sie noch nie zuvor gesehen hatte. Es schien, als habe er einen Teil von sich verloren, als wäre dieser Teil aus ihm geflossen, als er Nancys Namen ausgesprochen hatte. Er sah aus, als sei ein Stück von ihm verblutet und dann gestorben.

6

Nancy hörte, wie das Flugzeug das Fahrgestell ausfuhr, und zum hundertsten Mal seit dem Abflug fühlte sie die Berührung der Hände auf ihrem Arm. Es war seltsam beruhigend, die Hände der Krankenschwestern auf sich zu fühlen, und sie freute sich darüber, daß sie die beiden bereits jetzt unterscheiden konnte. Eine hatte dünne, zarte Hände mit langen, schlanken Fingern; ihre Hände waren immer kalt, aber sie schienen eine große Kraft zu besitzen. Die Berührung allein gab Nancy einen Teil ihres Mutes zurück. Die andere Krankenschwester hatte warme, mollige Hände, deren Berührung Nancy das Gefühl gab, in Sicherheit zu sein und umsorgt zu werden. Sie tätschelte Nancys Arm immerzu, und sie war es auch gewesen, die Nancy die beiden Spritzen gegen die Schmerzen verabreicht hatte. Sie hatte eine sanfte und trostreiche Stimme. Die erstere sprach mit leichtem Akzent. Nancy mochte bereits alle beide gern.

»Jetzt haben wir's gleich, meine Liebe, von hier aus kann man schon die Bucht sehen, bald ist alles vorbei, und wir sind da.«

In Wirklichkeit waren es bis zur Landung noch zwanzig Minuten. Peter Gregson rechnete mit diesen zwanzig Minuten, als er in seinem Porsche die Straße hinunterbrauste. Er wollte sich mit der Ambulanz treffen. Später würde eine seiner Sekretärinnen seinen Wagen abholen und zum Krankenhaus zurückbringen. Er wollte an der Seite dieses Mädchens sein, wenn sie vom Flugplatz in die Stadt fuhren. Der Gedanke an sie erregte ihn. Sie mußte »jemand« sein, wenn Marion Hillyard sich solche Sorgen um sie machte. 400 000 Dollar waren keine kleine Summe, und nur der dritte Teil dieses Betrages ging an ihn. Mit dem anderen Geld sollte man, so hatte Marion befohlen, das nächste Jahr für das Mädchen erträglich gestalten. Sie würde es gut haben. Er hatte Marion Hillyard das versprochen. Aber das wäre nicht nötig gewesen, er hätte sich sowieso darum gekümmert, das war ein Teil seiner Arbeit. Er würde dieses Mädchen bis ins Tiefste ihrer Seele kennenlernen. Sie würden mehr werden als nur Freunde – er würde ihr alles bedeuten, und sie würde ihm alles bedeuten. So mußte es sein, denn wenn das neue Gesicht geboren wurde, mußte sie die Person sein, zu der dieses Gesicht gehörte. Peter Gregson würde Nancy McAllister nach acht Monaten der anstrengendsten Schwangerschaft zur Welt bringen. Sie mußte tapfer sein, dieses Mädchen, aber er hatte keine Angst um sie. Er würde für alles sorgen. Gemeinsam würden sie die Sache angehen – die Idee erregte ihn. Er liebte seine Arbeit, und auf seltsame Weise liebte er Nancy bereits jetzt. Er liebte das, was er aus ihr machen würde – was sie dann sein würde. Er würde ihr alles geben, was er nur geben konnte.

Er warf einen Blick auf seine Uhr und trat aufs Gaspedal. Autofahren war seine bevorzugte Art, sich zu entspannen. Er flog auch sein eigenes Flugzeug, tauchte mit der Sauerstoffflasche, wann immer er dazu Zeit hatte. Er fuhr Ski und hatte verschiedene Berge in Europa bestiegen. Er war ein Mann, dem es gefiel, Risiken einzugehen und Großes zu vollbringen. Er wollte das Unmögliche vollbringen, er mußte immer gewinnen. Deshalb liebte er auch seine Arbeit so sehr. Es gab Menschen, die ihm vorwarfen, er spiele den lieben Gott. Aber das war es gar nicht, was ihn so erregte, es war die Lust, das Unerreichbare zu erreichen. Das stimulierte ihn. Mit 47 hatte er bei allem, was er berührt hatte, gewonnen – auch jetzt würde er wieder siegen. Er und Nancy, sie würden zusammen gewinnen. Sein dunkles Haar flog im Fahrtwind, seine Augen strahlten vor Leben. Von Tahiti hatte er eine leichte Sonnenbräune mitgebracht. Er trug graue Hosen und einen weichen blauen Kaschmirpullover, der die Farbe seiner Augen hatte. Er war stets makellos gekleidet, und er war ein ungewöhnlich gutaussehender Mann. Innerlich aber war er viel mehr als das, denn seine Vitalität strahlte spürbar von ihm aus. Er elektrisierte die Menschen, fing ihre Aufmerksamkeit ein und bezauberte sie.

Er umrundete die Kurve des Flugplatzes genau in dem Augenblick, in dem Nancys Flugzeug zur Landung ansetzte. Er wies dem Polizisten einen Spezialausweis vor, dieser nickte und versprach, auf seinen Wagen zu achten. Selbst der Polizist lächelte Gregson zu. Peter war ein Mann, den man schlecht übersehen konnte. Er besaß einen unwiderstehlichen Charme, und seine Kraft zeigte sich in allem, was er tat. Die Menschen waren gern in seiner Nähe.

Geschickt suchte er seinen Weg, sprach rasch mit dem Chef der Bodenaufsicht und sah zu, wie der Mann das Telefon vom Haken nahm und einige Sätze sprach. Minuten später geleitete man Peter durch eine Tür und eine Treppe hinunter zu einem winzigen Flugplatzvehikel, das ihn zur Startbahn hinausfuhr. Dort stand bereits der Ambulanzwagen mit den Sanitätern, die darauf warteten, die Patientin aus dem Flugzeug zu heben. Peter bedankte sich bei seinem Fahrer und hastete zur Ambulanz, wo er rasch im Inneren überprüfte, ob man seinen Befehlen nachgekommen war. Zufrieden stellte er fest, daß alles stimmte. Es war schwer zu beurteilen, ob seine Patientin nach dem Flug gut in Form war, aber er wünschte, daß man sie so schnell wie möglich nach San Francisco brachte, wo sie genau beobachtet werden konnte. Vieles galt es nun zu planen, und die wirkliche Arbeit fing erst in ein paar Tagen an.

Die anderen Passagiere wurden am Aussteigen gehindert, während man Nancy aus der vorderen Tür trug. Die Stewardessen blieben mit ernsthaften Gesichtern zurück und wandten die Augen von dem bandagierten Mädchen ab, von den Flaschen, die über ihr hingen, während die Schwestern mit ihr zu sprechen schienen, als sie herausgetragen wurde. Nancy war der Star der

Show, und Peter beobachtete sie, wie sie auf der Bahre herbeigetragen und behutsam im Inneren der Ambulanz abgestellt wurde. Er lächelte den beiden Schwestern zu, dann bestieg er die Ambulanz und setzte sich neben Nancy. Er griff nach ihrer Hand und hielt sie fest.

»Guten Tag, Nancy, ich heiße Peter. Hattest du eine gute Reise?« Er sagte das so, als wäre sie eine normale Person, als wäre sie noch ein Mädchen und nicht nur dieser gesichtslose Klumpen in den Bandagen. Sie fühlte, wie Erleichterung in einer Welle über sie hinströmte, als sie seine Stimme vernahm.

»Es verlief alles glatt. Sind Sie Dr. Gregson?« Sie war müde, aber interessiert.

»Ja, doch Peter klingt weniger formell zwischen zwei Menschen, die zusammen arbeiten werden.« Die Art, wie er das sagte, gefiel ihr, und wenn sie gekonnt hätte, hätte sie ihm zugelächelt.

»Sie sind extra herausgekommen, um mich abzuholen?«

»Hätten Sie das nicht für mich getan?«

»Ja.« Sie wollte nicken, konnte aber nicht. »Vielen Dank.«

»Ich freue mich, daß ich's getan habe. Sind Sie schon mal in San Francisco gewesen, Nancy?«

»Nein.«

»Es wird Ihnen sehr gefallen. Wir werden ein hübsches Appartement für Sie suchen, Sie werden gar nicht mehr wegwollen von hier. So geht es den meisten Leuten, wissen Sie das? Wenn Sie sich einmal hier angesiedelt haben, wollen Sie Ihr ganzes Leben hier verbringen. Vor 15 Jahren bin ich von Chicago hierher gezogen, und keine zehn Pferde bringen mich wieder dorthin zurück.«

Sie lachte über die Art und Weise, wie er das sagte, und er lächelte auf sie hinunter. »Stammen Sie aus Boston?«

Er behandelte sie, als hätte man sie bei Freunden einander vorgestellt. Aber was er wirklich wollte, war, daß sie sich nach dem langen Flug entspannte. Ein paar Minuten ohne sich zu bewegen würden ihr gut tun. Auch die Schwestern genossen den Augenblick der Muße, sie streckten ihre Glieder und unterhielten sich mit den beiden Sanitätern. Ab und zu warfen sie Dr. Gregson einen Blick zu, um festzustellen, ob er noch mit Nancy sprach.

Schon jetzt gefiel er ihnen sehr gut. Er strahlte auf seltsame Weise Wärme und das Gefühl der Sicherheit aus.

»Nein, ich komme aus New Hampshire, das heißt, dort bin ich aufgewachsen. In einem Waisenhaus. Als ich achtzehn war, zog ich nach Boston.«

»Das klingt sehr romantisch. War das ein Waisenhaus, wie es Dickens beschreibt?« Alles, was er sagte, klang fröhlich.

Nancy lachte über die Art, wie er nach Dickens fragte. »Wohl kaum. Die Nonnen waren wunderbare Frauen. Sie gefielen mir so gut, daß ich längere Zeit auch Nonne werden wollte.«

»Jetzt hören Sie mal her ... wenn wir hier unser Projekt durchgezogen haben, junge Dame, dann sind Sie reif für Hollywood. Und wenn Sie hergehen und sich in irgendeinem Kloster verstecken wollen, dann werde ich ... dann werde ich ... gut, dann springe ich von der Brücke, verdammt noch mal. Besser versprechen Sie mir jetzt gleich, daß Sie nicht weglaufen und irgendwo Nonne werden. Abgemacht?«

Das fiel ihr nicht schwer. Sie wartete doch auf Michael. Die Zeiten, in denen sie geträumt hatte, Schwester Agnes Marie zu werden, waren lange vorbei.

»Na schön, wenn Ihnen soviel dran liegt«, sagte sie ernsthaft.

»Ist das ein Versprechen? Schnell, sprechen Sie mir nach ... ich verspreche es.«

»Ich verspreche es.«

»Was versprechen Sie?«

Wieder mußten sie beide lachen.

»Ich verspreche, daß ich nicht ins Kloster gehe.«

»So, jetzt ist mir besser.« Er gab den beiden Schwestern ein Zeichen, sich zu ihnen zu gesellen, und die Sanitäter bestiegen das Führerhäuschen der Ambulanz. Jetzt konnten sie ihre Fahrt antreten. Nur eines mußte noch erledigt werden.

»Warum stellen Sie mich nicht Ihren Freunden vor, Nancy?«

»Richtig, mal sehen, die kalten Hände gehören Lily, und die warmen gehören Gretchen.«

Alle vier lachten.

»Vielen Dank, Nancy.«

Lily lachte gutmütig, und Nancy lächelte, sie fühlte sich in der Umgebung ihrer neuen Freunde sicher, und alles, an was sie denken konnte, war, wie sie wohl aussehen würde, wenn Michael sie nach den eineinhalb Jahren wiedersehen würde. Peter Gregson gefiel ihr, und plötzlich wußte sie, daß er sich mit ihr besondere Mühe geben würde. Er würde etwas ganz Spezielles aus ihr machen, weil ihm das selbst sehr wichtig war.

7

Die Türen der Ambulanz öffneten sich, und man trug die Bahre in das Hotel. Der Manager hatte sie erwartet und begrüßte sie. Eine ganze Penthouse-Suite war ihnen zur Verfügung gestellt worden. Obgleich sie nur ein paar Tage bleiben wollten, hatte das Hotel alles Menschenmögliche unternommen, um ihnen die kleine Atempause zwischen Krankenhaus und zu Hause so angenehm wie möglich zu machen. Marion wurde geschäftlich in Boston in Anspruch genommen, und außerdem hatte Michael darauf bestanden, ein paar Tage im Hotel zu bleiben, bevor er nach Hause ging. Und seine Mutter war bereit, seinen Launen nachzugeben. Die Sanitäter setzten ihn vorsichtig auf dem Bett ab, und Michael schnitt eine Grimasse. »Um Gottes willen, mir fehlt doch gar nichts mehr, Mutter! Alle sagen, daß es mir wieder gutgeht.«

»Es ist nicht nötig, die Sache zu übereilen.«

»Übereilen?« Er warf einen Blick um sich und stöhnte, während sie die Sanitäter entlohnte. Die Männer zogen sich zurück. Der Raum war voller Blumen, überall standen sie in Vasen, und neben dem Bett befand sich ein riesiger Obstkorb. Das Hotel gehörte seiner Mutter, sie hatte es schon vor Jahren als Investment gekauft.

»Entspann dich, Liebling. Du darfst dich jetzt nicht aufregen. Möchtest du etwas essen?« Sie hatte eine Schwester behalten wollen, aber selbst der Doktor hatte gesagt, daß dies nicht nötig sei; außerdem hätte es Michael zum Wahnsinn getrieben. Alles, was ihm fehlte, waren ein paar Wochen, in denen er sich erholte, dann würde er zu arbeiten beginnen. Vorher aber hatte er noch etwas anderes vor.

»Wie sieht's aus, möchtest du etwas essen?« fragte Marion noch einmal.

»Klar doch, ich möchte Schnecken in Knoblauchbutter, Austern à la Rockefeller, Champagner, Schildkröteneier und Kaviar.« Er setzte sich im Bett auf wie ein unartiges Kind.

»Was für eine widerlicher Kombination, mein Liebling!« Aber sie hatte gar nicht richtig hingehört. Sie warf einen Blick auf ihre Uhr. »Bestell doch bitte selbst. George wird jeden Augenblick hier sein. Wir müssen zu einem Geschäftstreffen um ein Uhr in die Stadt.«

Zerstreut verließ sie das Zimmer, um nach ihrem Diplomatenköfferchen zu fahnden. Mike hörte, wie die Klingel am Eingang der Suite geläutet wurde. Wenig später betrat George Calloway den Raum. »Na, Michael, wie fühlen wir uns denn heute?«

»Nach zwei Wochen im Krankenhaus, nach zwei Wochen, in denen ich nichts getan habe, fühle ich mich hauptsächlich unausgelastet.« Michael versuchte, einen Scherz zu machen, aber um seine Augen lag noch immer eine tiefe Traurigkeit. Auch seine Mutter hatte es bemerkt, hatte es aber als Müdigkeit abgetan. Sie wollte keine andere Erklärung hören, und Michael und sie hatten die Angelegenheit nie mehr erwähnt. Wenn sie sprachen, dann sprachen sie über das Geschäft, über die Pläne für das Medizinische Zentrum in San Francisco. Über den Unfall wurde kein Wort verloren.

»Ich bin heute morgen vorbeigefahren und habe mir dein Büro angesehen, es ist wirklich fabelhaft«, sagte George und setzte sich an den Fuß des Bettes.

»Das kann ich mir vorstellen.« Michael beobachtete seine Mutter, die ins Zimmer trat. Sie trug ein perlgraues Chanel-Kostüm und darunter eine blaue Seidenbluse. Perlen zierten ihre Ohren, und eine dreireihige Perlenkette lag um ihren Hals. »Mutter hat einen ausgezeichneten Geschmack.«

»Ja, das hat sie.« George lächelte zärtlich, aber Marion machte eine ungeduldige Geste. »Hört auf damit, mich mit Rosen zu bewerfen. Wir werden zu spät kommen. George, hast du die Papiere beisammen, die wir brauchen?«

»Aber sicher.«

»Gut, dann wollen wir aufbrechen.« Eilig trat sie an Michaels Bett, beugte sich über ihn und küßte ihn auf die Stirn. »Ruh dich aus, Liebling, und vergiß nicht, dir Mittagessen zu bestellen.«

»Gewiß, Madame, und viel Glück zu eurem Geschäftstreffen.«

Sie nickte ihm zum Abschied zu. Michael beobachtete, wie die beiden das Zimmer verließen, dann setzte er sich aufrecht in sein Bett.

Geduldig und leise wartete er und dachte nach. Er wußte genau, was er vorhatte. Seit zwei Wochen hatte er es geplant. Er hatte eigentlich an nichts anderes denken können. Deshalb hatte er auch vorgeschlagen, in einem Hotel zu wohnen. Er brauchte den Nachmittag ganz für sich. Er wollte nicht, daß sie ihm seinen Plan verdarben. Er mußte sicher sein, daß sie das Haus verlassen hatten, und als sie eine halbe Stunde fort waren, setzte er sich auf den Bettrand. Nun trat er eilig zu seinem Koffer, der auf einem Schemel am Fuß des Bettes lag, und nahm heraus, was er brauchte: graue Hosen, ein blaues Hemd, Turnschuhe, Socken, Unterwäsche. Ihm schien es, als wären es tausend Jahre her, seit er zum letztenmal Kleider getragen hatte, und er war überrascht, wie wacklig er auf den Beinen stand, als er sich ankleidete. Er mußte sich viermal niedersetzen und Atem schöpfen. Er brauchte fast eine halbe Stunde, um sich anzuziehen, um sein Haar zu kämmen, dann trat er zum Telefon und bat den Portier, ihm ein Taxi zu besorgen. Er war sehr bleich, als er mit dem Lift in die Halle hinunterfuhr. Das Taxi wartete vor der Tür. Er nannte dem Fahrer die Adresse und lehnte sich erregt zurück. Es war so, als hätte er eine Verabredung, als erwarte sie ihn, als wisse sie, daß er komme. Er lächelte in sich hinein und gab dem Fahrer, als er ausstieg, ein großzügiges Trinkgeld. Er bat den Mann nicht, auf ihn zu warten, er wollte nicht, daß jemand auf ihn wartete. Er würde dort bleiben, allein, solange es ihm gefiel. Er hatte schon mit dem Gedanken gespielt, weiter die Miete für das Appartement zu zahlen, so daß er sich dorthin zurückziehen konnte, wann immer es ihn danach gelüstete. Es war ja nur eine Stunde Flug von New York hierher. Er betrachtete das Gebäude, und die gewohnte Wärme stieg in ihm auf. Obgleich er es nicht wollte, hörte er sich selbst sagen: »Hallo, Nancy, mein süßer kleiner Affe, ich bin nach Hause gekommen.« Diese Worte hatte er wohl tausendmal vor sich hin gesagt, wenn er durch die Tür der Eingangshalle geschritten war. Dort oben hatte sie gesessen an ihrer Staffelei mit bespritzten Armen und Händen, manchmal mit einem Klecks auf der Nase. Wenn sie allzu sehr mit ihrer Malerei beschäftigt war, hörte sie ihn manchmal gar nicht hereinkommen.

Langsam stieg er die Treppe hinauf, müde, aber glücklich in dem Gefühl, nach Hause zu kommen. Er wollte einfach hinaufgehen und sich niedersetzen, in ihrer Nähe sein, bei ihr sein ... ihre Dinge um sich haben. All die vertrauten Gerüche des Gebäudes fielen über ihn her, er hörte irgendwo das Wasser laufen, er hörte ein Kind rufen, eine Katze miauen, und draußen klangen die Hupen der vorbeifahrenden Autos. Er hörte ein italienisches Lied aus einem Radio, und sekundenlang fragte er sich, ob das das Radio in ihrem Atelier sei. Er hatte den Schlüssel in der Hand, als er vor ihrer Tür ankam, und blieb dann lange Minuten stehen. Zum erstenmal seit jenem Tage fühlte er Tränen in seine Augen steigen. Er wußte die Wahrheit im tiefsten Inneren. Sie würde nicht dort sein, denn sie war für immer fortgegangen. Sie war tot. Noch immer sprach er diesen Satz manchmal laut aus, um ihn sich selbst begreiflich zu machen, um endlich daran zu glauben. Er wollte nicht einer von jenen verrückten Leuten sein, die es nie schaffen, der Wahrheit ins Auge zu sehen, und die Spiele mit sich spielen, in denen sie vorgeben, daß nichts geschehen sei. Sie hätte sich sehr über ihn geärgert, wenn sie das wüßte. Aber ab und zu vergaß er gnädig ihren Tod und kam dann mit einem harten Ruck wieder in die Gegenwart zurück, so wie jetzt. Er drehte den Schlüssel im Schloß und wartete, als käme schließlich drinnen doch jemand an die Tür. Aber niemand kam. Er öffnete die Tür langsam und schnappte nach Luft.

»O mein Gott, wo ist . . . wo sind . . .«

Das Appartement war leer. Kein einziges Möbelstück stand mehr darin. Jeder Tisch, jeder Stuhl, die Pflanzen, die Bilder, die Staffelei, die Farben, die Kleider, alles fehlte, selbst der Geruch.

»Jesus Christus, Nancy!«

Dann hörte er sich selbst weinen, heiße, wütende Tränen rannen über sein Gesicht, als er die Türen einzeln öffnete. Nichts. Sogar der Eisschrank war fort. Einen Augenblick stand er wie vom Schlag gerührt, dann flog er die Treppen hinunter. Zur Wohnung des Hausmeisters im Keller. Er hämmerte an die Tür, bis der alte Mann einen Spalt öffnete und mit einem ängstlichen Auge zu ihm hinausstarrte. Er erkannte Michael und öffnete die Tür, er wollte lächeln, aber Michael packte ihn an den Aufschlägen seiner Jacke und schüttelte ihn. »Wo sind ihre Sachen, Kowalski? Wo, zum Teufel, sind sie, was haben Sie mit ihnen gemacht? Haben Sie sie genommen? Wer hat sie genommen? Wo sind ihre Sachen?«

»Welche Sachen? Wer . . . mein Gott . . . nein, nein, ich hab' sie nicht genommen, sie sind gekommen vor zwei Wochen. Sie haben mir gesagt . . .« Er zitterte vor Angst, denn Michael kochte vor Wut.

»Was soll das heißen ›sie‹?«

»Das weiß ich doch nicht! Jemand rief mich an und sagte, daß das Appartement nun frei wäre. Daß Miss McAllister . . . nun . . .« Er sah, daß Michaels Wangen noch naß von Tränen waren, und wagte nicht, weiterzusprechen. »Sie wissen ja. Nun, sie sagten mir, daß das Appartement bald frei wäre, Ende der Woche. Dann erschienen zwei Schwestern und nahmen ein paar Sachen mit. Und dann kam der Wagen von der Caritas am nächsten Morgen.«

»Schwestern? Was für Schwestern?« Michael wußte nicht, was er davon halten sollte. »Und die Caritas? Wer hatte die gerufen?«

»Ich weiß nicht, wer. Jedenfalls sahen die aus wie Schwestern, sie hatten so weiße Uniformen an. Viel haben die nicht mitgenommen, einen kleinen Koffer und ihre Bilder. Den Rest hat die Caritas geholt. Ich hab' nichts genommen, ganz ehrlich, das würde ich nie tun, so ein nettes Mädchen ...«

Michael hörte ihm schon nicht mehr zu, er lief bereits die Treppe hinauf. Verwirrt sah der alte Mann ihm nach und schüttelte den Kopf.

Michael rannte die Straße hinunter. Woher wußten die Schwestern das? Wie hatten sie das tun können? Wahrscheinlich hatten sie die paar kleinen Schmuckstücke geraubt, die Nancy besessen hatte, und ihre Bilder. Vielleicht hatte ihnen jemand im Krankenhaus einen Tip gegeben. Geier waren das! Die sich holten, was übriggeblieben war. Mein Gott, wenn er sie getroffen hätte, er hätte ... Seine Hände verkrampften sich zu Fäusten, dann schoß sein Arm in die Höhe, als er ein Taxi kommen sah. Aber wenigstens ... vielleicht ... nun, er wollte es versuchen. Er rutschte auf den Sitz des Taxis und ignorierte die Schmerzen, die in seinem Kopf zu pulsen begannen.

»Wo ist die nächste Caritas-Niederlassung?«

»Caritas was?« Der Fahrer kaute an seiner feuchten Zigarre. Er interessierte sich für Caritas und derlei Sachen nur wenig.

»Ein Laden von der Caritas, wissen Sie, mit gebrauchten Kleidern und alten Möbeln.«

»Ach, das meinen Sie, okay.« Der Kerl sah zwar nicht aus, als wäre er ein Kunde der Caritas, aber was ging ihn das an. Sie fuhren fünf Minuten durch die Straßen, und die frische Luft tat Michael gut. Er begann den Schock zu verdauen. Er hatte das Gefühl, als hätte er sich den Puls gefühlt und entdeckt, daß sein Herz nicht mehr schlüge.

»Okay, hier sind wir.«

Michael dankte, zahlte abwesend den doppelten Fahrpreis und stieg aus. Er wußte nicht einmal, was er im Inneren des Depots wollte. Er hatte sich gewünscht, ihre Dinge in der angestammten Umgebung zu sehen – dort, wo sie hingehörten. Nicht in einem feuchten, alten Laden, mit Preisschildern beklebt. Und was sollte er tun? Sollte er sie kaufen? Was dann? Als er im Inneren des Ladens war, fühlte er sich einsam und ungemein müde. Seine Gedanken verwirrten sich. Niemand kam, um ihm zu helfen, und so fing er an, ziellos durch die Gänge zu wandern. Er fand nichts. Er entdeckte nichts Vertrautes, und plötzlich fühlte er in sich die schmerzhafte Sehnsucht – nicht nach den Möbeln, nicht nach den Sachen und nicht nach der Wohnung, das alles war ihm nur an diesem Morgen wichtig erschienen, sondern nach dem Mädchen, dem die Dinge gehört hatten. Sie war tot, und nichts, was er hier finden konnte, würde das ändern. Tränen begannen über seine Wangen zu strömen, als er langsam wieder hinaustrat auf die Straße.

Diesmal nahm er kein Taxi, sondern lief blind und allein irgendwohin. Er konnte nicht weiter nachdenken. Sein Kopf arbeitete nicht mehr, er fühlte sich an wie aus Wachs. Sein ganzer Körper fühlte sich an wie aus Wachs, nur sein Herz war ein heißer Stein. Plötzlich, in dem stinkenden alten Laden, hatte er das Gefühl gehabt, daß sein Leben zu Ende sei. Nun verstand er, was man mit diesem Satz sagen wollte. Er wartete bei einer roten Ampel, wartete, bis das Licht sich änderte, und es war ihm gleich, ob es sich jemals ändern würde. Dann wurde er ohnmächtig und fiel.

Er wachte ein wenig später wieder auf. Eine kleine Menge hatte sich um ihn geschart, und er lag auf einem Grasfleck, auf den man ihn gelagert hatte. Ein Polizist beugte sich über ihn und sah ihm scharf ins Gesicht. »Na, wieder besser, Sohn?«

Man konnte sehen, daß der Junge weder betrunken noch high war. Sein Gesicht hatte eine grauenhafte Färbung, offenbar war er krank. Vielleicht hatte er nur Hunger, obwohl er aussah, als hätte er Geld. Vielleicht war er doch am Verhungern.

»Ist gut, es geht mir schon wieder besser, ich bin heute morgen aus dem Krankenhaus entlassen worden, und ich glaube, ich hab's etwas übertrieben.« Michael lächelte reuig, aber als er sich erheben wollte, drehten sich die Gesichter um ihn. Der Polizist begriff, was hier geschah, und veranlaßte die Menge, sich zu zerstreuen. Dann trat er zu Michael und sagte: »Ich hab' das Polizeiauto dort drüben, ich fahr' Sie nach Hause.«

»Das ist nicht nötig, es geht mir gut.«

»Machen Sie keine Geschichten. Oder wollen Sie zurück ins Krankenhaus?«

»Zum Teufel, nein!«

»Dann ist's gut, und wir fahren jetzt nach Hause.« Er nahm ein kleines Walky-Talky aus seiner Tasche und sprach hinein, dann hockte er sich neben Michael und sagte: »In ein paar Minuten ist das Auto da. Waren Sie lange krank?«

Michael schüttelte schweigend den Kopf und betrachtete seine Hände. »Zwei Wochen.« An seiner Wange verlief noch immer eine dünne Narbe, aber der Polizist hatte sie unter den Haaren nicht entdeckt.

»Na gut, dann wollen wir doch ein bißchen vorsichtig sein.«

Das Polizeiauto hielt neben ihnen, und der Polizist half Michael beim Aufstehen. Michael fühlte sich jetzt besser. Er war bleich, aber er konnte laufen.

Michael sah über die Schulter und versuchte den Polizisten anzulächeln. Aber dieser Versuch zu lächeln beunruhigte den Polizisten. In den Augen dieses Jungen lag eine solche Verzweiflung, daß sich der Polizist fragte, was in ihm vorging.

Michael nannte dem Polizisten im Wagen eine Adresse in der Nähe des Hotels und dankte ihm, als er ausstieg. Das letzte Stück ging er zu Fuß. Die Suite war leer, als er ankam, und für Sekunden fühlte Michael sich versucht, seine Kleider auszuziehen und wieder ins Bett zu kriechen, doch nun hatte es keinen Sinn mehr, das Spiel weiterzuspielen. Er hatte getan, was er sich gewünscht hatte, und hatte damit nichts erreicht. Aber wenigstens hatte er seinen Plan zu Ende geführt. Was er gesucht hatte, waren keine Möbel gewesen und keine Wohnung, sondern Nancy. Er hätte wissen müssen, daß er sie dort nicht finden würde – er würde sie nirgends mehr finden. Er konnte sie nur noch an einem Ort finden, an dem einzigen, an dem sie noch lebte – in seinem Herzen.

Die Tür der Suite wurde geöffnet, als er aus dem Fenster sah, und er wendete sich nicht um. Er hatte eigentlich keine Lust, die beiden zu sehen. Er wollte auch nicht von dem Treffen hören, er wollte auch nicht vorgeben müssen, daß es ihm gut ging. Es ging ihm nicht gut, und vielleicht würde es ihm nie mehr gut gehen.

»Was fällt dir ein, aufzustehen, Michael?« Seine Mutter machte ein Geräusch, als spreche sie mit einem Siebenjährigen und nicht mit einem 25jährigen. Langsam wendete er sich um und sagte: »Es war Zeit für mich, aufzustehen, Mutter. Ich kann nicht für immer im Bett liegen. Übrigens habe ich vor, heute abend nach New York zu reisen.«

»Wo willst du hin?«

»Nach New York.«

»Aber warum? Du wolltest doch hier bleiben?« Verwirrt betrachtete sie ihn.

»Du hast dein Geschäftstreffen hier gehabt. Und ich hatte meines. Wir haben keinen Grund mehr, uns hier aufzuhalten. Ich will morgen in mein Büro. Hab' ich nicht recht, George?«

George warf ihm einen nervösen Blick zu. Der Schmerz, der sich in den Augen des Jungen widerspiegelte, erschreckte ihn. Vielleicht ist es aber gut für ihn, dachte George, wenn er sich mit seiner Arbeit beschäftigt. Sehr stark sieht er noch nicht aus, aber im Bett zu liegen muß eine Qual für ihn sein. Das gibt ihm viel zu viel Zeit zum Nachdenken. »Vielleicht hast du wirklich recht, Michael. Am Anfang kannst du ja weniger arbeiten, vielleicht nur einen halben Tag.«

»Ich glaube, daß ihr beide verrückt geworden seid. Man hat ihn heute morgen aus dem Krankenhaus entlassen!« rief Marion.

»Ah, du mußt reden, wo du doch dafür berühmt bist, dich immer zu schonen. Hab' ich nicht recht, Mutter?« Michael legte den Kopf zur Seite, und sie setzte sich langsam auf die Couch.

»Also gut, also gut«, sagte sie mit einem gezwungenen Lächeln.

»Wie war denn eure Geschäftsbesprechung?« Michael versuchte so auszusehen, als interessiere ihn das. Er mußte es üben, denn das würde er nun öfters tun müssen. An diesem Nachmittag hatte er einen Entschluß gefaßt. Von nun an wollte er nur noch für eine Sache leben: für seine Arbeit. Denn nichts anderes war für ihn übriggeblieben.

8

»Fertig?«

»Ich glaube, ja.« Oberhalb ihrer Schultern spürte Nancy nun nichts mehr, es war, als habe man ihr den Kopf abgeschnitten. Das helle Licht im Operationssaal blendete sie, und sie hätte gerne ihre Augen schmal gemacht, aber selbst das konnte sie nicht. Über sich sah sie ganz deutlich Peters Gesicht. Sein säuberlich getrimmter Schnurrbart wurde von einer blauen Operationsmaske bedeckt, aber seine Augen schienen liebevoll zu strahlen. Er hatte drei Wochen damit zugebracht, ihre Röntgenaufnahmen zu studieren, Maß zu nehmen, Skizzen anzufertigen, Pläne zu schmieden und sich mit ihr zu unterhalten. Das einzige Foto Nancys, das er in Händen hatte, war das von jenem Tag auf dem Jahrmarkt. Dieses Foto des glücklich lächelnden Mädchens neben dem jungen Mann vermittelte ihm eine ungefähre Vorstellung der früheren Nancy, aber das hatte nichts zu sagen. Am Ende würde sie ein völlig anderes Mädchen sein, die Frau, von der jeder träumte. Wieder lächelte er auf sie herab, als er sah, daß ihr die Augen schwer wurden.

»Sie müssen jetzt aber wach bleiben und mit mir sprechen. Sie fühlen sich benommen, aber Sie dürfen nicht einschlafen, sonst könnten Sie nämlich an Ihrem eigenen Blut ersticken.« Als er sah, daß sie erschrak, begann er ihr lustige Geschichten und Witze zu erzählen, fragte sie viele Dinge und lenkte sie ab. Er sprach über Sachen, an die sie sich erinnern konnte, fragte sie nach allen Nonnen im Waisenhaus. »Und sind Sie sicher, daß Sie nicht doch noch Schwester Agnes Marie werden wollen?«

»Mm, mm – hab's versprochen.«

So neckten sie sich, und in den drei Stunden, die die Operation dauerte, hielten seine Hände nicht eine Sekunde still. Nancy glaubte, einem Ballett zuzusehen, wenn sie seine Hände beobachtete.

»Und denken Sie doch, in ein paar Wochen werden wir ein neues Appartement für Sie suchen, vielleicht eines mit einem wunderbaren Blick aufs Meer, und dann ... he da, Schlafmütze, was halten Sie von einem Blick aufs Meer? Wollen Sie nicht die schöne Bucht aus Ihrem Fenster sehen?«

»Klar, warum nicht.«

»Also, geht in Ordnung. Wissen Sie, ich glaube, der schöne Ausblick aus dem Fenster Ihres Krankenzimmers verwöhnt Sie allzu sehr, Nancy.«

»Das stimmt, er gefällt mir wahnsinnig gut.«

»Okay, abgemacht, dann gehen wir zusammen und suchen einen besseren. Wie gefällt Ihnen das?«

»Abgemacht.« Obgleich ihre Stimme schläfrig klang, konnte man doch hören, daß sie sich geschmeichelt fühlte. »Darf ich immer noch nicht einschlafen?«

»Wissen Sie was, Prinzessin, gleich ist's soweit. Noch ein paar Minuten, und wir bringen Sie auf Ihr Zimmer, und dann dürfen Sie schlafen, solange Sie wollen.«

»Wie schön!«

»Hab' ich Sie gelangweilt?« Er betrachtete sein Werk. »So, Liebes . . . alles . . . fertig.« Er warf seinem Assistenten einen Blick zu, trat zurück und beobachtete die Schwester, die Nancy rasch eine Spritze in den Schenkel verabreichte. Schon war Peter wieder an ihrer Seite und lächelte hinunter in die Augen, die er so gut kannte. Er kannte sie aufs genaueste, so gut wie seine eigenen. »Wußten Sie, daß heute ein ganz besonderer Tag ist?«

»Ja.«

»Sie wußten es? Wie wußten Sie das?«

Es war nämlich Michaels Geburtstag, aber das wollte sie ihm nicht sagen. Er wurde 25 heute. Sie fragte sich, wo er wohl war, und was er tat.

»Ich hab's einfach gewußt. So ist das nun mal.«

»Nun, es ist ein besonderer Tag für mich, weil wir mit der Operation begonnen haben. Es ist unser erster Tag auf unserer langen Wanderung zu einem neuen Menschen. Sie werden neu sein. Wie gefällt Ihnen das?« Er lächelte ihr zu, und leise schloß sie ihre Augen und schlief ein. Die Spritze tat ihre Wirkung.

*

»Alles Gute zum Geburtstag, Boß.«

»Hör bloß auf, mich so zu nennen, du Trottel. Mein Gott, siehst du beschissen aus, Ben.«

»Vielen Dank.« Ben warf seinem Freund einen Blick zu, als er auf Krücken und mit Hilfe der Sekretärin zu ihm ins Büro humpelte. Das Mädchen half ihm, sich in einen Stuhl zu setzen, und zog sich dann zurück. Michael thronte in seinem überladenen und überall mit Holz getäfelten Büro.

»Das ist vielleicht ein Büro, das sie dir da eingerichtet haben! Wird meins auch so?« sagte Ben.

»Wenn nicht, dann kannst du dieses hier haben. Ich hasse es.«

»Wie nett! Und was gibt's Neues?«

Noch immer war es schwer für die beiden Männer, sich zu unterhalten. Sie hatten sich, seit Ben aus Boston zurückgekommen war, zweimal getroffen, aber die Anstrengung, nicht auf das eigentliche Thema zu kommen, nervte sie beide. Eigentlich konnten sie an nichts anderes denken.

»Der Doktor sagt, ich kann nächste Woche anfangen zu arbeiten«, erklärte Ben.

Michael lachte und schüttelte den Kopf. »Du bist doch total verrückt, Mann.«

»Und du vielleicht nicht?«

Michaels Augen umwölkten sich. »Ich hab' mir nichts gebrochen.« Nichts jedenfalls, was man von außen sehen könnte, dachte er. »Ich hab' dir doch gesagt, du hast noch einen Monat frei, zwei, wenn du's brauchst. Warum fährst du nicht mit deiner Schwester nach Europa?«

»Was, bitte, soll ich dort tun? In einem Rollstuhl sitzen und von Bikinis träumen? Nein, ich möchte hier arbeiten. Was hältst du davon, wenn ich in zwei Wochen antrete?«

»Wir werden sehen.«

Ein langes Schweigen entstand, und plötzlich betrachtete Mike seinen Freund mit einem bitteren Ausdruck im Gesicht, den Ben noch nie an ihm bemerkt hatte. »Und was dann?«

»Wie meinst du das, Mike? Was dann?«

»Genau wie ich's sage. Wir arbeiten uns den Arsch wund, und

das geht die nächsten 50 Jahre so. Wir legen ein paar Leute aufs Kreuz, wir machen viel Geld, soviel wir können, und dann? Also, Gott verdamm' mich, was dann?«

»Du scheinst ja prächtiger Laune zu sein. Was ist denn passiert? Hast du dir heute morgen die Hand in die Schublade geklemmt?«

»Herr des Himmels, kannst du nicht einmal ernst sein? Mir ist es verteufelt ernst mit dem, was ich sage. Hast du noch nie daran gedacht? Was hat das alles für einen Sinn?«

Nun wußte Ben, was Michael meinte, und er konnte dieser Frage nicht mehr aus dem Wege gehen.

»Ich weiß nicht, Mike. Nach dem Unfall habe ich mir auch darüber Gedanken gemacht. Ich habe mich gefragt, was wohl im Leben wichtig wäre, und an was ich glauben könnte.«

»Na, und was hast du herausbekommen?«

»Dessen bin ich mir nicht so sicher. Ich schätze, ich bin einfach dankbar, hier auf der Erde zu sein. Vielleicht habe ich gelernt, wie wichtig das Leben für mich ist, und wie schön es ist, solange man es hat.« Als Ben das sagte, wurde seine Stimme rauh. »Ich verstehe immer noch nicht, warum das alles passieren mußte, warum es so kam, wie es kam. Ich wollte . . . ich wollte . . .« Die Stimme versagte ihm. »Ich wollte, es hätte mich getroffen.«

Mike schloß die Augen, um seine Tränen zu verbergen. Dann stand er auf und kam langsam um den Schreibtisch herum. Für Minuten sahen sie sich an, Tränen rannen über ihre Backen, das Gefühl der zehnjährigen Freundschaft tröstete sie, wie nichts anderes sie hätte trösten können. »Danke, Ben.«

»Du, hör mal«, Ben wischte sich die Tränen mit dem Ärmel von der Wange. »Hast du keine Lust, auszugehen und dich ordentlich vollaufen zu lassen? Zum Teufel, es ist doch heute dein Geburtstag, warum also nicht?«

Mike lachte, und dann, wie ein kleiner Junge, der dabei ist, unartig zu sein, nickte er seinem Freund zustimmend zu.

»Verdammt, es ist fast fünf. Ich habe heute keine Termine mehr. Wir verschwinden hier, wir gehen in den Oak Room und machen einen drauf.« Er half Ben aus dem Sessel und führte ihn aus dem Raum. Wenige Minuten später waren sie schon unterwegs zu einem größeren Trinkgelage.

Mike kam erst lange nach Mitternacht in das Appartement seiner Mutter zurück, und das auch nur, weil ihm der Portier beim Treppensteigen geholfen hatte. Am nächsten Morgen fand ihn das Stubenmädchen fest schlafend auf dem Boden seines Zimmers. Aber jedenfalls hatte er seinen Geburtstag überlebt.

Als er zum Frühstück erschien, konnte er fast nichts sehen. Seine Mutter saß schon in einem schwarzen Kleid am Tisch und las in der *New York Times*. Als der süße Duft des Kaffees und der Hörnchen in seine Nase stieg, würgte es ihn, und er dachte, er müßte sich übergeben.

»Nun, hast du dich heute nacht gut amüsiert?« Ihr Ton war eisig.

»Ja, ich war mit Ben aus.«

»Das hat mir deine Sekretärin gesagt. Ich hoffe, du läßt das nicht zur Gewohnheit werden.«

»Herr des Himmels, was nicht?«

»So früh aus dem Büro wegzugehen. Und ich hoffe auch, dein Freund gewöhnt sich das nicht an. Du mußt ein netter Anblick gewesen sein, als du nach Hause kamst.«

»Daran erinnere ich mich nicht.« Er versuchte angestrengt, seinen Kaffee im Magen zu behalten.

»Und an noch etwas erinnerst du dich nicht.« Sie legte die Zeitung auf den Tisch und starrte ihn an. »Wir waren gestern abend zum Essen verabredet – im ›21‹. Ich habe zwei Stunden auf dich gewartet mit neun Leuten. Gestern war dein Geburtstag, weißt du das?«

O Gott, das hätte ihm noch gefehlt. »Du hast nie etwas von neun Leuten gesagt, du hast mich zum Abendessen gebeten, und ich dachte, wir beide wären allein.« Das war sicher kein guter Satz, das wurde ihm sofort klar.

»Und mich allein warten zu lassen, macht dir wohl nichts aus?«

»Nein, nein, ich habe es vergessen, um Gottes willen, das war nicht einer meiner schönsten Geburtstage.«

»Das tut mir leid.«

»Da wir gerade miteinander sprechen, Mutter, ich werde hier ausziehen und mir mein eigenes Appartement suchen.«

Überrascht blickte sie auf. »Warum nur?«

»Weil ich jetzt 25 bin, für dich arbeite, Mutter, aber nicht mit dir zu leben brauche.«

»Nein, du brauchst überhaupt nichts zu tun.« Sie überlegte kurz, ob der Avery-Junge wirklich ein guter Umgang für Michael war. Es klang, als habe er ihm diese Ideen in den Kopf geblasen.

»Mutter, laß uns nicht darüber diskutieren, ich habe schreckliche Kopfschmerzen.«

»Einen Kater, wie?« Sie warf einen Blick auf ihre Uhr. »In einer halben Stunde sehen wir uns im Büro. Bitte vergiß nicht die Besprechung mit den Leuten aus Houston. Bist du dazu in der Lage?«

»Natürlich, Mutter – und es tut mir leid wegen des Appartements, aber ich glaube, es ist an der Zeit.«

Sie betrachtete ihn einen Augenblick streng und seufzte dann leise. »Vielleicht hast du recht, Michael. Vielleicht ist es so. Alles Gute zum Geburtstag, übrigens.« Sie beugte sich über ihn und küßte ihn, und er lächelte, obgleich er glaubte, sein Kopf würde in zwei Stücke zerspringen. »Ich habe dir ein kleines Geschenk auf deinen Tisch gelegt.«

»Das hättest du nicht tun sollen.« Es gab kein Geschenk, das ihm noch etwas bedeutete. Ben hatte das verstanden und hatte ihm nichts geschenkt.

»Ein Geburtstag ist ein Geburtstag, Michael. Wir treffen uns gleich im Büro.«

Nachdem sie gegangen war, saß er lange schweigend am Tisch und schaute aus dem Fenster. Er wußte wohl, was für ein Appartement er sich wünschte. Nur lag dasjenige, an welches er dachte, in Boston. Aber er würde Himmel und Hölle in Bewegung setzen, um ein ähnliches in New York zu finden. Irgendwie hatte er seinen Traum noch immer nicht aufgegeben, obgleich er wußte, daß es Irrsinn war, weiter daran festzuhalten.

9

»Guten Tag, Sue. Ist Mr. Hillyard in seinem Büro?«

Es war noch nicht fünf, Ben blieb vor Mikes Bürotür stehen. Er wirkte erleichtert, weil der Bürotag sich immerhin schon seinem Ende näherte. Er hatte den ganzen Tag keine Zeit gehabt, sich auch nur fünf Minuten hinzusetzen; von Entspannen konnte keine Rede sein.

»Ja, er ist da. Soll ich Sie anmelden?«

»Vielen Dank, ich melde mich selber an.« Ben strich am Empfangspult vorbei und trug die Akten, die er zur Tarnung bei sich hatte, auf dem Arm. Er klopfte an der schweren Eichentür. »Irgend jemand zu Hause?« Von drinnen kam keine Antwort, also klopfte er wieder. Wieder nichts – er warf der Sekretärin einen fragenden Blick zu. »Sind Sie sicher, daß er dort drin ist?«

»Ganz sicher.«

»Okay.« Ben klopfte noch einmal, und nun ertönte ein heiseres Krächzen aus dem Inneren des Büros. Ben öffnete behutsam die Tür und sah sich um. »Schläfst du, oder was ist los?«

Michael blickte auf und lächelte, als er seinen Freund sah. »Ich wollte, ich schliefe. Sieh dir diesen Verhau an.« Er war umgeben von Zeichnungen, Entwürfen, Akten und Modellen. Das Ganze sah aus, als könnten zehn Leute ein Jahr lang arbeiten, ohne damit fertig zu werden. »Setz dich, Ben.«

»Vielen Dank, Boß.« Ben konnte es nicht lassen, ihn zu nekken.

»Ach, hör doch auf! Was bringst du mir denn da für Akten?« Michael fuhr sich mit der Hand durchs Haar und lehnte sich in dem schweren Ledersessel zurück. An diesen Stuhl hatte er sich gewöhnt. Er hatte sich an alles gewöhnt, selbst die unpersönlichen Stiche an der Wand machten ihm nichts mehr aus. Nichts kümmerte ihn mehr, verdammt noch mal, nichts bedeutete noch etwas. Er sah weder die Wände noch sein Büro, noch seine Sekretärin . . . noch sein ganzes Leben. Er sah nur seine Arbeit, die auf seinem Schreibtisch lag, und sonst nichts. So lebte er schon seit Monaten. »Sag bloß nicht, du bringst mir neue Probleme. Das verdammte Shopping-Center in Kansas City kostet mich bereits den letzten Nerv.«

»Und du liebst das geradezu. Sag mir mal, Mike, wann bist du zum letztenmal im Kino gewesen? *Brücke vom River Kwai*? Oder *Fantasia*? Zum Teufel, kommst du nie hier raus?«

»Wenn ich die Chance habe, schon.« Michael beugte sich über ein paar Papiere, während er antwortete: »Also, was bringst du mir hier für Akten?«

»Sie sind nur meine Tarnung. Ich wollte einfach rüberkommen und mit dir reden.«

»Und das kannst du nicht ohne weiteres tun?« Michael grinste ihn an. Er hatte das Gefühl, daß sie beide wieder kleine Jungen waren, die sich in ihren Lernzimmern besuchten und vorgaben, sich gegenseitig etwas über Hausaufgaben fragen zu wollen.

»Ich vergesse immer, daß deine Mutter nicht der alte Sanders aus unserer Schule ist.«

»Gottlob ist sie das nicht.«

Im Grunde wußten aber beide, daß sie weit schlimmer war, konnten es sich jedoch nicht leisten, das zuzugeben. Sie haßte es, Leute durch die Gänge »treiben« zu sehen, wie sie es nannte. Wenn sie einem begegnete, warf sie einen schnellen Blick auf die Akten, die er bei sich trug.

»Also, was gibt's, Ben, wie war der Sommer mit den Hamptons?«

Ben saß einen Augenblick ganz still und beobachtete seinen Freund, dann sagte er: »Interessiert dich das wirklich?«

»Was du gemacht hast oder was die Hamptons gemacht haben?« Michaels Lächeln wirkte aufgesetzt. Er war bleich wie andere Leute im Dezember. Man konnte sehen, daß er im Sommer nie an die Sonne gegangen war. »Ich mag dich sehr, Ben, das weißt du doch.«

»Und wie ist es mit dir, magst du dich selber auch? Hast du in letzter Zeit mal in den Spiegel geschaut? Du könntest selbst Frankensteins Mutter einen Schrecken einjagen.«

»Sehr nett, vielen Dank.«

»Nichts zu danken. Wie dem auch sei, deswegen bin ich hier.«

»Weswegen? Wegen Frankensteins Mutter?«

»Nein. Ich möchte, daß du dieses Wochenende mit mir ans Cape kommst. Und hör mal zu, wenn du jetzt nein sagst, dann zerr' ich dich eigenhändig über deinen Tisch. Du mußt mal hier raus, Junge, verdammt noch mal!«

Ben lächelte nicht mehr, er war todernst, und Mike wußte das. Aber er schüttelte seinen Kopf. »Es würde mir wahnsinnig gefallen, Ben, aber ich habe keine Zeit, ich kann nicht, ich muß mich um Kansas City kümmern und habe noch 537 andere Probleme, die mir im Nacken sitzen und die ich lösen muß. Du weißt es ja selbst, du warst doch gestern bei unserer Besprechung dabei.«

»Ja, ich und 23 andere Leute. Warum können sie dir nicht zur Hand gehen? Mach dich doch mal ein Wochenende frei. Ist dein Ego dermaßen gewachsen, daß du deine Arbeit keinem anderen delegieren willst?«

Aber beide wußten, daß das nicht der Grund war. Die Arbeit war für ihn zur Droge geworden, er betäubte sich damit, seit er zum erstenmal sein Büro betreten hatte.

»Komm schon, Mike, sei mal nett zu dir, nur dieses eine Mal.«

»Ich kann einfach nicht, Ben.«

»Herrgott noch mal, Mann, was muß ich dir denn noch sagen? Schau dich doch an, kannst du dich gar nicht mehr leiden? Du bringst dich selber um, und aus welchem Grund?« Ben brüllte, seine Worte trafen Michael, und dieser fühlte sich fast, als hätte ihn der Freund körperlich angesprungen. Er sah auf und blickte in das Gesicht Bens, der vor Erregung bebte, während er fortfuhr: »Was, zum Teufel, soll das alles, Mike? Wenn du dich auch umbringst, du holst sie nicht zurück damit. Du bist am Leben, verdammt noch mal, du bist 25 Jahre alt und lebst – du vergeudest dein Leben und beutest dich aus, genau wie deine gottverdammte Mutter es tut. Möchtest du so werden wie sie, ist es das? Möchtest du das dreimal verdammte Geschäft essen, mit ihm schlafen, es trinken und daran sterben? Ist es das, was du jetzt vorhast? Bist du so einer geworden? Nun, ich kann es nicht glauben. Ich kenne jemanden, der in deiner Haut steckt, mein Lieber. Und den liebe ich. Du behandelst ihn aber schlecht, du behandelst ihn wie einen

Hund, und du erlaubst ihm nicht, das zu tun, was er braucht. Weißt du, was du eigentlich machen solltest? Du solltest dort draußen sein und dein Leben leben. Du solltest deine hübsche Sekretärin bumsen, die vor deiner Tür sitzt, und zehn andere Weiber, die du auf den besten Parties der Stadt aufreißen könntest. Verdammt noch mal, man muß dich in den Hintern treten, damit du aus deinem Sarg herauskriechst, Mike, und . . .«

Aber ehe er zu Ende sprechen konnte, unterbrach ihn Mike. Er beugte sich über seinen Tisch, er zitterte und war blasser als zuvor. »Mach, daß du rauskommst, Ben, bevor ich dich umbringe. *Raus* mit dir!« Es klang wie das Brüllen eines verwundeten Löwen, und für Sekunden standen sich die beiden Männer erschreckt und bebend gegenüber. Beiden tat leid, was sie gesagt hatten.

»Entschuldige«, murmelte Mike und legte den Kopf in die Hände. »Ich kann im Moment nicht weiter darüber reden.«

Er blickte nicht auf, als Ben langsam zu ihm trat und seine Schulter drückte. Leise verließ Ben das Zimmer und schloß die Tür hinter sich. Was hätte er auch noch sagen sollen?

Michaels Sekretärin warf Ben einen fragenden Blick zu. Aber der ging, ohne ein Wort zu sagen, an ihr vorbei. Sie hatte Michaels Brüllen gehört. Das ganze Stockwerk mußte es gehört haben. Ben kam in der Empfangshalle an Marion vorbei, als er seinem Büro zustrebte, aber sie war damit beschäftigt, etwas zu betrachten, das Calloway ihr zeigte, und Ben hatte keine Lust, die üblichen Floskeln mit ihr zu wechseln. Sie machte ihn krank, diese Frau. Natürlich paßte Michael genau in ihr Schema. Er arbeitete wie ein Verrückter, und das war gut für das Geschäft und für das Reich und für die Dynastie . . . und das machte Ben Avery krank.

Um halb sieben verließ er an diesem Abend sein Büro, und von der Straße aus sah er, daß in Mikes Büro noch immer das Licht brannte. Er wußte, dieses Licht würde bis zwölf Uhr nachts brennen, warum auch nicht? Was sollte Michael denn zu Hause? In dem leeren Appartement, das er sich vor drei Monaten gemietet hatte? Er hatte eine hübsche kleine Wohnung im Süden des Central Parks gefunden. Der Grundriß erinnerte Ben ein wenig an Nancys Wohnung in Boston. Er wußte nicht, ob Mike das auch bemerkt hatte, aber vielleicht war das der Anstoß gewesen, warum er das Appartement gewählt hatte. Aber dann war irgend etwas geschehen, das bißchen Leben, das noch in Mike gesteckt hatte, schien zu flackern und auszugehen. Er hatte angefangen, wie ein Wahnsinniger zu arbeiten. Mit dem Appartement hatte er sich nie beschäftigt. Es sah noch immer aus wie am Tage seines Einzugs: kalt, leer und einsam. Die einzigen Möbel, die er hineingestellt hatte, waren ein Faltstuhl, ein Bett, ein häßlicher alter Schrank. Wenn man durch die Wohnung lief, hallten die Schritte in den leeren Zimmern. War es ein Wunder, daß Michael nicht nach Hause gehen wollte? Ben glaubte, daß Michael seine Umgebung gar nicht mehr wahrnahm.

Ben gefiel es nicht, was mit seinem Freund geschah, aber er wußte sich keinen Rat. Niemand konnte helfen außer Nancy, und die war tot. Der Gedanke an sie bereitete Ben noch immer fast physische Schmerzen. Ein elektrischer Schlag wie der, den er manchmal fühlte, wenn er seine gebrochene Hüfte und seinen gebrochenen Knöchel bewegte. Seine Verletzungen waren schnell geheilt, seine Jugend hatte ihm geholfen. Er hoffte nur, daß Mikes Verletzungen auch einmal heilen würden. Aber Mikes Verletzungen lagen tiefer, man konnte sie nicht sehen, außer in seinen Augen. Oder in seinem Gesicht am Ende eines langen Tages. Oder daran, wie er in unbeobachteten Momenten den Mund bewegte, wenn er an seinem Schreibtisch saß und in die Ferne starrte.

10

»Nun, junge Dame, was hab' ich Ihnen versprochen? Hier haben wir den phantastischsten Blick der ganzen Stadt vor uns.« Peter Gregson saß mit Nancy auf der Terrasse, und sie lachten einander an. Ihr Gesicht war noch immer bandagiert, aber durch das Weiß der Binden glitzerten ihre Augen, und ihre Hände waren frei von

Bandagen. Nancy gestikulierte mit diesen neuen Händen, die anders aussahen als die alten, aber sehr hübsch waren. Dort, wo sie saßen, hatte man einen wunderbaren Blick auf die Golden-Gate-Brücke. Direkt vor ihnen lag Marin County, und auf der anderen Seite der Terrasse überblickte man die Stadt mit ihren Hochhäusern bis weit hinüber in den Südosten. Diese Terrasse, die um die ganze Wohnung lief, ermöglichte es Nancy, Sonnenaufgänge und Sonnenuntergänge zu beobachten. Und das tat sie mit einer wahren Leidenschaft, sie saß den ganzen Tag und beobachtete den Himmel. Seit sie das Appartement gemietet hatten, war das Wetter wunderschön gewesen. Peter war stolz, diese Wohnung gefunden zu haben, die er ihr versprochen hatte.

»Wissen Sie, ich glaube, daß ich schrecklich verwöhnt werde.«

»Sie verdienen es, verwöhnt zu werden. Oh, da fällt mir ein, ich habe Ihnen was mitgebracht.«

Sie klatschte in die Hände wie ein kleines Mädchen, immer brachte er ihr irgend etwas mit, Zeitungen, Bücher, einen komischen Hut, ein Seidentuch, das sie über ihre Bandagen binden konnte, ein herrlich klirrendes Armband, um die neuen Hände zu feiern. Unentwegt erhielt sie kleine Geschenke von ihm, aber diesmal hatte er ein großes Paket bei sich. Mit geheimnisvoller Miene stand er auf und ging ins Haus. Er kam wieder zum Vorschein und legte ihr einen gewichtigen Karton in den Schoß.

»Was ist drin, Peter? Man hat das Gefühl, es sind Steine.« Sie lächelte durch die Bandagen hindurch, und er lachte.

»Richtig, es ist ein Stein, der größte Smaragd, den ich in einem Woolworth-Laden finden konnte.«

»Toll!« Aber das Geschenk war noch viel überraschender und schöner, als sie erwartet hatte. Aus dem Inneren des Kartons holte sie eine sehr teure und komplizierte Kamera heraus. »Peter! Mein Gott, was ist das für ein herrliches Geschenk! Ich kann doch nicht ...«

»Selbstverständlich können Sie, und ich erwarte, daß Sie sich mit dieser Kamera an die Arbeit machen.«

Beide wußten, daß sie verwirrt war und wie sehr es sie bedrückte, nicht mehr malen zu können. Nun, da es nicht mehr die

Entschuldigung der bandagierten Hände gab, hatte sich herausgestellt, daß sie nicht mehr malen konnte. Irgend etwas hielt sie jedesmal, wenn sie nur daran dachte, davon ab. Die Gemälde, die die Schwestern aus Boston herbeigeschafft hatten, lagen wohlverpackt auf ihrem Schrank. Sie wollte sie nicht sehen, geschweige denn an ihnen arbeiten. Aber mit einer Kamera war es sicher anders. Peter sah, wie ihre Augen aufleuchteten, und betete im stillen, daß er ihr eine neue Tür hatte öffnen können. Sie brauchte diese neue Tür. Keine der alten Türen würde, wenn sie sie öffnete, das zeigen, was sie sich erwartete. Es war weit besser für sie, ganz neu anzufangen.

»Und hier ist ein phantastisch kompliziertes Buch mit Gebrauchsanweisungen. Selbst meine zehn Semester an der Universität haben mich nicht darauf vorbereitet, so was lesen zu können. Aber vielleicht werden Sie damit fertig.«

»Das garantiere ich Ihnen.« Sie warf einen Blick in das dicke Buch und saß einen Augenblick konzentriert und in den Text vertieft da. Sie hielt die Kamera in Händen und vergaß ihren Freund. Dann winkte sie ihm mit dem Buch zu. »Das ist phantastisch, Peter. Sehen Sie nur . . . der Knopf hier, wenn man den drückt . . .«

Für ihre Umgebung war sie nun verloren, sie war vollkommen verzaubert und vertieft, und Peter lehnte sich mit einem zufriedenen Lächeln auf seinem Stuhl zurück. Erst nach einer halben Stunde schien sie ihn wieder zu bemerken. Sie blickte ganz plötzlich zu ihm auf, und er sah in ihren Augen, wie sehr sie sich freute, er sah auch, wie dankbar sie ihm war.

»Das ist das schönste Geschenk, das ich je erhalten habe.« Außer Michaels blauen Perlen auf dem Jahrmarkt, dachte sie.

Peter war nun schon daran gewöhnt, daß ihre Augen sich manchmal plötzlich umwölkten, wenn sie die alten Probleme zu quälen begannen. Er wußte aber, daß sie mit der Zeit vergessen würde.

»Haben Sie auch Filme mitgebracht?«

»Aber sicher.« Er warf ihr eine kleine Büchse in den Schoß.

Rasch legte sie einen Film in die Kamera ein und begann zu fotografieren. Sie knipste Peter und eine rasche Folge von Vögeln, die an der Terrasse vorbeiflogen. Lange Zeit beobachtete er sie schweigend, dann legte er ihr den Arm um die Schulter, und gemeinsam gingen sie ins Haus.

»Nancy, ich habe noch ein Geschenk für Sie.«

»Noch eines?«

»Ich möchte eine Freundin mit Ihnen teilen, eine Dame, die mir sehr viel bedeutet.«

Einen verrückten Augenblick lang fühlte Nancy, wie die Eifersucht sie durchströmte vom Scheitel bis zur Sohle, aber etwas in Peters Gesicht ließ sie erkennen, daß dazu kein Grund vorhanden war.

Er spürte, wie genau sie ihn beobachtete, trotzdem fuhr er fort: »Ihr Name ist Faye Allison, und wir haben zusammen studiert. Sie ist ganz ohne Zweifel die kompetenteste Psychologin hier im Westen, vielleicht sogar im ganzen Land. Sie ist eine gute Freundin von mir und ein besonders wertvoller Mensch. Ich glaube, sie wird Ihnen gefallen.«

»Und?« Nancy wartete gespannt und neugierig.

»Und . . . ich glaube, es ist eine gute Idee, wenn Sie eine Zeitlang zusammen mit ihr arbeiten, das wissen Sie, wir haben schon vorher darüber gesprochen.«

»Sie glauben, daß ich mich meiner Situation noch nicht richtig angepaßt habe, wie?« Sie sagte das verletzt und ließ die Kamera in den Schoß sinken. Sie betrachtete ihn ernsthaft.

»Ich glaube, daß Sie sich ziemlich gut angepaßt haben, Nancy, aber es geht noch um anderes. Sie brauchen einen Menschen, mit dem Sie sprechen können. Natürlich haben Sie Lily, Gretchen und mich, aber dann ist Schluß. Wollen Sie nicht noch jemanden, mit dem Sie sich unterhalten können?«

Ja – Michael, dachte sie. Er war ihr bester Freund gewesen, aber im Augenblick genügte ihr Peter. »Ich weiß nicht so genau.«

»Ich glaube, wenn Sie Faye einmal kennengelernt haben, werden Sie sie mögen, denn sie ist warm und freundlich, und sie kennt Ihren Fall und hat sich immer mitfühlend mit Ihnen beschäftigt.«

»Sie kennt meine Geschichte?«

»Ja, von Anfang an.«

Sie war in jener Nacht, als Marion Hillyard und Dr. Wickfield ihn angerufen hatten, gerade bei ihm gewesen, aber das brauchte Nancy nicht zu wissen. Er und Faye hatten sich einst geliebt, nun waren sie Kameraden, und das gefiel beiden fast besser als jede große Leidenschaft. Hauptsächlich waren sie gute Freunde.

»Sie wird uns heute nachmittag zum Kaffee besuchen. Ist Ihnen das recht?«

Nancy wußte, daß ihr keine andere Wahl blieb. »Na schön.« Sie wurde nachdenklich und ließ sich auf dem Sofa des Wohnzimmers nieder. Sie wußte nicht genau, ob ihr dieser Neuzugang zu ihrem kleinen Kreis auch wirklich gefiel, vor allen Dingen hatte sie ihre Bedenken, weil es eine Frau war. Plötzlich fühlte sie sich in einen Konkurrenzkampf hineingezogen und reagierte mit Mißtrauen.

Aber dann lernte sie Faye Allison kennen und war begeistert. Faye war eine großgewachsene Blondine mit eckigem Knochenbau und weichem Gesicht. Ihre Augen blickten warm und lebendig, und man entdeckte in ihnen ein ständiges leises Zwinkern der Freude und des Witzes. Sie lachte leicht, hatte immer die richtige Antwort parat und war doch gleichzeitig ernsthaft und mitfühlend. Peter ließ die beiden Frauen nach dem Kaffee allein, und Nancy war glücklich darüber.

Sie unterhielten sich über tausenderlei und erwähnten den Unfall mit keinem Wort. Sie sprachen von Boston, San Francisco, Kindern, Freunden, der Malerei, der Universität und vielem anderen. Faye erzählte Nancy Dinge aus ihrem Leben, und Nancy gewährte freie Einblicke in das ihre, die sie noch niemand anderem gewährt hatte, nicht einmal Michael. Sie erzählte vom Waisenhaus – nicht die amüsanten Geschichten, die sie Peter erzählte, sondern die harten Realitäten, die Einsamkeiten und die Verzweiflung. Die Probleme, die immer wieder auftauchende Frage, wer sie wirklich war und warum man sie im Waisenhaus zurückgelassen hatte. Und dann erzählte sie Faye, ehe sie sich's versah, von dem Abkommen, das sie mit Marion Hillyard getroffen hatte. Faye lauschte schweigend, und ihr Gesicht blieb unbewegt, sie erschrak nicht, sie war nicht erstaunt, ihre Augen drückten nur ihr Verständnis aus. Nancy fühlte sich plötzlich in der Lage, Gefühle mit dieser Frau zu teilen, die sie ängstlich verborgen gehalten hatte. Die Erleichterung, endlich über Marion Hillyard sprechen zu dürfen, war ungeheuer groß für sie.

»Ich weiß nicht, es klingt vielleicht merkwürdig, wenn ich es sage, aber . . .« Sie zögerte und kam sich töricht vor; wie ein Kind blickte sie zu ihrer neuen Freundin auf. »Aber ich . . . ich habe ja selbst nie eine eigene Familie gehabt und bin in einem Waisenhaus aufgewachsen. Die Oberin kam meiner Mutter am nächsten, obwohl sie eher wie eine altjüngferliche Tante wirkte. Und dann, obgleich ich einiges von Marion wußte – Michael hatte es mir erzählt, und auch Ben hatte über sie gesprochen – dann plötzlich wünschte ich mir . . . nun, ich hatte diese verrückten Träume, diese Phantasien, daß sie mich lieben könnte, und daß wir Freundinnen sein werden.«

Unerwartet füllten sich ihre Augen mit Tränen, und sie wendete den Kopf ab.

»Dachten Sie, daß sie vielleicht einmal Ihre Mutter werden könnte?«

Nancy nickte schweigend und ließ den Tränen ihren Lauf. »Ist es nicht närrisch?«

»Überhaupt nicht, das ist eine völlig normale Sache. Sie liebten Michael und hatten keine eigene Familie. Es ist ganz natürlich, daß Sie seine Familie adoptieren wollten, und deshalb hat Ihnen auch die Auseinandersetzung mit seiner Mutter solche Schmerzen bereitet.« Faye wußte, was Nancy fühlte und dachte.

»Ja, denn das war für mich ein Beweis, daß sie mich nicht liebte, sondern haßte.«

»So weit würde ich nun nicht gehen, Nancy. Wie ich die Sache sehe, hat sie sehr viel für Sie getan. Sie hat Sie hierher geschickt, damit Peter Ihnen ein neues Gesicht machen kann.«

»Das hat sie getan, aber ich mußte dafür Michael aufgeben. Sie hat mich zurückgewiesen. Ich wußte, daß ich bei ihr nie eine wirkliche Chance hatte. Das war für mich ein schrecklicher

Augenblick.« Sie seufzte, und ihre Stimme wurde weich. »Aber ich glaube, ich habe schon früher Menschen verloren und habe den Schmerz überlebt.«

»Erinnern Sie sich daran, wie Sie Ihre Eltern verloren haben?«

»Nicht wirklich. Ich war wohl zu klein, um mich an die Tatsachen zu erinnern, als Vater starb. Ich war auch nicht viel älter, als meine Mutter mich im Waisenhaus abgab. Ich erinnere mich an den Tag, als man mir sagte, sie wäre gestorben – ich weinte, aber ich wußte nicht genau, warum ich weinte. Ich glaube, ich kann mich nicht an sie erinnern. Vielleicht habe ich mich einfach nur sehr verlassen gefühlt.«

»So wie Sie sich jetzt verlassen fühlen?« Das war geraten, aber gut geraten.

»Vielleicht. Dieses bodenlose Gefühl und die Frage ›Wer wird jetzt für mich sorgen?‹ Das denke ich manchmal. Und früher wußte ich, daß ich im Waisenhaus gut aufgehoben war, bis ich groß war. Jetzt weiß ich, daß Peter für mich sorgen wird mit Marions Geld, bis ich wieder zusammengeflickt bin. Aber was wird dann geschehen?«

»Und was ist mit Michael? Glauben Sie, daß er zu Ihnen zurückkommen wird?«

»Manchmal glaube ich es – ja, ich glaube es sehr oft.«

Eine lange Pause entstand.

»Und manchmal nicht?«

»Nun, ich fange an, mir Gedanken zu machen. Am Anfang glaubte ich, daß er sich vor meinem Aussehen fürchten könnte und vor den Gefühlen, die das in ihm heraufbeschworen würde. Aber jetzt weiß er, daß ich operiert werde, und kann sich ausrechnen, daß sich mein Aussehen verbessert hat. Wie kommt es, daß er mich noch nicht besucht hat?« Sie wandte Faye ihr Gesicht zu und sagte mit fester Stimme: »Ja, das frage ich mich oft.«

»Haben Sie Antworten auf diese Frage?«

»Ja, aber es sind keine schönen Antworten. Manchmal denke ich, daß er jetzt unter ihrer Macht steht. Sie hat ihn davon überzeugt, daß ihm dieses Mädchen mit dem ›namenlosen Stammbaum‹ in seiner Position schaden kann. Marion Hillyard hat ein riesiges Geschäftsimperium aufgebaut, und sie verlangt von Michael, daß er es in der Familientradition weiterführt. Die Heirat mit einer nichtigen Person, die aus einem Waisenhaus kommt und Bilder malt, hat in dieser Vorstellung keinen Platz. Sie möchte, daß er eine Debütantin, eine Erbin heiratet, die ihm weiterhilft.«

»Glauben Sie, daß ihm das etwas bedeutet?«

»Damals hat es ihm nichts bedeutet, aber jetzt . . . wer weiß?«

»Was wird geschehen, wenn Sie ihn verlieren?«

Nancy zuckte zusammen, antwortete aber nicht; ihre Augen sprachen Bände.

»Und was ist, wenn er sich zu schwach fühlt, um mit all dem fertig zu werden, das Sie jetzt auszustehen haben? Das ist doch möglich, Nancy. Es gibt Männer, die nicht so tapfer sind, wie wir glauben.«

»Vielleicht haben Sie recht. Vielleicht wartet er darauf, bis alles vorüber ist – und kommt dann.«

»Würden Sie ihm das sehr übelnehmen? Würden Sie es ihm vorhalten, daß er nicht an Ihrer Seite war, als Sie ihn brauchten?«

Nancy antwortete mit einem langen Seufzer, dann sagte sie: »Mag sein, ich weiß es nicht genau. Sehen Sie, ich mache mir viele Gedanken, aber Antworten auf meine Fragen habe ich eigentlich nicht.«

»Nur die Zeit hält die Antworten bereit. Im Augenblick interessiert uns Ihr Gefühl, mehr nicht. Wie fühlen Sie sich in bezug auf Ihre eigene Person? In bezug auf Ihr neues Gesicht? Sind Sie erregt, verängstigt, verärgert, daß Sie anders aussehen werden? Erleichtert?«

»Alles gleichzeitig.« Beide lachten über ihre Ehrlichkeit. »Um ganz offen mit Ihnen zu sein, ich habe Todesängste. Können Sie sich vorstellen, wie das ist, wenn man nach 22 Jahren in den Spiegel schaut und ein fremder Mensch blickt einen an? Lieber Heiland, manchmal fürchte ich, durchzudrehen.« Nancy lachte, aber man konnte hören, daß sie wirklich Angst hatte.

»Sie fürchten durchzudrehen?«

»Ja, manchmal, aber oft denke ich einfach gar nicht dran.«

»Und an was denken Sie statt dessen?«

»Ehrlich?«

»Klar.«

»Ich denke an Michael, manchmal an Peter, aber meistens an Michael.«

»Werden Sie sich in Peter verlieben?« Diese Frage wurde ohne Zögern gestellt. In diesem Moment war Dr. Allison ganz Ärztin und keine Privatperson. Sie dachte nur an Nancy.

»Nein, in Peter könnte ich mich nicht verlieben. Er ist ein reizender Mann und ein guter Freund, irgendwie kommt er mir wie ein prächtiger Vater vor, ein Vater, den ich nie hatte. Er bringt mir Geschenke und ist freundlich, aber lieben kann ich nur Michael.«

»Nun, nun, mal sehen, wie's weitergeht.« Faye warf einen Blick auf ihre Uhr und machte ein erstauntes Gesicht. Da saßen sie nun beide und hatten seit drei Stunden miteinander geredet, es war nach sieben. »O Gott, wie spät es ist!«

Auch Nancy machte vor Erstaunen runde Augen. »Mann! Wie haben wir das nur geschafft?« Dann lächelte sie. »Werden Sie bald wiederkommen und mich besuchen, Faye? Peter hatte recht, Sie sind ein wunderbarer Mensch.«

»Wie nett von Ihnen, ja, ich werde gern kommen. Übrigens ... Peter dachte, daß wir unsere Treffen in regulären Abständen festlegen sollten. Was halten Sie davon?«

»Ich finde es herrlich. Es ist wunderbar, sich mit jemandem unterhalten zu können, so wie wir es heute getan haben.«

»Nun, immer werde ich Ihnen nicht drei Stunden versprechen können.«

Sie lachten beide, und Nancy begleitete Faye zur Tür.

»Wie steht's mit dreimal in der Woche eine Stunde? Ich meine, richtig professionell?« Faye lächelte. »Und wir könnten uns natürlich auch als Freundinnen treffen, klingt das gut?«

»Das klingt herrlich.«

Sie schüttelten sich die Hände, und Nancy bemerkte, als sie zum Sofa zurückging, erstaunt, daß sie sich bereits jetzt auf die nächste Stunde mit Faye freute.

11

Nancy setzte sich gemütlich in dem breiten Lehnstuhl zurecht und betrachtete das Feuer. Sie kam heute fünf Minuten zu früh und erwartete sehnsüchtig das Gespräch mit Faye. Nun hörte sie das helle Klappern von Fayes hohen Absätzen, als diese draußen durch die Halle lief und sich dem Studio näherte, in dem sie ihre Patienten empfing. Nancy lächelte und richtete sich im Sessel auf. Sie wollte, daß Faye einen guten Blick auf sie werfen konnte.

»Guten Morgen, kleine Frühaufsteherin. Wie hübsch Sie heute aussehen in dem roten Kleid.« Dann blieb Faye in der Tür stehen und lächelte. »Oh, vergessen wir das rote Kleid, lassen Sie mich das neue Kinn betrachten.« Sie näherte sich langsam und hielt ihre Augen auf Nancys Kinn gerichtet. Endlich und mit einem fast triumphierenden Lächeln hob sie den Blick und schaute in Nancys Augen.

»Nun, wie gefällt es Ihnen?« fragte Nancy.

»Nancy, Sie sehen wunderschön aus, wirklich hinreißend.«

Jetzt konnte man endlich den schönen, jungen Hals sehen, der sich so grazil von den Schultern abhob, und das zarte Kinn, den weichen, schön geschwungenen, sinnlichen Mund. Was aus den Bandagen hervorsah, war perfekt geformt und paßte vollkommen zur Persönlichkeit des Mädchens. Peters Arbeit, die vielen Skizzen und Modelle waren nicht umsonst gewesen.

»Mein Gott, so ein Kinn und so einen Mund möchte ich auch haben!«

Nancy kicherte vergnügt und setzte sich im Sessel zurück, um den Rest ihres Gesichts, der immer noch bandagiert war, unter dem großen braunen Filzhut zu verbergen, den sie vor ein paar Tagen gekauft hatte. Er paßte gut zu ihrem neuen braunen Wollmantel und den kastanienbraunen Stiefeln, die sie heute zu ihrem roten Strickkleid trug. Ihre Figur war stets ausgezeichnet gewesen, und mit diesem wunderbaren neuen Gesicht würde sie ein überwältigend schönes Mädchen sein. Sie fing nun an, sich selbst schön zu finden, und da feststand, daß Peter sein Versprechen halten würde, aus ihr ein höchst attraktives Mädchen zu machen, fühlte sie sich wie ein neuer Mensch.

»Es ist mir direkt peinlich, Faye, aber ich bin so glücklich, ich könnte quietschen vor Glück, und das Komischste dabei ist, daß das Kinn nicht mal aussieht wie mein früheres, daß es mir aber trotzdem wahnsinnig gut gefällt.«

»Wissen Sie was, Nancy? Vielleicht sollten Sie sich einfach entspannen und Ihr schönes Kinn genießen. Vielleicht sollten Sie ein bißchen mit Ihrem zukünftigen Aussehen spielen, vielleicht sollten Sie versuchen, sich ihm anzupassen.«

»Was meinen Sie damit?«

»Nun, Sie sollten daran arbeiten, Nancy zu sein. Wir beide arbeiten an dem Vorgang, die einst gewesene Nancy Stück für Stück aufzugeben. Vielleicht sollten Sie jetzt einen Schritt zurück tun und sich die ganze Leinwand besehen. Zum Beispiel: Hat es Ihnen gefallen, wie Sie früher gelaufen sind?«

Nancy blickte erstaunt auf und dachte dann über die Frage nach. Dies schien eine gänzlich neue Idee, etwas, das sie noch nie besprochen hatten. »Ich weiß nicht, Faye, ich habe nie darüber nachgedacht, wie ich lief.«

»Nun, dann wollen wir jetzt darüber nachdenken. Und wie war Ihre Stimme? Haben Sie je mit dem Gedanken gespielt, Sprech- oder Gesangsunterricht zu nehmen? Sie haben eine wunderbare Stimme, weich und glatt. Vielleicht könnte man mit ein paar Unterrichtsstunden mehr aus ihr machen. Warum wollen wir nicht mit dem spielen, was Sie haben, und das Beste daraus machen? Peter besorgt seinen Teil, warum also sollten wir nicht unseren Teil bearbeiten?«

Nancy war von dieser Idee erregt und erfreut, Fayes Begeisterung griff auf sie über. »Ja, ich könnte ganz neue Seiten an mir entwickeln, nicht wahr? Ich könnte Klavier spielen . . . ganz anders laufen . . . ich könnte sogar meinen Namen verändern.«

»Nun, wir wollen die Sache nicht überstürzen, wir wollen nur, daß Sie das Gefühl haben, daß nichts bei Ihnen verlorengegangen ist. Sie wollen doch merken, daß Sie eher etwas dazugewonnen haben. Darüber wollen wir jetzt nachdenken. Ich glaube, das wird uns in eine sehr interessante Richtung bringen.«

»Ich möchte eine neue Stimme«, sagte Nancy lächelnd und lehnte sich zurück.

»Wissen Sie, Nancy, ich möchte, daß Sie sich über eines im klaren sind.«

»Und das wäre?«

»Ich hätte gerne, daß Sie verstehen, warum Sie jetzt so willig eine neue Person werden wollen. Diese Haltung kommt oft bei Waisenkindern vor, die sich ihrer Identität nicht sicher sind. Sie wissen nicht genau, wer ihre Eltern waren, und das Ergebnis ist, daß sie das Gefühl haben, etwas an ihnen fehle, die Verbindung zur Realität. Deshalb ist es für Ihresgleichen sehr viel leichter, Teile der Person, die Sie einmal waren, aufzugeben und ein neuer Mensch zu werden. Ein Mensch, der eine klare Vorstellung seiner Eltern hat, mit allen damit verbundenen Verantwortungen und Verknüpfungen, wird sich in diesem Punkt schwerer tun. Ich glaube, die Tatsache, daß Sie ein Waisenkind waren, macht die Sache für Sie einfacher.«

Nancy schwieg, und Faye lächelte ihr aufmunternd zu, als sie sich in dem weichen Sessel neben dem Feuer zurücklehnte. Der Raum war wie geschaffen dazu, Patienten zu empfangen: Jeder fühlte sich hier sofort entspannt. Faye hatte den persischen Teppich ihrer Großmutter auf den Boden gelegt, und er paßte wunderbar zu der dunklen Täfelung der Wand und zu den Messingleuchtern. Der Kamin wurde von einem Messinggitter geziert, und vor den Fenstern hingen altmodische Spitzenvorhänge. An den Wänden waren zahlreiche winzige kleine Gemälde zu sehen. Das Zimmer wirkte wie der Raum einer interessanten Frau, und diesen Effekt wollte Faye auch erzielen.

»Okay, Nancy, Sie werden einige Zeit brauchen, um über das Gesagte nachzudenken. Im Augenblick haben wir noch ein anderes Thema, das uns auf den Nägeln brennt. Wir müssen daran arbeiten. Was wird an Weihnachten passieren?«

»Was soll denn passieren?« Nancys Augen schlossen sich wie zwei schiefe Türen. Das Lachen, das noch vor wenigen Sekunden ihre Mundwinkel bewegt hatte, war schlagartig verschwunden. Faye hatte gewußt, daß es so kommen würde, und deshalb hatte sie auch dieses Thema zur Behandlung angeboten.

»Wie fühlen Sie sich, wenn Sie an die Feiertage denken? Haben Sie Angst davor?«

»Nein.« Nancy bewegte ihr Gesicht nicht, und Faye beobachtete sie.

»Traurig?«

»Nein.«

»Okay, wir wollen hier kein Ratespiel spielen, Nancy. Wie wäre es, wenn Sie mir sagen würden, wie Sie sich fühlen?«

»Sie wollen wissen, wie ich mich fühle?« Nancy blickte ihr direkt in die Augen. »Wollen Sie es wirklich wissen?« Sie erhob sich und fing an, im Zimmer auf und ab zu gehen. »Ich fühle mich beschissen.«

»Beschissen?«

»Total beschissen, irrsinnig sauer, ich bin wütend.«

»Auf wen?«

Nancy ließ sich in den Sessel fallen und starrte übelgelaunt ins Feuer. Als sie sprach, war ihre Stimme leise und traurig: »Auf Michael. Er hätte mich nun längst finden können. Sieben Monate ist es her, seit ich ihn nicht mehr gesehen habe. Ich habe erwartet, daß er käme.« Sie schloß die Augen, um die Tränen zurückzuhalten.

»Auf wen sind Sie noch böse? Auf sich selbst?«

»Ja.«

»Warum?«

»Weil ich den Handel mit Marion abgeschlossen habe. Ich hasse dieses Frauenzimmer, aber ich hasse mich noch mehr. Ich habe mich verkauft.«

»Haben Sie das wirklich getan?«

»Ich glaube, ja. Und warum? Nur damit ich ein neues Kinn bekomme!« Mit Verachtung sprach sie von dem, was ihr noch vor Minuten Freude gemacht hatte – ihr Stolz war verflogen. Sie fingen nun an, tiefer in Nancys Seele zu schürfen, und das machte sich bemerkbar.

»Ich bin nicht Ihrer Meinung, Nancy. Sie haben es nicht getan, um ein neues Kinn zu bekommen. Sie haben es getan, um ein neues Leben zu bekommen. Ist das in Ihrem Alter falsch? Was würden Sie von jemandem denken, der sich ähnlich verhalten hätte?«

»Ich weiß es nicht. Vielleicht würde ich denken, daß er dumm ist. Vielleicht würde ich ihn auch verstehen.«

»Wissen Sie, vor ein paar Minuten haben Sie über Ihr neues Leben gesprochen, eine neue Stimme, ein neuer Gang, ein neues Gesicht, ein neuer Name – alles sollte neu sein, nur *eine* Sache nicht: Michael! Was halten Sie von einem neuen Leben ohne Michael? Haben Sie darüber schon mal nachgedacht?«

»Nein.« Ihre Augen füllten sich mit Tränen, und beide Frauen wußten, daß sie log.

»Niemals?«

»Ich denke nie an andere Männer. Aber manchmal denke ich daran, ohne Michael zu leben.«

»Wie fühlen Sie sich dann?«

»Ich würde dann gerne sterben.«

Aber das meinte sie nicht ernst, und beide wußten das.

Faye sagte: »Im Augenblick ist Michael nicht da, und das ist doch nicht so schlimm, wie mir scheint?«

Nancy zuckte als Antwort nur mit den Schultern.

Faye sprach weiter, ihre Stimme war weich wie Seide: »Vielleicht sollten Sie über dieses Thema ein wenig nachdenken, Nancy.«

»Sie glauben, daß er nicht mehr zu mir zurückkommt, nicht wahr?« Nancy war nun wieder wütend, diesmal auf Faye, weil niemand anders da war, auf den sie wütend hätte sein können.

»Ich weiß es nicht, Nancy, keiner weiß die Antwort auf diese Frage, nur Michael.«

»Jawohl, der Hurensohn!« Sie sprang auf und rannte im Zimmer auf und ab. Wie ein Aufziehspielzeug wurde sie langsamer und langsamer, ihre Wut ebbte ab, endlich blieb sie vor dem Gitter des Kamins stehen, und große Tränen rollten aus ihren Augen. »O Faye, ich habe solche Angst.«

»Vor was denn?«

»Davor, allein zu sein, davor, überhaupt niemand zu sein, davor . . . ich frage mich manchmal, ob ich nicht etwas Grauenhaftes getan habe, für das ich bestraft werde. Ich habe meine Liebe aufgegeben, um mein Gesicht zu erhalten.«

»Aber Sie dachten doch, daß Sie schon alles verloren hätten. Sie können sich die Schuld für die Wahl, die Sie trafen, nicht geben, und ich glaube, im Endeffekt werden Sie glücklich über das sein, was Sie getan haben.«

»Ja . . . kann schon sein . . .« Nancy schluchzte nun heftiger, und Faye beobachtete, wie ihre schlanken Schultern zitterten. »Wissen Sie, ich habe auch schreckliche Angst vor den Feiertagen. Es wird schlimmer werden als damals im Waisenhaus. Diesmal ist niemand bei mir. Lily und Gretchen sind letzten Monat abgereist, und Peter hat vor, eine Woche nach Europa zu fahren und . . .« Die Tränen flossen reichlich, ihre Stimme erstarb, das waren die Realitäten ihres jetzigen Lebens. Sie mußte ihnen ins Gesicht blicken. Sie wollte Faye und Peter nicht anklagen. Neben der Zeit, die sie mit ihr verbrachten, lebten beide ihr eigenes Leben.

»Vielleicht ist es Zeit, daß Sie losziehen und ein paar neue Freunde finden?«

»So wie ich jetzt aussehe?« Nancy wandte Faye ihr Gesicht zu, zog den weichen braunen Hut vom Kopf und enthüllte die Bandagen. »Wie kann ich so hinausgehen ins Leben und jemanden treffen? Das würde die Menschen doch zu Tode ängstigen. Seht her, hier kommt Dracula!«

»Es sieht nicht beängstigend aus, Nancy, und nach und nach werden die Bandagen verschwinden. Sie werden nicht immer so aussehen. Das sind doch nur Verbände, alle Leute verstehen das.«

»Mag sein.« Trotzdem konnte sie nicht an Fayes Worte glauben. »Wie dem auch sei, ich brauche keine Freunde, ich habe meine Kamera.« Peters Geschenk war von Anfang an ein Segen für sie gewesen.

»Oh, ich weiß, ich habe Ihre letzten Fotos in Peters Büro gesehen. Er ist so stolz auf Sie, er zeigt sie jedem. Schöne Arbeiten, Nancy.«

»Vielen Dank.« Nun, da man von ihrer Arbeit sprach, verließ sie der Ärger langsam. »Ach Faye . . .« Sie setzte sich wieder in den Sessel und streckte ihre Beine von sich. »Was soll ich nur mit meinem Leben anfangen?«

»Daran arbeiten wir ja, das werden wir schon rausbekommen, nicht wahr? In der Zwischenzeit denken Sie ein bißchen über das nach, was wir heute besprochen haben. Denken Sie an den Sprechunterricht und an die Musikstunden. Überlegen Sie etwas, das Ihnen Spaß machen und ein Teil der Person werden könnte, die Sie nun vor sich haben.«

»Ja, ich glaube, darüber werde ich nachdenken. Übrigens, wann kommen Sie vom Skifahren zurück?«

»In zwei Wochen, aber ich hinterlasse Ihnen meine Nummer, damit Sie mich im Notfall anrufen können.« Faye machte sich mehr Sorgen um Nancys Wohlergehen an den Feiertagen, als sie es sich zuzugeben erlaubte. Feiertage waren eine Hochsaison für die Depressionen, ja für die Selbstmorde vieler Patienten. Dennoch schien ihr Nancy im Augenblick ziemlich stabil. Sie wollte nur nicht, daß Nancy wegen ihrer Einsamkeit hysterisch wurde. Was für ein Pech, daß gerade jetzt Peter verreisen mußte! Andererseits mußte Nancy lernen, auf sich allein gestellt zu leben.

»Wie wär's, wenn wir einen Termin für heute in zwei Wochen festlegen würden? Und dann möchte ich einen ganzen Berg wunderbarer Fotos sehen, die Sie bis dahin gemacht haben.«

»Gut, daß Sie mich daran erinnern.« Nancy sprang auf und verschwand in der Eingangshalle, wo sie ein flaches Paket abgestellt hatte. Als sie das Zimmer wieder betrat, lächelte sie und präsentierte das Paket Faye. »Fröhliche Weihnachten!«

Faye öffnete es mit vergnügtem Gesicht. Sie fand eine gerahmte Fotografie von ihr selbst vor. Es war ein verträumtes Foto, fast wie ein impressionistisches Bild. Faye hatte an jenem Abend auf Nancys Terrasse gestanden, der Wind hatte sich in ihrem Haar verfangen und ihr blaßrosa Seidenhemd an ihren Körper gedrückt. Die Sonne war in wunderbaren Rot- und Rosatönen hinter den Wolkenkratzern untergegangen. Faye erinnerte sich wohl an diesen Tag, aber nicht daran, daß Nancy sie fotografiert hatte.

»Wann haben Sie das aufgenommen?« Sie betrachtete Nancy verblüfft.

»Als Sie es nicht bemerkten.« Nancy sah zufrieden aus, und das mit Recht. Das Foto war ihr fabelhaft gelungen. Sie hatte es selbst vergrößert, hatte es geschmackvoll gerahmt, und nun war es so ausdrucksvoll wie ein Ölgemälde.

»Sie sind ganz unglaublich, Nancy. Das ist ein wunder-, wunderschönes Geschenk.«

»Ich hatte ein gutes Modell.«

Die beiden Frauen umarmten sich, und Nancy zog sich zögernd den Mantel an. »Ich wünsche Ihnen herrliche Skiferien.«

»Ich glaube, es wird schön. Ich werde Ihnen ein bißchen Schnee mitbringen.«

Nancy umarmte Faye ein zweitesmal. Als sie gegangen war, fühlte Faye einen leisen Stich im Herzen. Wie schön war Nancy doch – innerlich, wo es wirklich zählte.

12

»Mr. Calloway möchte Sie sprechen, Mr. Hillyard.«

Draußen schneite es seit fünf oder sechs Stunden. Schneematsch spritzte unter den Reifen der Autos, New York versank im Schnee, nur Michael hatte nichts davon gemerkt. Seit sechs Uhr morgens saß er an seinem Schreibtisch, und nun war es bereits nach fünf. Er griff nach dem Telefon, während er mit der anderen Hand einen Stapel Briefe unterschrieb, die seine Sekretärin heute noch zur Post bringen sollte. Wenigstens war nun das Projekt in Kansas City abgeschlossen. Jetzt galt es, sich um Houston Sorgen zu machen, und im Frühjahr mußte das Medizinische Center in San Francisco in Angriff genommen werden. Seine Arbeit war ein nicht endenwollender Strom von Kopfschmerzen, Schwierigkeiten, Kontakten und Problemen, von Treffen und Gesprächen.

»George? Hier spricht Mike, was gibt's?«

»Ihre Mutter ist in der Besprechung und hat mich gebeten, Sie anzurufen. Sie läßt Ihnen sagen, daß wir heute abend nach Boston zurückfliegen, wenn es aufhört zu schneien; wenn nicht, fliegen wir morgen.«

»Schneit es denn hier?« Michael sagte es überrascht, so als wäre Juni und Schnee etwas Außerordentliches.

»Uns haben sie gesagt, daß es über New York einen Schneesturm gegeben hat. Stimmt das etwa nicht?«

Mike blickte aus dem Fenster und grinste. »Doch, es schneit, und wie! Ich hatte nur nicht rausgeschaut.«

Der Junge brachte sich für seine Arbeit um, genau wie seine Mutter es immer getan hatte. George überlegte einen Augenblick, ob es an der Rasse lag – die Hillyards waren hart gegen sich selbst und hart gegen die, die sie liebten. »Wie dem auch sei, Ihre Mutter wollte, daß ich Sie anrufe, um sicher zu sein, daß Sie morgen abend zum festlichen Weihnachtsessen zu Hause sind. Sie hat ein paar Freund eingeladen und möchte, daß Sie dabei sind.«

Während er zuhörte, atmete Michael tief ein und aus. Ein paar Freunde! Das hieß, zwanzig bis dreißig Leute, die er entweder nicht leiden konnte oder aber nicht kannte. Dazu kam dann sicher das unvermeidliche unverheiratete Mädchen aus guter Familie – für ihn. Das war für Michael die schlimmste Art und Weise, Weihnachten zu feiern oder überhaupt einen Abend zu verbringen. »Es tut mir leid, George, ich fürchte, ich muß Mutter enttäuschen. Ich habe schon woanders zugesagt.«

»Ach, wirklich?« Es klang entsetzt.

»Ja, das wollte ich ihr schon letzte Woche mitteilen, aber ich habe es völlig vergessen. Ich hatte so viel mit dem Houston Center zu tun, daß ich einfach nicht dazu kam. Ich bin sicher, daß sie das verstehen wird.«

Mit den Klienten aus Houston hatte er wahre Wunder bewirkt, das würde sie verstehen. Michael wußte, daß sie ihm in diesem Punkt nicht ausweichen würde.

»Nun, sie wird natürlich enttäuscht sein, andererseits freut sie sich sicher, daß Sie eigene Pläne haben. Ist es etwas . . . Aufregendes?«

»Jawohl, George, eine irrsinnige Sache.«

»Exzellent! Also dann, ein recht schönes Weihnachtsfest.«

»Dasselbe wünsche ich Ihnen, und grüßen Sie bitte Mutter ganz lieb, ich rufe sie morgen an.«

»Das sage ich ihr.«

George lächelte vergnügt, als er einhängte. Es tat ihm gut, zu wissen, daß der Junge langsam gesundete. Michael hatte ein eigenartiges Leben geführt, aber das schien sich nun langsam zu normalisieren. Auch Marion würde erleichtert sein, obgleich sie sicherlich erst einmal fuchsteufelswild werden würde, weil sie versetzt worden war. Aber hatte Michael kein Recht, seinen Spaß zu haben? George nahm einen Schluck von seinem Whisky und dachte verklärt an ein Weihnachten, das er vor 26 Jahren in Wien verbracht hatte. Dann aber kehrten seine Gedanken wie stets zu Michaels Mutter zurück.

In Michaels Büro rissen die Telefonanrufe nicht ab. Ben wollte wissen, ob Michael Pläne für das Christfest habe, und Michael versicherte ihm, den Weihnachtsabend im Hause seiner Mutter zu verbringen. Verschiedene Klienten riefen an und wünschten ihm ein »Frohes Fest«, andere hatten Klagen vorzubringen. Als er auflegte, nachdem das letzte Telefongespräch erledigt war, murmelte er vor sich hin: »Ach, geht doch alle zum Teufel!«

Überrascht blickte er auf, als er plötzlich ein ihm unbekanntes Lachen von der Tür her vernahm. Dort stand die neue Innendekorateurin, die Ben eingestellt hatte. Sie war ein hübsches Mädchen mit dichtem mahagonibraunem Haar, das ihr in dicken Locken bis auf die Schultern fiel. Ihre Haut war hell und hob sich gut von den Haaren ab, ihre Augen strahlten in reinstem Blau. Natürlich hatte Michael all das noch nie bemerkt. Er bemerkte überhaupt nichts mehr, außer das, was auf seinem Schreibtisch lag und seine Unterschrift verlangte. »Ist das die Art und Weise, wie Sie den Leuten ›Frohe Weihnachten‹ wünschen?«

»Nein, nur denen, die ich besonders ins Herz geschlossen habe.« Er lächelte ihr zu und fragte sich, was sie hier wollte. Er hatte nicht nach ihr gerufen, und es gab auch keine direkte Arbeit mit ihr zu erledigen, jedenfalls keine, von der er im Augenblick gewußt hätte. »Kann ich irgend etwas für Sie tun, Miss . . .« Verdammt, er entsann sich ihres Namens nicht. Wie, zum Teufel, hieß sie nur?

»Wendy Townsend. Ich hab' nur hereingeschaut, um Ihnen ein ›Frohes Fest‹ zu wünschen.«

Aha, jemand, der mir um den Bart gehen will, dachte Michael amüsiert und winkte ihr, sich zu setzen. »Hat man ihnen nicht berichtet, daß ich der typische Scrooge* bin?«

»Das hab' ich mir schon gedacht, als Sie nicht zur Weihnachtsfeier und auch nicht zum Weihnachtsessen des Betriebs gestern abend erschienen sind. Alle sagten mir, daß Sie viel zu hart arbeiten.«

»Das ist gut für meine Haut, wissen Sie.«

»Da wüßte ich aber andere Sachen.« Sie legte ein hübsches Bein über das andere, und Michael testete sich beim Anblick ihrer Knie. Aber wieder empfand er nichts, wie er schon seit letztem Mai Frauen gegenüber nie mehr etwas hatte empfinden können.

»Ich wollte Ihnen auch dafür danken, daß ich eine Gehaltserhöhung bekommen habe.« Sie zeigte wundervolle Zähne, und er erwiderte ihr Lächeln. Nun fing er ernstlich an, sich zu fragen, was sie noch wollte. Weihnachtsgeld? Noch eine Gehaltserhöhung?

»Ich glaube, Sie müssen sich eher bei Ben Avery bedanken, ich habe nichts damit zu tun.«

Die Unterhaltung war sinnlos, und sie wußte es. Sie stand auf und warf einen Blick aus dem Fenster. Draußen lag der Schnee zentimeterhoch auf dem Fensterbrett. »Es sieht so aus, als würden wir ein schneeweißes Weihnachten erleben. Es wird praktisch unmöglich sein, nach Hause zu reisen.«

»Ich glaube, da haben Sie recht. Ich werde es gar nicht versuchen.« Er zeigte auf die Couch und grinste. »Ich glaube, deshalb hat man mir auch dieses Möbel hereingestellt. Man will mich in meinem Büro gefangenhalten.«

Nein, mein Lieber, du willst dich selber gefangenhalten, dachte

* Geizkragen aus Dickens' »Weihnachtslied«; in den Staaten populär.

sie, aber dann entfernte sie sich. Michael fuhr fort, Briefe zu unterschreiben, und ganz wie er gesagt hatte, verbrachte er die Nacht auf der Couch. Er war froh darüber, daß Weihnachten in diesem Jahr auf ein Wochenende fiel. Niemand würde wissen, wo er steckte.

In San Francisco verbrachte Nancy die Feiertage ebenso einsam wie Michael die seinen in New York, aber doch weitaus gemütlicher. Sie hatte sich einen Kapaun gebraten, hatte auf der Terrasse Weihnachtslieder gesungen, nachdem sie von der Christmette zurückgekommen war, und hatte am nächsten Tag lange geschlafen. Sie hatte sich vor diesen Tagen gefürchtet, aber als sie näherrückten, wußte sie, daß es kein Entkommen gab, und nun waren sie da, mit ihren geschmückten Bäumen in den Fenstern und mit den vielen Lügen und Versprechen in den fremden Wohnungen. Wenigstens gab es in San Francisco kein wirkliches Weihnachtswetter, wie sie es im Osten gekannt hatte. Vieles war ungewohnt und deshalb leichter zu ertragen. Sie hatte zwei Geschenke unter ihrem Baum gefunden, eine wunderschöne Gucci-Tasche von Peter und ein lustiges Buch von Faye. Am Nachmittag, nachdem sie ihren Kapaun gegessen hatte, rollte sie sich auf dem Sofa zusammen und las.

Es war schon nach sechs, als sie sich endlich erhob, die Glieder streckte und das Buch beiseite legte. Sie wollte einen kleinen Spaziergang machen und etwas frische Luft schöpfen. Sie zog ihren Mantel an, drückte den Hut tief in die Stirn, griff nach der Kamera und lächelte sich selbst im Spiegel zu. Dieses neue Lächeln machte ihr noch immer große Freude. Sie war neugierig auf den Rest des Gesichts, der erscheinen würde, wenn Peter seine Operation beendet hatte. Sie fühlte sich ein wenig wie eine Retortenfrau aus einem Science-Fiction-Film, sie würde wunderschön werden, das wußte sie. Peter hatte ihr einmal gesagt, daß er sie zur Idealfrau formen würde. Bei diesem Gedanken wurde ihr etwas ungemütlich, und trotzdem freute sie sich darauf. Sie hängte sich die Kamera über die Schulter und fuhr mit dem Lift nach unten.

Draußen empfing sie ein kalter, klarer Abend ohne Nebel, und sie wußte sofort, daß das Licht zum Fotografieren gut war. Die Straßen waren fast ganz verlassen, denn jedermann erholte sich von dem schweren Weihnachtsessen und lag vor dem Feuer, im Lehnstuhl oder auf der Couch vor dem Fernsehapparat. Nancy stellte sich das alles lebhaft vor und lächelte dabei, als sie plötzlich stolperte und aufschrie, weil sie beinahe gestürzt wäre. Peter hatte sie davor gewarnt, hinzufallen; sie durfte die neue Haut nicht gefährden. Auch sportliche Aktivitäten hatte er ihr verboten, und nun wäre sie beinahe mit ihrem neuen Kinn auf die Straße gestürzt. Dann fiel ihr auf, daß nicht nur sie geschrien hatte, noch jemand hatte sich bemerkbar gemacht. Sie war über einen kleinen, räudigen Hund gestolpert, der beleidigt zu ihr emporblickte. Nun setzte er sich nieder, hob seine Vorderpfote und winselte.

»Okay, okay, es tut mir leid. Du hast mich auch erschreckt, das weißt du doch.« Sie beugte sich nieder und tätschelte ihn, er wedelte und bellte einmal. Er war ein komischer kleiner Hund, fast noch ein Welpe. Und es tat ihr leid, daß sie nichts zu beißen für ihn bei sich hatte; er sah hungrig aus. Wieder tätschelte sie ihn und lächelte. Sie richtete sich auf und war erleichtert darüber, daß ihr die Kamera nicht von der Schulter gerutscht war. Als sie davonging, folgte ihr der Hund sogleich und trottete neben ihr her. Erstaunt blieb sie stehen und sagte zu ihm: »Na hör mal, jetzt gehst du aber schön nach Hause, los doch . . .«

Aber er folgte ihr wieder, und wenn sie stehenblieb, blieb auch er stehen und setzte sich, er sah zu ihr auf und schien freudig darauf zu warten, daß sie beide weiterliefen. Sie mußte lachen, denn er war so ein komischer kleiner Bursche und dabei so niedlich. Sie beugte sich herab und betastete ihn am Hals, um ein Halsband zu finden, fand aber keines. Ein gänzlich nackter Hund! Plötzlich fiel ihr ein, ein paar Fotos von ihm zu machen. Er zeigte sich als Naturtalent, sprang, wedelte, machte Männchen, die Sache schien ihm zu gefallen. Nancy hatte einen neuen Freund gewonnen, und nach einer halben Stunde traf er noch immer keine Anstalten, sie wieder zu verlassen.

»Na schön, dann komm mal.«

Und los ging es, die Werft entlang, wo sie die Hummerverkäufer und Krabbenstände fotografierte, die Touristen und den betrunkenen Santa Claus, die Boote, Vögel und das Meer. Ab und zu nahm sie ihren neuen Freund auf, sie amüsierten sich beide königlich, und er wich nicht von ihrer Seite. Er blieb bei ihr, bis sie sich schließlich in ein Café setzte. Sie hatte gelernt, Cafés und Schnellimbißstuben zu besuchen. Sie senkte den Kopf, um die Bandagen unter der breiten Hutkrempe zu verbergen, und bestellte, was immer sie wollte, darunter einen großen Hamburger für den Hund. Sie setzte den roten Pappteller auf den Boden, und ihr neuer Freund verschlang seine Mahlzeit. Von diesem Augenblick an ließ er endgültig keinen Zweifel mehr daran aufkommen, daß sie beide zusammengehörten. Nancy nahm ihn mit zu sich nach Hause und taufte ihn »Fred«.

13

Nancy streckte den Kopf zur Tür herein und grinste, als sie sah, daß Faye schon gemütlich in ihrem Sessel neben dem Fenster saß.

»Ja, was haben wir denn heute vor, junge Dame?« Faye lächelte erleichtert, als sie bemerkte, wie gut Nancy aussah.

»Ich habe einen Freund dabei.«

»Ist das wahr? Ich bin zwei Wochen weg, und schon haben Sie einen neuen Freund? Na, wie finde ich denn das?« Aber bei diesen Worten sprang schon Fred ins Zimmer. Er trug ein rotes Halsband. Zu Hause bei Nancy hatte er ein Körbchen, einen Freßnapf und ungefähr 17 Gummitiere, mit denen er spielen konnte. Nancy verwöhnte ihn maßlos.

»Faye, darf ich Ihnen Fred vorstellen?« Sie lächelte mit mütterlichem Stolz auf ihn herab, und Faye mußte lachen.

»Mein Gott, ist der süß! Nancy, wo haben Sie ihn denn her?«

»Er hat mich am zweiten Weihnachtstag adoptiert. Eigentlich hätte ich ihn Noel taufen sollen, aber Fred schien mir passender.

Außerdem habe ich Ihnen einen Packen neuer Fotos mitgebracht, zum Anschauen.«

»Mein Gott, sind Sie eifrig und brav gewesen! Vielleicht sollte ich öfters verreisen.«

»Tun Sie das um Gottes willen nicht.« Nancy warf ihr einen Blick zu, und Faye erkannte, wie einsam ihre Patientin gewesen war. Dennoch hatte es Nancy allein über die Weihnachtsfeiertage ausgehalten, und das war eine wirkliche Leistung gewesen. »Und ...« Sie dehnte das Wort vor Stolz, »... ich habe einen Termin für Sprechunterricht. Peter hat gesagt, dies gehöre zur Behandlung, und morgen um drei fange ich an. Tanzstunden darf ich noch nicht nehmen, denn mein Gesicht ist ja noch nicht fertig. Die kommen dann nächsten Sommer dran.«

»Ich bin so stolz auf Sie, Nancy.«

»Das freut mich.«

An diesem Tag hatten sie eine gute Sitzung, und zum erstenmal seit acht Monaten sprachen sie nicht über Michael. Zu Fayes Überraschung erwähnte Nancy seinen Namen nicht einmal, obgleich es wieder Frühling war. Fast schien es, als hätte sie sich entschlossen, nicht von ihm zu sprechen. Sie redete von nichts anderem als von ihren neuen Plänen, dem Sprechunterricht, dem Fotografieren, der Verbesserung ihres technischen Gefühls. Im Frühling machten Nancy und Fred lange Spaziergänge im Park. Sie besuchten den Rosengarten und wanderten an der Küste entlang. Manchmal fuhr sie mit Peter in eine entlegene kleine Bucht, wo sie sich trotz ihrer Bandagen zeigen konnte. Stück für Stück tauchte nun ihr Gesicht auf und damit ihre neue Persönlichkeit. Er modellierte ihre Backenknochen, formte Stirn und Nase, und damit, so schien es, enthüllte er Stück für Stück auch eine neue Seele, die bis dahin hinter der Jugend seiner Patientin verborgen gewesen war. Im Jahr nach dem Unfall reifte Nancy zur Frau heran.

»Was, es ist schon ein Jahr her?« fragte Faye erstaunt, als sie Nancy an diesem Nachmittag zusah. Peter arbeitete gerade an der Zone um die Augen, und Nancy trug eine große dunkle Sonnenbrille, um Augen und Backenknochen zu verbergen.

»Ja, vor einem Jahr ist es passiert, und ich komme jetzt seit acht Monaten zu Ihnen, Faye. Glauben Sie wirklich, daß ich Fortschritte gemacht habe?« Das klang entmutigt. Aber gewiß war Nancy noch müde von der Operation, die sie vor drei Tagen über sich hatte ergehen lassen.

»Bezweifeln Sie Ihren Fortschritt?«

»Manchmal ja, nämlich dann, wenn ich an Michael denke.« Es war schwierig für sie gewesen, das einzugestehen. Noch immer klammerte sie sich an die letzten kleinen Hoffnungsfetzen. Noch immer glaubte sie, er würde kommen und sie finden, und das Abkommen mit seiner Mutter könnte dann für null und nichtig erklärt werden. »Ich weiß nicht, warum ich mir das immer noch antue, aber so ist es nun mal.«

»Warten Sie, bis Sie noch mehr mit der Welt in Kontakt kommen, Nancy. Sie haben ja nichts weiter, als an die Vergangenheit zu denken oder an eine Zukunft, von der Sie noch nicht sicher sind, wie sie sich gestalten wird. Da ist es ganz natürlich, daß Sie hauptsächlich zurückdenken an Geschehenes. Es gibt auch noch nicht genügend neue Menschen in Ihrem Leben, aber das wird sich bald ändern, und zur rechten Zeit werden Sie neue Freunde haben. Sie müssen geduldig sein.«

Nancy seufzte müde. »Ich hab's satt, geduldig zu sein, Faye, und plötzlich fürchte ich, daß die Arbeit an meinem Gesicht sich ein Leben lang hinziehen wird. Manchmal hasse ich Peter deswegen, obwohl ich weiß, daß ich ihm dankbar sein muß.«

»Ich glaube, die Arbeit lohnt sich. Das kann man bereits jetzt sehen.« Faye lächelte, und Nancy lächelte gleichfalls. Der zarte Umriß des Mädchenkopfes war nun deutlich zu erkennen, und jede Woche schienen die Details sich zu verändern. Auch der Sprechunterricht hatte gut angeschlagen, Nancys Stimme war dunkler geworden, wundervoll moduliert und weich. Sie kontrollierte den Klang ihrer Sprache weit besser als jeder Mensch, der keinen Sprechunterricht genommen hatte. Faye hörte ihr zu und hatte eine Idee. »Haben Sie sich schon einmal überlegt, wie es wäre, Schauspielerin zu werden? Ich glaube, diese Erfahrung würde Ihnen zu einigen Erkenntnissen verhelfen.«

Nancy lächelte und schüttelte den Kopf. »Vielleicht würde ich gerne Filme machen – aber selber darin spielen, nein. Das ist unrealistisch. Ich würde lieber am anderen Ende der Kamera stehen.«

»Okay, war nur ein Gedanke. Und was haben wir diese Woche vor?«

»Ich habe Peter versprochen, ein paar Fotos für ihn zu machen. Wir werden am Sonntag nach Santa Barbara fliegen, um dort einen Tag zu bleiben. Er möchte Leute besuchen und hat vorgeschlagen, mich mitzunehmen.«

»Sehr gut, das ist das richtige Leben.« Faye schaute auf die Uhr. »Wir sehen uns am Freitag.«

»Ist recht, Madame.« Nancy salutierte mit einem Lächeln, und Fred sprang an seiner roten Leine zerrend aus dem Zimmer. Er war die Sitzungen in Fayes Büro gewöhnt. Nancy ließ ihn nie allein zu Hause.

Als sie Fayes Büro verlassen hatte, entschloß sie sich, einen kleinen Spaziergang zum nahen Park zu machen, um zu sehen, ob Kinder auf dem Spielplatz waren. Sie wollte sie fotografieren. Sie fand einen Überfluß an hübschen Modellen vor, die sich balgten, schaukelten, rannten und schrien. Nancy setzte sich für eine Weile auf die Bank und beobachtete sie. Sie wollte ein Gefühl für diese Kinder entwickeln und wissen, was in ihnen vorging. Der Tag war herrlich, und sie fühlte sich lebensfroh und glücklich.

»Sind Sie oft hier?«

Michael hob verblüfft den Blick. Er saß auf einer Bank, war vor einer Stunde dem stickigen Büro entflohen, hinaus in den Park gegangen, um ein bißchen Grün zu sehen. Diese ersten Frühlingstage, in denen das graue New York sich in ein grünes, saftiges Parkland mit Bäumen und Blumen verwandelte, übten eine Wirkung der Verzauberung auf ihn aus. Er hatte gehofft, an diesem abgeschiedenen Ort allein zu sein. Es überraschte ihn daher, plötzlich angesprochen zu werden, und als er aufblickte, sah er Wendy Townsend, die Innendekorateurin aus dem Büro, vor sich stehen.

»Nein . . . ich . . . also eigentlich nie. Aber heute haben wir einen wunderbaren Frühlingstag. Wollen Sie sich nicht setzen?«

Sie nahm neben ihm Platz, und er fragte sie: »Woran arbeiten Sie gerade?«

»Houston und Kansas City. Meine Arbeit hinkt immer fünf bis sechs Monate hinter der Ihren her. Irgendwie ist es ganz interessant, auf Ihren Spuren zu wandeln.«

»Ich weiß gar nicht, was ich dazu sagen soll.« Aber es machte ihm Spaß, das zu hören.

»Das war als Kompliment gemeint.« Sie lächelte ihm unter ihren dichten braunen Wimpern zu.

»Wie nett! Behandelt Ben Sie gut, oder spielt er sich als Sklaventreiber auf, denn das habe ich ihm empfohlen?«

»Das könnte er gar nicht.«

»Das weiß ich.« Mike lächelte bei dem Gedanken daran. »Wir kennen uns schon das halbe Leben, für mich ist er wie ein Bruder.«

»Er ist ein furchtbar netter Kerl.«

Mike nickte schweigend und dachte, wie wenig er Ben im letzten Jahr gesehen hatte. Er hatte nie Zeit, das heißt, er nahm sich nie Zeit. Er wußte nicht einmal, wie Bens Leben verlief. Es war Monate her, seit er ihn zum letztenmal gesprochen hatte. Plötzlich hatte er ein schlechtes Gewissen, als er so in seine eigenen Gedanken vertieft neben dem Mädchen saß. Auch bei ihm hatte sich im letzten Jahr viel verändert. Er selbst hatte sich verändert.

»Sie sind weit weg, Mr. Hillyard. Ich hoffe, es ist hübsch dort, wo Sie sind.«

Er zuckte die Schultern. »Im Frühling erlebe ich seltsame Dinge mit mir selbst, plötzlich bleibe ich stehen und betrachte das vergangene Jahr, ich gehe es im Geiste durch, und das habe ich gerade getan.«

»Ich finde das eine gute Idee, seltsamerweise tu' ich dasselbe, aber immer im September. Ich glaube, der Stundenplan unserer Schulerziehung hat mich darin für immer geformt. Es gibt ja auch Leute, die machen's im Januar. Aber ich gebe zu, daß der Frühling dafür die beste Zeit ist. In der Natur erwacht alles zu neuem

Leben, warum sollten wir nicht auch im Frühling ein neues Leben beginnen?«

Sie lächelten sich zu, und Michael sah hinaus auf den kleinen See, auf dem ein paar zufrieden aussehende Enten schwammen. Keine andere Menschenseele war zu sehen.

»Was haben Sie denn letztes Jahr um diese Zeit gemacht?« fuhr das Mädchen fort. Diese unschuldige Frage schnitt ihm ins Herz wie ein Messer. Vor einem Jahr an diesem Tag ...

»Das Gleiche wie heute.« Er warf einen Blick auf seine Uhr und stand auf. »Ich habe in zehn Minuten eine Besprechung. Ich gehe wohl besser zurück ins Büro. Es war nett, mit Ihnen zu plaudern.«

Er zwang sich zu einem Lächeln, ehe er mit großen Schritten davoneilte. Sie blieb noch eine Minute auf der Bank sitzen und überlegte, was sie wohl gesagt hatte, um ihn zu verscheuchen. Sie mußte Ben fragen, ob irgend etwas mit diesem Mann nicht stimmte. Er ließ keinen anderen Menschen an sich herankommen.

14

Michael war sehr überrascht, als bei der Besprechung, zu der er enteilt war, auch Wendy anwesend war. Ben hatte darauf bestanden, daß sie bei der Diskussion der Vorpläne für das San Francisco Medical Center dabei sein sollte. Die Inneneinrichtung war ein wichtiger Faktor bei diesem Projekt. Man plante, eine Menge dort angesiedelter Künstler zur Auflockerung des Bauwerks heranzuziehen. Ben wollte an Ort und Stelle mit den Künstlern verhandeln, während Wendy sozusagen an der Heimatfront seine Anstrengungen mit den Arbeiten des Büros koordinieren sollte. Ben würde für eine Zeitlang in San Francisco Quartier beziehen. Obgleich der eigentliche Baubeginn des Riesenprojekts noch einige Zeit auf sich warten lassen würde, mußten die Pläne und diese Teilprobleme bereits jetzt durchgearbeitet werden. Die Besprechung dauerte lange und strengte alle Beteiligten an. Marion führte den Vorsitz, und George Calloway assistierte. Michael hatte in dieser Angelegenheit am meisten zu sagen, denn es handelte sich um sein Projekt. Das hatte seine Mutter von Anfang an gewünscht. Die großen Architekturbüros des ganzen Landes hatten sich um diesen Auftrag gerissen, und Marion wollte das Projekt dazu benutzen, Michael einen Namen und einen Ruf als Architekt zu verschaffen.

Gegen sechs war die Besprechung endlich zu Ende, und Wendy fühlte sich völlig erschöpft. Sie hatte ihre Ideen vorgetragen, hatte sie gegen Marion verteidigt und hatte Mike mit ihrer Geschicklichkeit und den Vorschlägen, die sie unterbreitete, tief beeindruckt. Ben, der stolz auf sie war, klopfte ihr auf die Schulter, als sie den Raum verließen.

»Sehr gut, mein Kleines, brav gemacht.«

Seine Sekretärin rief ihn in sein Büro zurück, und Wendy ging allein den Korridor entlang. Sie war überrascht, als auch Michael sie ansprach. »Sie haben mich heute sehr beeindruckt, Wendy. Sie haben gut gearbeitet. Ich glaube, wir werden bei diesem Projekt erfolgreich zusammenarbeiten.«

»Das hoffe ich auch.« Sie strahlte vor Stolz über so viel Lob. »Ich . . . Michael, ich . . . ich glaube, ich habe heute nachmittag irgend etwas gesagt, das Sie beleidigt hat. Ich wollte nicht neugierig sein und wollte keine törichten Fragen stellen, ich bin wirklich ganz schrecklich . . .«

Sie tat ihm in ihrer Verlegenheit leid, und er hob die Hand mit einem Lächeln und unterbrach sie mit freundlicher Stimme: »Ich war derjenige, der sich schlecht benommen hat, und ich bitte Sie um Verzeihung. Ich glaube, das hat der Frühling mit mir angestellt, ich fange an zu träumen. Aber vielleicht kann ich meinen Fehler wieder gutmachen und mit Ihnen heute zu Abend essen?« Als diese Worte, wie ohne sein Zutun, aus seinem Mund purzelten, war er ebenso verblüfft wie sie. Abendessen? Er hatte seit einem Jahr mit keiner Frau mehr zu Abend gegessen. Aber sie war ein nettes Mädchen, und sie arbeitete ausgezeichnet, sie meinte es gut mit ihm. Da stand sie vor ihm und blickte mit vor Verlegenheit geröteten Wangen zu ihm auf.

»Ich? Also, das brauchen Sie wirklich nicht . . .«

»Das weiß ich, aber ich hätte Lust dazu.« Diesmal meinte er es ernst. »Haben Sie heute abend schon was vor?«

»Nein, ich würde gern mit Ihnen essen gehen.«

»Sehr gut, dann hole ich Sie in einer Stunde ab.« Er notierte ihre Adresse auf seinem Notizblock, lächelte und eilte in sein Büro. Das war ein verrückter Plan, aber, zum Teufel, warum sollte er nicht einmal verrückt sein?

Pünktlich nach einer Stunde stand er vor der Tür ihres Appartements, und diese Tür gefiel ihm sehr gut. Sie war mit schwarzem Lack gestrichen, und in ihrer Mitte befand sich ein großer kupferner Türklopfer. Das kleine niedliche rote Ziegelhäuschen war in vier Appartements unterteilt, und Wendy bewohnte das kleinste davon. Aber sie hatte den Vorteil, hinter dem Haus ein sauber gepflegtes Gärtchen ihr eigen zu nennen. Ihr Appartement war eine wundervolle Mischung aus alten und neuen Möbeln, Dingen aus Antiquitätenläden, dazu schönen modernen Gegenständen. Die vorherrschende Farbe war ein warmes Braun, die Beleuchtung war sanft, und Pflanzen und Kerzen standen überall herum. Sie schien altes Silber zu sammeln, und all die kleinen Gegenstände glänzten wie frisch poliert. Er sah sich angenehm überrascht in dem Raum um und setzte sich mit ihr an den Tisch, um eine Platte mit Hors d'oeuvres anzugehen, die sie selbst zubereitet hatte. Sie tranken Bloody Marys und schnatterten über alle möglichen Absurditäten, die bei der Arbeit an den verschiedenen Projekten aufgetaucht waren. Eine Stunde verging, ohne daß Michael es bemerkte, und als er auf die Uhr blickte, tat es ihm leid, daß sie schon gehen mußten. Er hatte in einem französischen Restaurant in der Nähe einen Tisch bestellt und wußte, daß man Unpünktlichen den bestellten Tisch höchstens fünf Minuten reservierte.

»Ich fürchte, jetzt müssen wir losrennen, Mr. Hillyard, wenn wir es rechtzeitig schaffen wollen. Oder lassen wir's einfach sausen?«

Es erschreckte ihn, als sie seine eigenen Gedanken aussprach, und er wußte nicht, was das spitzbübische Glitzern in ihren Augen zu bedeuten hatte. Es war so lange her, seit er mit jemandem ausgegangen war, daß er sich unsicher fühlte.

»Was genau haben Sie im Sinn, Townsend? Ihrem Gesicht nach zu schließen, muß es etwas Unglaubliches sein.«

»Erraten«, kicherte sie. »Ich dachte, wir könnten einfach einen Picknick-Korb nehmen und zum East River hinuntergehen, um die Boote zu beobachten.« Sie sah aus wie ein kleines Mädchen, das eine unartige Idee hat. Da saßen sie beide, angezogen, um in einem feinen Restaurant zu essen – er trug einen dunklen Anzug und sie ein glänzendes schwarzes Seidenkleid –, und nun schlug sie vor, ein Picknick am East River zu veranstalten.

»Das klingt fabelhaft. Ich hoffe, Sie haben genügend Erdnußbutter da.«

»Wo denken Sie hin?« Sie warf ihm einen beleidigten Blick zu. »Ich stelle meine eigene Pâté her, Mr. Hillyard. Und außerdem habe ich ein Sauerteigbrot in meiner Küche.« Sie sagte dies mit Stolz, und Michael zeigte sich dementsprechend beeindruckt.

»Mein Gott, ich hatte mir mehr ein Picknick mit Erdnußbutter und Marmeladebroten, vielleicht noch Hot-Dogs vorgestellt.«

»Nur über meine Leiche!« Mit einem Grinsen verschwand sie in der Küche, und in zehn Minuten hatte sie ein Feinschmeckerpicknick für zwei zusammengestellt. Es gab ein Glas mit übriggebliebener Ratatouille, die versprochene Pâté, einen Laib Sauerteigbrot, ein dickes Stück französischen Brie, drei sehr reife Birnen, Trauben und eine kleine Flasche Weißwein. »Glauben Sie, das reicht?« Sie warf ihm einen sorgenvollen Blick zu, und er lachte lauthals.

»Fragen Sie das im Ernst? Wissen Sie, ich nähre mich hauptsächlich von Essensresten, Roastbeef, Sandwiches und dergleichen, was mir meine Sekretärin zusteckt, wenn ich nicht aufpasse. Vielleicht ist es ja auch Hundefutter, ich achte nicht darauf.«

»Das ist ja fürchterlich, das wußte ich nicht. Ein Wunder, daß Sie noch nicht verhungert sind.« Nun, verhungert war er nicht, aber er sieht ziemlich dünn aus, fand sie. »Gut, alles fertig.« Sie warf einen Blick im Zimmer umher, hob einen zarten beigen Seidenschal auf, während Michael den Picknickkorb an seinen Arm hängte, und los ging's! Sie liefen die paar Schritte zum East River hinunter, fanden eine Bank und setzten sich. Sie beobachteten die Boote, die Nacht war warm, und der Himmel hing voller Sterne. Auf dem Fluß schwammen viele Boote, Motorboote waren zu entdecken. Mike und Wendy waren nicht die einzigen Menschen, die das Frühlingsfieber gepackt hatte.

»Sind wir Ihre erste Arbeitsstelle, Wendy?« Er sprach undeutlich, denn er hatte den Mund voll von Pâté. Seit langem hatte er nicht so jung ausgesehen.

Sie nickte lachend. »Ja, meine erste. Ich habe mich beworben und war überglücklich, als ich angenommen wurde. Letztes Jahr machte ich meinen Abschluß an der Parson-Universität und habe danach sogleich in Ihrer Firma angefangen.«

»Das höre ich gerne. Für mich ist es auch mein erster Job.« Fast hätte er sie gefragt, ob sie seine Mutter mochte, aber er wagte es nicht. Es wäre auch nicht fair gewesen, denn er zweifelte nicht daran, daß das Mädchen sie im Grunde hassen mußte. Marion Hillyard war als Vorgesetzte ein wahres Monster, und Michael wußte das.

»Und dieser erste Job, macht er Ihnen Spaß, Michael?« neckte sie ihn, und er lachte.

»Was haben Sie später vor? Wollen Sie heiraten und Kinder kriegen?«

»Das weiß ich noch nicht. Vielleicht, aber wenn ja, dann werde ich nach einer bestimmten Zeit wieder arbeiten. Zuerst will ich auf alle Fälle Karriere machen. Die Kinder kann ich kriegen, wenn ich über 30 bin.«

»Junge, Junge, wie sich die Zeiten geändert haben! Ich erinnere mich noch daran, daß früher alle Mädchen unheimlich scharf darauf waren zu heiraten.« Er grinste seiner neuen Freundin zu.

»Na, ein paar Mädchen sind immer noch unheimlich dahinter her, geheiratet zu werden.« Sie schob ein großes Stück Brie mit einer Birnenscheibe in den Mund. Das Essen war ausgezeichnet gewesen. »Wollen *Sie* denn heiraten?« Sie warf ihm einen neugierigen Blick zu, und er schüttelte den Kopf und sah hinaus auf den

Fluß.

»Überhaupt nie?«

Er wandte ihr sein Gesicht zu und schüttelte wieder den Kopf. Etwas schrie ihr aus seinen Augen entgegen. Sie war nicht sicher, ob sie eine Frage wagen sollte, und beschloß, ihn selbst das entscheiden zu lassen. »Sollte ich nun fragen, warum, oder sollte ich es einfach überhören?«

»Vielleicht ist alles gar nicht mehr so wichtig. Aber ich bin ein ganzes Jahr mit der Sache in mir herumgerannt, und selbst heute mittag, als wir uns trafen, dachte ich daran und bin Ihnen weggelaufen. Man kann das aber nicht sein ganzes Leben lang tun.« Er schwieg einen Augenblick, betrachtete seine Hände und sah ihr dann wieder ins Gesicht. »Ich sollte letztes Jahr heiraten, und am Tag der Hochzeit fuhren wir, das heißt ich, Ben Avery und ... und ... meine Verlobte mit dem Auto und hatten einen Unfall. Der Fahrer des Lastwagens, mit dem wir zusammenstießen, wurde getötet und auch ... sie kam dabei um.« Er weinte nicht, aber er hatte das Gefühl, daß sein Inneres in Fetzen hing. Wendy starrte ihn mit großen, entsetzten Augen an.

»O Gott, Michael, wie grauenhaft, das klingt wie ein Alptraum.«

»Es war auch wie ein Alptraum. Ich lag ein paar Tage im Koma, und als ich zu mir kam, war sie schon beigesetzt. Ich, ich ...« Er konnte das Wort fast nicht aussprechen, aber er hatte nun damit begonnen, und es war gut, darüber mit jemandem zu sprechen. Nicht einmal mit Ben hatte er je über den Unfall gesprochen.

»Ich ging zu ihrem Appartement. Das war zwei Wochen später, als man mich aus dem Hospital entlassen hatte, aber ihre Wohnung war leer. Jemand hatte die Caritas angerufen, und ihre Ölbilder sind ... sind von Krankenschwestern gestohlen worden. Sie war eine Malerin.«

Lange Zeit sprach keiner von beiden ein Wort, dann sagte er, wie um sich selbst besser zu verstehen: »Nichts war mehr da. Auch von mir war nichts mehr da, glaube ich.«

Als er aufsah, bemerkte er Wendys tränenüberströmtes Gesicht. »Das tut mir so leid, Michael.«

Er nickte, und zum erstenmal seit einem Jahr weinte auch er. Die Tränen flossen aus seinen Augen, und er nahm Wendy in die Arme.

15

»Mike, was hältst du eigentlich von dieser Frau, die im Kansas-City-Büro sitzt und . . .« Sie warf ihm einen Blick zu, er lag in einem Liegestuhl, den sie im Garten aufgestellt hatten, er hörte nicht zu. »Mike!«

Er blickte in die Sonntagsausgabe der Zeitung, aber Wendy wußte genau, daß er nicht darin las, sondern nur vor sich hin starrte.

»Mike!« rief sie zum drittenmal.

»Hm? Was gibt's?«

»Ich hab' dich was gefragt, ich hab' dich nach der Frau im Kansas-City-Büro gefragt.« Aber er war ihr schon wieder entglitten, irritiert fragte sie ihn: »Möchtest du noch eine Bloody Mary?«

»Was? Ja, bitte. Ich glaube, ich gehe jetzt ins Büro.«

Er starrte an ihr vorbei auf einen unsichtbaren Fleck hinter ihrer Schulter.

»Wundervoll!«

»Was soll das nun wieder heißen?« Nun sah er ihr ins Gesicht, und er war nicht sicher, was er in ihrem Blick lesen konnte.

»Nichts.«

»Hör mal her, das Medizinische Center in San Francisco ist ein riesiger Brocken Arbeit, und ich werde mir die nächsten zwei Jahre die Finger wundarbeiten, um es durchzuziehen. Es ist eines der größten Projekte im ganzen Land, das weißt du.«

»Und wenn du dieses Projekt nicht hättest, dann hättest du ein anderes. Du brauchst dich hier nicht zu entschuldigen, es ist alles okay.«

»Dann vermittle mir nicht das Gefühl, als ob ich hier nach der Stechuhr arbeiten müßte.« Er warf die Zeitung auf den Boden und starrte sie an. Sie kochte bereits vor Wut.

»Stechuhr? Gestern abend bist du um halb eins hier eingetroffen. Wir hatten uns mit den Tamsons zum Abendessen verabredet, und du hast es nicht einmal für nötig erachtet, mich anzurufen. Erst um dreiviertel zehn, Michael, hast du mir gnädig mitgeteilt, daß du nicht kommen könntest und ich mit ihnen allein ausgehen sollte.«

»Und warum hast du es nicht getan? Ich mag nicht, wenn du hier herumhockst und auf mich wartest.«

»Ich habe es nicht getan, weil ich dich zufällig liebe, und deshalb habe ich auf dich gewartet, aber du versuchst nicht einmal, auf mich Rücksicht zu nehmen. Was, zum Teufel, ist mit dir los? Hast du denn Angst, irgendwo anders zu sitzen als an deinem Schreibtisch? Hast du Angst, daß jemand sich deiner bemächtigen könnte? Hast du Angst, daß du dich in mich verlieben könntest? Wäre das so gräßlich?«

»Rede nicht so lächerliches Zeug. Du weißt doch, unter welchem Termindruck ich stehe, du solltest es jedenfalls besser wissen als alle anderen, wie eingespannt ich bin.«

»Das weiß ich wohl, und deshalb weiß ich auch, daß du die halbe Zeit gar nicht zu arbeiten bräuchtest. Du benutzt deine Arbeit dazu, dich hinter ihr zu verstecken; auf diese Art gelingt es dir, weiterzuleben. Du hast dich auch vor mir versteckt und vor dir selbst.« Und vor Nancy, dachte sie, aber sie sprach es nicht aus.

»Das ist doch lächerlich.« Er erhob sich und schlenderte den schmalen Sandsteinplattenpfad in ihrem wohlgepflegten Garten hinunter. Der Stein fühlte sich warm an unter seinen Füßen. Es war September, aber immer noch lag New York in wohliger Hitze. Nach den ersten und sehr glücklichen Wochen ihrer Romanze hatten Wendy und er einen etwas traurigen Sommer erlebt. Er hatte die meiste Zeit in seinem Büro verbracht. Nur manchmal war es ihnen gelungen, am Wochenende nach Long Island zu fahren.

»Und außerdem, was, zum Teufel, erwartest du von mir? Ich habe es doch von Anfang an klargemacht. Ich habe dir gesagt, daß ich mich nicht allzu sehr mit ...«

»Ja, du hast mir gesagt, daß du dich nicht zu sehr mit jemandem einlassen willst, daß du Angst davor hast, Schmerzen zu erleiden. Daß du nicht einmal weißt, ob du heiraten willst. Du sagtest aber bis heute nicht, daß du Angst davor hast zu leben, zum Teufel, Angst davor hast, überhaupt Gefühle für einen Menschen zu entwickeln. Herr des Himmels, Michael, du verbringst mehr Zeit mit deinem Diktiergerät als mit mir und bist wahrscheinlich auch netter zu ihm.«

»Na und?«

Traurig betrachtete sie sein Gesicht. Sie war ihm gleichgültig. Es war Wahnsinn von ihr, bei ihm zu bleiben. Aber irgend etwas faszinierte sie, in ihm waren Schönheit, Wildheit und Kraft, dazu ein unergründlicher Schmerz, der sie anzog wie ein Magnet. Sie wußte von seinem Kummer und von seinen Bedürfnissen. Sie wollte ihn erreichen, wollte ihm zeigen, daß er geliebt wurde. Das Schreckliche war nur, daß er ihr nie eine Chance dazu gab. Es war ihm alles gleichgültig. Sie war nun einmal nicht Nancy, und das wußten beide.

Wendy erhob sich schweigend und schlenderte ins Haus, um ihre Tränen zu verbergen. In der Küche mixte sie sich eine neue Bloody Mary und stand einen Augenblick zitternd, mit geschlossenen Augen, nur von dem einen Wunsch beseelt, ihn erreichen und ihn finden zu können, um ihm beizustehen. Sie fing an zu glauben, daß er nie wirklich für sie »da« sein würde, er würde für niemanden da sein, das würde er sich nicht gestatten.

Sie stürzte die Bloody Mary in langen, gierigen Schlucken hinunter und stellte das leere Glas in die Spüle, als sie seine Hände spürte, mit denen er sanft über ihre samtige braune Haut strich. Sie verbrachte ihre Wochenenden in ihrem Garten, und die Sonne hatte sie wunderbar gebräunt. Sie sagte nichts, als er so hinter ihr stand und sie die Hitze seines Körpers an ihrem Rücken fühlen konnte. Sie begehrte ihn verzweifelt, aber sie war es müde, stets für ihn bereit zu sein, wenn er es wünschte. Nein, diesmal würde sie es ihm nicht so leicht machen.

»Ich begehre dich, Wendy.« Ihr ganzer Körper schmerzte sie

vor Sehnsucht nach ihm, aber sie nahm sich zusammen und blieb mit dem Rücken zu ihm stehen. Sie haßte die Zartheit, mit der seine Hände langsam über ihren Rücken glitten und auf ihrem Hinterteil liegen blieben, weitertasteten, wieder hochkamen und ihre Brüste umschlossen.

»Wie du vorhin sagtest, na und?«

»Du weißt doch, daß ich mit derlei Druck nicht zurechtkomme.« Seine Stimme war sanft und glatt wie ihre Haut.

»Das ist kein Druck, Michael, das ist Liebe. Traurig ist nur, daß du keinen Unterschied machen kannst. Warst du mit ihr ebenso?« Sie fühlte, wie er innehielt und seine Arme steif wurden, aber sie konnte sich nicht beherrschen und fuhr fort zu sprechen; sie wollte ihm weh tun: »Hattest du auch Angst davor, sie zu lieben? Nun, da sie tot ist, tust du dich leicht. Jetzt mußt du niemanden mehr lieben und kannst den Rest deines Lebens damit zubringen, dich hinter der Tragödie zu verstecken, hinter dem Gefühl, daß sie dir fehlt, das hast du gut gemacht, das kann man nicht anders sagen.«

Langsam drehte sie sich zu ihm herum und sah, wie der Haß in seinen Augen loderte.

»Wie kannst du nur so etwas sagen, wie kannst du es wagen ...« Einen Augenblick sah er aus wie seine Mutter, fast ebenso hart und fast ebenso kalt. »Was fällt dir ein, die Dinge, die ich dir gesagt habe, so zu verdrehen?«

»Ich habe nichts verdreht, ich habe nur gefragt. Wenn ich nicht recht habe, tut es mir leid, aber ich fange an, mich zu fragen, ob ich nicht recht habe.« Sie lehnte sich gegen die Spüle und starrte ihn an. Er packte sie an den Schultern und zog sie an sich.

»Michael ...«

Er sagte kein Wort, er zermalmte nur ihre Lippen mit den seinen, und gleichzeitig riß er das Oberteil ihres Bikinis von ihren Brüsten und zerrte an ihrem Höschen. Die kleine Metallöse an der Hüfte riß ab, und das Höschen glitt zu Boden. Als Wendy auf dem Küchenboden lag, Michael auf ihr, haßte sie sich mehr als ihn, denn sie wußte, daß sie im Herzen genau das ersehnt hatte. Wenigstens aber war er jetzt lebendig, wenigstens bumste er sie, das war das Wichtigste. Aber der Preis war hoch, das wußte sie auch. Der Preis war ein Stück ihrer eigenen Seele.

Danach lagen sie keuchend und feucht auf den blanken Platten, und Wendy hörte die Küchenuhr in der Stille laut ticken. Michael schwieg. Er starrte hinaus in den Garten und wirkte seltsam traurig.

»Wie fühlst du dich?«

Er hätte sie das fragen müssen, aber immer fragte *sie* ihn dasselbe. Was für eine verrückte Affäre! Sie wußte, daß das Wahnsinn war, und konnte sich trotzdem nicht von ihm fernhalten. Manchmal fragte sie sich, was geschehen würde, wenn alles vorbei war. Vielleicht würde er Ben Avery dazu veranlassen, ihr zu kündigen. Fast erwartete sie das.

»Mike?«

»Hm. Ja, ich . . . ich entschuldige mich, Wendy. Manchmal bin ich ein grauenhafter Kerl.« Tränen glitzerten in seinen Augen.

»Nun, ich weiß nicht, ob ich dir da widersprechen kann.« Sie schaute zu ihm auf, sah das reuige Lächeln um seine Lippen und küßte ihn auf das Kinn. »Aber offenbar liebe ich dich trotzdem.«

»Du könntest einen viel Besseren als mich haben, weißt du.« Zum erstenmal seit Monaten schien er sie wirklich wahrzunehmen. »Manchmal hasse ich mich für das, was ich dir antue. Ich will nur . . .« Er konnte nicht weitersprechen, denn sie legte ihm die Hand auf die Lippen und brachte ihn zum Schweigen.

»Ich weiß.«

Er nickte, ohne zu sprechen, erhob sich und sah auf sie herunter, wie sie auf dem Küchenboden lag.

»Michael?«

»Ja?« Sein Gesicht war nun weich, viel weicher, als es vor einer halben Stunde gewesen war. Sie hatte ihm gutgetan. Wenigstens das.

»Fehlt sie dir noch immer die ganze Zeit?«

Er hielt einen Augenblick inne und nickte dann, seine Augen glänzten vor Schmerz. Und dann, ohne ein weiteres Wort zu verlieren, eilte er ins Schlafzimmer und zog sich an. Wendy erhob sich langsam. Den zerrissenen Bikini ließ sie liegen, er hatte gute

Dienste getan im Sommer, und die kleine Metallöse konnte man wahrscheinlich reparieren. Nackt setzte sie sich auf einen Barhokker, der am Küchentisch stand, und dachte darüber nach, was sie in seinen Augen gelesen hatte. Als er Minuten später wieder in die Küche kam, fand er sie in Gedanken versunken. Sie blickte überrascht auf und wurde dann traurig, als sie sah, daß er Jeans und ein weißes Hemd mit offenem Kragen angezogen hatte. Er trug seinen Diplomatenkoffer in einer Hand und einen Pullover in der anderen. Der Diplomatenkoffer bedeutete, daß er ins Büro ging, obgleich doch heute Sonntag war; der Pullover bedeutete, daß er bis spät in die Nacht hinein zu arbeiten vorhatte; beide Dinge machten Wendy nicht gerade glücklich.

»Sehe ich dich später?« Sie haßte sich für diese Frage; sie bat darum . . . sie bettelte. Verdammt, daß er sich so versteckte, und jetzt, um die Sache noch schlimmer zu machen, schüttelte er den Kopf.

»Ich werde wahrscheinlich bis drei Uhr morgens arbeiten, und dann muß ich nach Hause, um mich umzuziehen.« Die kurze Zärtlichkeit der vergangenen Minuten war vorüber. Er war wieder ganz der alte Michael und rannte weg. In den zehn Minuten, die seit ihrem Liebesspiel vergangen waren, hatte sie ihn bereits wieder ganz verloren. Die Situation war hoffnungslos, trotzdem konnte sie sich nicht dazu überwinden, ihn aufzugeben. Seine Zurückweisungen brachten sie dazu, es um so verbissener mit ihm zu versuchen.

»Dann sehen wir uns morgen im Büro.« Sie versuchte ihre Stimme am Zittern zu hindern. Sie fühlte sich elend, sie versuchte sogar zu lächeln und ihn zur Tür zu bringen, aber sie war froh, als er rasch und mit einem kleinen Kuß auf die Stirne Adieu sagte. Er sah sich nicht um, als sie die Tür schloß und die Tränen über ihre Wangen strömten. Michael Hillyard war ein hoffnungsloser Fall.

16

Die Landschaft flog am Fenster vorbei, als der schwarze Porsche über die Straße sauste. Ein herrliches Gefühl, fast als ob man flöge, dachte Nancy, als sie die menschenleere Autobahn vor ihnen betrachtete. Sie war nun mit Peter fast jeden Sonntag unterwegs. Er holte sie gegen elf in ihrem Appartement ab, zusammen fuhren sie, wohin sie wollten. Wenn sie die Lust überkam, hielten sie irgendwo an und aßen zu Mittag, gingen dann eine Weile Hand in Hand spazieren, lachten und sprachen, bis es Zeit war, wieder nach Hause zu fahren. Nancy liebte diese Ausflüge, die sich bereits zu einem Ritual zwischen ihr und Peter entwickelt hatten. Auf eine merkwürdige Weise hatte sie auch angefangen, ihn zu lieben. Peter bedeutete in ihrem jetzigen Leben sehr viel. Er gab ihr all die Träume zurück, die sie verloren geglaubt hatte, und darüber hinaus gab er ihr neue, die sie noch gar nicht kannte.

Heute hielten sie vor einem kleinen Restaurant in der Nähe von Santa Cruz. Es war dekoriert wie eine französische Landgaststätte, und sie aßen Cuiche Lorraine und Salade Niçoise. Dazu tranken sie eine Flasche Weißwein. Nancy liebte das französische Essen und wußte, daß sie nun weit entfernt von Neuengland lebte und mit Jahrmärkten und blauen Perlenketten fast nichts mehr zu tun hatte. Peter Gregson war ein Mann feiner Lebensart. Das war eine Seite an ihm, die Nancy besonders liebte. Er vermittelte ihr das Gefühl herrlicher Lebensfreude, trotz Bandagen und komischer Hüte. Allerdings war jetzt schon sehr viel mehr von ihrem Gesicht zu sehen. Die ganze untere Hälfte war fertig. Nur die Gegend um die Augen war noch immer mit dicken Pflastern beklebt und unter schwarzen Brillengläsern verborgen. Auch ihre Stirn lag noch unter einem Verband, aber an dem, was zu sehen war, konnte man erkennen, daß sich hier ein Wunder zugetragen hatte. Peter hatte exquisite Arbeit geleistet. Auch Nancy wußte, was er getan hatte, und fühlte sich mit dem Aussehen, das sie ihm verdankte, selbstsicher und froh. Sie trug ihre Hüte lustig schief auf dem Kopf, wagte es, sich neue und auffallendere Kleider zu kaufen, Kleider, die eleganter geschnitten waren und sie umschmeichelten und die sie zuvor nie getragen hätte.

»Weißt du, Peter, ich habe daran gedacht, meinen Namen zu ändern«, sagte sie mit einem kleinen verlegenen Lächeln, als sie den letzten Schluck Wein ausgetrunken hatte. Sie hatte Faye schon eingeweiht, und irgendwie schien ihr der Satz nicht ganz so dumm geklungen zu haben, als sie mit Faye darüber gesprochen hatte. Plötzlich tat ihr leid, daß sie davon angefangen hatte. Aber Peter beruhigte sie sogleich: »Das überrascht mich wenig. Nancy wird ein ganz neues Mädchen, warum soll sie nicht auch einen neuen Namen haben? Hattest du irgend etwas Bestimmtes im Sinn?« Er betrachtete sie zärtlich und zündete sich eine Don-Diego-Zigarre mit seinem goldenen Feuerzeug an. Nancy liebte den Geruch des Rauches, vor allen Dingen nach einem guten Essen. Peter zeigte ihr die schönen Dinge des Lebens, und auf diese Weise machte es ihr großen Spaß, erwachsen zu werden. »Also, wie heißt meine neue Freundin?«

»Ich bin mir noch nicht sicher, aber ich dachte an Marie Adamson. Wie hört sich das an?«

Er dachte einen Augenblick nach und nickte dann. »Gar nicht übel . . . nein, gar nicht übel, gefällt mir sogar. Ja, gefällt mir sehr. Wie kommst du darauf?«

»Das ist der Mädchenname meiner Mutter.«

»Oh, was für eine exotische Kombination!«

Beide lachten, und Nancy ließ sich im Sessel zurückfallen. Mary Adamson, der Klang gefiel ihr.

»Und wann willst du deinen Namen ändern?« Er beobachtete sie durch den dünnen, blauen Rauch seiner Zigarre.

»Ich weiß nicht, ich hab' mich noch nicht entschieden.«

»Warum nicht gleich? Nicht wahr, das würde dir doch gefallen? Weißt du, du könntest den neuen Namen für deine Arbeit benutzen.« Er blickte erregt zu ihr herüber, die Idee gefiel ihm, es erregte ihn stets, wenn er von ihrer oder von seiner Arbeit sprach, und zu ihrem Erstaunen und ihrer Freude behandelte er seine und ihre Arbeit mit dem gleichen Stolz und der gleichen Ernsthaftigkeit wie die seine. Er respektierte ihr Talent. »Ernsthaft, Nancy, warum nicht?«

»Wie denn? Soll ich die Fotos, die ich dir gebe, mit Marie Adamson zeichnen?« Es amüsierte sie, wie ernst er sie nahm. Er und Faye waren die einzigen Menschen, die bis dahin ihre Arbeiten gesehen hatten.

»Du solltest auch deinen Horizont etwas erweitern.«

Nun, dieses Thema war ihr nicht gerade neu. Sie hob die Hand und schüttelte den Kopf, sie lächelte. »Also, wir wollen nicht wieder davon anfangen.«

»Ich werde davon sprechen, und zwar so lange, bis du dich endlich dazu bequemst, mir zuzuhören, Nancy. Es hat keinen Sinn, daß du dein Licht unter den Scheffel stellst. Du bist eine Künstlerin, ob du nun malst oder Fotografien machst. Es ist ein Verbrechen, deine Arbeiten zu verstecken, wie du es tust. Du mußt eine Ausstellung machen.«

»Nein.« Sie trank einen Schluck aus seinem Glas und blickte hinaus aufs Meer. »Ich habe Ausstellungen gehabt, ich will keine mehr.«

»Wunderbar! Ich flicke dich wieder zusammen, damit du dich für den Rest deines Lebens in einem Appartement verkriechst und ein paar Fotos für mich machst.«

»Ist das so schrecklich?«

»Ja. Du hast so viel Talent, warum bist du so knausrig damit? Verbirg es nicht, tu etwas für dich selbst. Warum machst du nicht als Marie Adamson eine Ausstellung? Damit wärst du anonym. Wenn die Kritiker nicht mit der Ausstellung zufrieden sind, dann suchst du dir einfach einen neuen Namen und kommst wieder und fotografierst für mich. Aber wir können es vorher doch versuchen, selbst die Garbo war ein Erfolg, ehe sie sich zurückzog. Gib dir selbst doch einmal eine Chance!« In seiner Stimme klang eine Bitte, und sie schaute ihn an. Er war geschickt mit ihrer Anonymität zu Werke gegangen. Das arbeitete nun in Nancy. Trotzdem hatte sie das Gefühl, daß sie dieses Thema mit ihm schon hundertmal durchgesprochen hatte, und irgend etwas in ihrem Inneren gefror bei dem Gedanken, wieder ein professioneller Künstler zu werden. Plötzlich fühlte sie sich verletzlich, sie wußte auch warum ... Michael fiel ihr ein.

»Ich werde darüber nachdenken.« Das war die positivste Reaktion, zu der er sie je bei diesem Thema gebracht hatte; er war zufrieden.

»Ja, denk darüber nach ... Marie.« Er grinste sie an, und sie kicherte.

»Das ist komisch, einen neuen Namen zu haben.«

»Wieso denn? Du wirst ein neues Gesicht bekommen, ist das auch komisch?«

»Nicht so sehr, nein, überhaupt nicht mehr, dank Faye und dank dir. Ich hab' mich daran gewöhnt.« Die meisten Frauen, das wußte sie, hätten ihren rechten Arm gegeben, um sich an dieses Gesicht zu gewöhnen.

»Soll ich dich nicht einfach schon Marie nennen?« Er neckte sie und sah, daß ihre Augen in neuem Licht erstrahlten. Sie waren spitzbübisch und voll von herrlichstem Leben.

»Wenn ich mir's recht überlege ... ja, nenn mich so ... ich glaube, ich probiere den Namen mal aus.«

»Großartig, Marie. Wenn ich mich verspreche, tritt mich.«

»Keine Angst, ich hau' dir eins mit der Kamera drauf.«

Er winkte dem Kellner und bat um die Rechnung. Nach dem Mittagessen wanderten sie durch die kleine Küstenstadt, beäugten die Läden und besichtigten die kleinen Gäßchen, Galerien und Wirtschaften. Natürlich war auch Fred mit von der Partie, er hatte sich an das Sonntagsritual schon gewöhnt.

»Müde?« Peter warf ihr einen besorgten Blick zu, nachdem sie eine Stunde herumgelaufen waren. Obgleich sie immer kräftiger wurde, sah Peter, wie schnell sie doch noch ermüdete. In den 17 Monaten seit dem Unfall hatte sie 14 Operationen über sich ergehen lassen müssen. Es würde noch ein Jahr dauern, ehe sie sich wieder im Vollbesitz ihrer Kräfte fühlen und die alte sein würde. Niemand, der sie nicht kannte, hätte ihre plötzliche Erschöpfung bemerkt. Sie wirkte energisch und lebhaft, und doch hatte der Spaziergang ihre Kraft fast erschöpft.

»Nun, bereit, nach Hause zu fahren?«

»So sehr ich es auch hasse, ich muß zugeben, ja.« Sie nickte reuig und steckte die Hand in die seine.

»Heute in einem Jahr, Marie, wirst du mich im Hundertmeterlauf besiegen.«

Sie lachte über die Art, wie er ihren Namen gebrauchte, und sagte: »Gut, ich nehme die Herausforderung an.«

»Ich habe Angst, du wirst gewinnen. Du hast einen großen Vorteil, du bist jung.«

»Du auch«, sagte sie ernst, und er lachte und schüttelte seinen schönen Kopf.

»Hoffentlich kannst du mich immer mit diesen freundlichen Augen betrachten, meine Liebe.«

Aber als er den Kopf wandte, gewahrte sie einen traurigen Schatten in seinen Augen. Sie hatte nur ein wenig davon entdeckt, aber sie wußte Bescheid. Es hatte keinen Sinn, den Altersunterschied zwischen ihm und ihr zu unterschätzen. So sehr sich jeder von ihnen auch wohlfühlte in der Gesellschaft des anderen, wie nahe sie sich auch kamen, die Lücke von 23 Jahren stand zwischen ihnen. Sie selbst hatte herausgefunden, daß es ihr nichts ausmachte, ja, daß es ihr geradezu gefiel. Sie hatte ihm das schon einmal gesagt, und manchmal glaubte er ihr auch. Das hing davon ab, wie er sich an diesem Tag fühlte. Aber er gab nie zu, wie sehr ihn dieser Altersunterschied beschäftigte. Sie war das erste Mädchen, das ihm den Wunsch eingab, sehr jung zu sein, Jahrzehnte abzuschütteln, Jahrzehnte, die für ihn sehr wichtig waren, aber die er nun als Bürde empfand.

»Nancy . . .« Plötzlich hatte er den neuen Namen vergessen, als er sie mit einer ernsthaften Frage im Blick betrachtete.

»Ja?«

»Sag mal . . . sag mir, ist es wahr, daß du ihn noch immer vermißt?« In seinen Augen spiegelte sich ein solcher Schmerz wider, daß sie ihn am liebsten in die Arme genommen und ihm versichert hätte, daß sie nicht mehr an Michael dachte. Aber sie konnte ihn nicht belügen. Mit Erstaunen bemerkte sie, daß seine Frage Tränen in ihre Augen treten ließ. Sie zuckte mit den Schultern und nickte dann.

»Manchmal ja, nicht immer.« Das war eine ehrliche Antwort.

»Liebst du ihn noch?«

Bevor sie antwortete, schaute sie tief in seine Augen. »Ich weiß es nicht. Ich entsinne mich seiner, wie er war, und daran, wie wir zusammen waren, aber das alles hat heute keine Realität mehr. Ich bin nicht derselbe Mensch, der ich damals war, und er sicher auch nicht. Der Unfall muß seine Spuren bei ihm hinterlassen haben. Vielleicht wird es sich herausstellen, wenn wir uns wiedersehen, daß wir nichts mehr miteinander anfangen könnten. Aber vorläufig ist das schwer zu sagen. Ich sitze da mit den Träumen der Vergangenheit, und manchmal wünsche ich mir, ihn wiederzusehen, nur um diese Träume endlich zu verabschieden. Aber ich . . . ich hab' begriffen . . . daß das nie geschehen wird, weil ich ihn nicht wiedersehen werde.« Sie sagte das in endgültigem Ton. »Und deshalb muß ich mich von diesen Träumen allein verabschieden.«

»Ich weiß, daß das sehr schwierig ist.« In seinen Augen stand wieder Schmerz, als er mit ihr sprach. Plötzlich fragte sie sich, ob er ein ähnliches Erlebnis gehabt haben könnte. Das war doch möglich, denn allzu gut verstand er sie.

»Peter, wie kommt es eigentlich, daß du nie geheiratet hast?« Sie waren zum Strand hinuntergelaufen, und Fred umtanzte sie bellend, aber keiner spielte mit ihm. »Oder sollte ich das nicht fragen?«

»Natürlich kannst du das fragen. Ich habe aus vielen vernünftigen Gründen nicht geheiratet. Ich bin viel zu selbstbezogen, ich bin viel zu sehr mit meiner Arbeit beschäftigt, die mein ganzes Leben in Anspruch nimmt, und das ist alles. Außerdem bin ich ein Zigeuner, mal hier, mal dort; ich habe mich nie irgendwo niedergelassen.«

»Irgendwie kann ich das nicht glauben.« Sie betrachtete ihn genauer und lächelte.

»Ich auch nicht, aber in all diesen Gründen, die ich dir genannt habe, liegt ein Korn Wahrheit.« Lange Zeit schwieg er, und dann seufzte er. »Es gibt auch noch andere Gründe. Ich habe vor zwölf Jahren jemanden geliebt. Als ich sie kennenlernte, war sie meine Patientin, und ich hing sehr an ihr, aber ich wollte mich nicht mit ihr einlassen. Sie wußte nicht, was ich für sie fühlte, das erfuhr sie erst . . . erst viel später. Es schien, als ob das Schicksal uns ständig zusammenwürfle. Auf jeder Party, die ich besuchte, bei jedem Abendessen, bei jedem gesellschaftlichen Anlaß traf ich sie. Ihr Mann war Arzt, genau wie ich. Weißt du, sie war verheiratet. Ich widerstand der ›Versuchung‹ ein ganzes Jahr. Dann konnte ich nicht mehr, wir verliebten uns irrsinnig ineinander und verbrachten eine wunderbare Zeit.

Wir hatten vor zu heiraten, ich wollte sie entführen, wir wünschten uns ein Kind. Aber soweit ließen wir es nie kommen. Unsere Verbindung bestand zwölf Jahre lang. Ich verstehe nicht, wie ich das durchhalten konnte, aber ich glaube, daß das Leben einfach so ist. So ist es doch, ein Tag folgt dem anderen, und plötzlich werden wir wach, und zehn Jahre sind vergangen, elf Jahre, zwölf Jahre. Wir erfanden immer neue Ausreden, um nicht zu heiraten. Sie ließ sich nicht scheiden – ihres Mannes wegen, meiner Karriere wegen, ihrer Familie wegen. Wir fanden immer wieder Gründe. Vielleicht wollten wir es so halten, wie wir es gehalten hatten, ich weiß es nicht.«

Er hatte ihr noch nie vorher erlaubt, so tief in sein Inneres zu blicken, und Nancy beobachtete ihn, während er sprach. Er hielt die Augen auf den Horizont gerichtet und schien, obgleich er mit ihr sprach, meilenweit entfernt.

»Und warum habt ihr euch eines Tages nicht mehr getroffen? Oder . . . .« Vielleicht trafen sie sich ja noch, und als dieser Gedanke sie streifte, wurde sie rot. Vielleicht war sie neugierig, ja, sie war es, sicher gab es viele Dinge in Peters Leben, von denen sie keine Ahnung hatte. »Es tut mir leid, das hätte ich nicht fragen sollen.«

»Sei nicht albern.« Seine Augen ruhten mit der gewohnten Zärtlichkeit auf ihr. »Es gibt nichts, was du mich nicht fragen dürftest. Nein – sie starb. Vor vier Jahren, an Krebs. Ich war immer bei ihr, fast immer, am letzten Tag war ich nicht da. Ich glaube . . . ich glaube . . . Richard wußte am Ende Bescheid. Aber dann machte es nichts mehr aus. Wir hatten sie beide verloren, und ich vermute, er war dankbar, daß sie ihn nicht schon vor Jahren verlassen hatte. Wir trauerten gemeinsam um sie, sie war eine wunderbare Frau. Sie war . . . dir sehr ähnlich.«

Tränen standen in seinen Augen, als er sie anblickte, und Nancy fühlte eigene Tränen in sich aufsteigen. Ohne zu denken, hob sie behutsam die Hand und wischte die Tränen vorsichtig von seinen Wangen, und dann, ohne die Hand von seinem Gesicht zu nehmen, näherte sie sich ihm sanft, lehnte sich an ihn und küßte ihn leise und sachte auf die Lippen. Für einen Augenblick standen sie beide, ohne sich zu rühren, ganz nahe beisammen, mit geschlossenen Augen. Dann fühlte sie, wie Peter die Arme um sie legte, sie fühlte einen Frieden in sich einziehen, wie sie ihn ein ganzes Jahr lang nicht empfunden hatte. Sie fühlte sich in Sicherheit. Er hielt sie, wie es ihr schien, lange Zeit so umschlungen, dann neigte er ihr das Gesicht zu und küßte sie mit der aufgestauten Leidenschaft von vier Jahren wild auf den Mund. Er hatte andere Frauen besessen, seit Livia gestorben war, aber er hatte keine mehr geliebt. Nun war Nancy in sein Leben getreten.

»Weißt du, daß ich dich liebe?« Er trat einen Schritt zurück und betrachtete sie mit einem Lächeln, das sie noch nie gesehen hatte. Er machte sie gleichzeitig glücklich und traurig, denn sie wußte nicht, ob sie bereit war, ihm das zu geben, was er ihr bereits gab. Sie liebte ihn – aber anders . . . nicht so, wie er sie liebte, und wie sie es aus seinen Augen lesen konnte.

»Ich liebe dich auch, Peter, auf meine eigenartige Weise, verstehst du?«

»Das reicht für den Moment.« Auch Livia hatte ihm das gesagt am Anfang. Es war erschreckend, wie sehr sich die beiden Frauen manchmal glichen. »Weißt du, Faye hat mir damals sehr geholfen, als Livia starb. Deshalb glaubte ich auch, daß sie dir guttun würde.« Sie hatte ihm auch in anderer Beziehung geholfen, aber das brauchte Nancy nicht zu erfahren.

»Du hattest recht, sie ist wundervoll für mich. Ihr beide seid herrlich für mich.« Sie nahm seine Hand, und sie wanderten zurück zum Wagen. »Peter . . . ich . . . ich weiß nicht, wie ich es dir sagen soll, aber . . . ich möchte dir nicht weh tun. Ich liebe dich, aber ich kaue noch immer an meiner Vergangenheit, Stück für

Stück, Fetzen für Fetzen. Ich brauche, glaube ich, noch eine gewisse Zeit.«

»Oh, ich habe es nicht eilig. Weißt du nicht, daß ich ein Mann mit großer Geduld bin?«

»Gut, ich möchte aber, daß du da bist, wenn ich bereit bin.«

»Ich werde da sein, keine Sorge.« Die Art, wie er das sagte, machte sie glücklich. Sie fragte sich, ob sie ihn vielleicht nicht mehr liebte, als sie glaubte, und dann, als sie Seite an Seite dahinwanderten, kam ihr ein plötzlicher Gedanke, der sie erschreckte und erregte, und doch wußte sie jetzt, was sie tun wollte. Er sah sie an und entdeckte das Leuchten in ihren Augen, sie schaute zu ihm auf, als sie sich dem Auto näherten.

»Und was genau hast du im Moment gedacht?«

»Das geht dich gar nichts an«, lachte sie.

»Lieber Gott, was ist es denn nun wieder?« Vor ein paar Wochen hatte sie ihn am Morgen angerufen, um ihm zu sagen, daß er den sensationellen Sonnenaufgang betrachten müsse. »Nancy . . . nein, Marie, von nun an ist es Marie und nur Marie! Aber sag mir, ist Marie genauso unmöglich wie Nancy?«

»Noch viel unmöglicher! Sie hat alle möglichen neuen Ideen.«

»O Gott, verschone mich!« Aber er sah nicht so aus, als ob er verschont werden wollte, jedenfalls nicht im Augenblick. »Vielleicht nur ein kleiner Hinweis, und ich wüßte Bescheid, nur ein winzig kleiner Hinweis.«

Sie schüttelte ihren Kopf und lachte, Fred sprang auf ihren Schoß, und Peter ließ den Wagen an.

»Nun, ich hab' eine gute Idee, was mich selbst betrifft, die Arbeit an deinem Gesicht wird am Ende des Jahres vollbracht sein. Wie wäre es, wenn Marie Adamson dann ihr neues Leben mit einer Ausstellung ihrer Fotografien feiern würde? Stimmst du mir zu?«

»Vielleicht.« In Wirklichkeit fing sie an, sich für diese Idee zu erwärmen. Etwas war an diesem Nachmittag geschehen, das ihr den Mut zurückgegeben hatte. Vielleicht war es das, daß sie ihm gestanden hatte, was sie von Michael dachte. Vielleicht war es auch sein Geständnis, eine andere Frau geliebt zu haben. Oder war es der Moment, in dem sie in seinen Armen gelegen hatte und wieder von einem Mann geküßt worden war? »Ich bin einverstanden mit der Ausstellung.«

»Einfach so?« Er war verblüfft.

»Einfach so. Und was ist dein Vorschlag, wie ich es anfangen soll?«

»Überlaß das mir. Abgemacht?«

»Gewiß, Sir.« Sie hatte Vertrauen zu ihm und legte ihre Arbeit in seine Hände, genauso wie sie ihm ihr Gesicht und ihr neues Leben anvertraute.

»Liebling, du wirst es nicht bereuen.« Zärtlich nahm er ihr Gesicht in seine Hände und küßte sie, dann ließ er den Wagen an und fuhr los. Sie hatten einen wunderschönen Tag verbracht.

Langsam fuhren sie die Küste entlang nach Hause. Peter stoppte den Wagen um sechs Uhr vor ihrer Wohnung. Er haßte es, dem Tag schon ein Ende zu machen, aber er wollte, daß sie sich ausruhte.

»Okay, junge Dame, jetzt werden Sie die ganze Nacht gut schlafen. Ich möchte Sie morgen lustig, frisch und munter in der Praxis sehen.«

»Möchtest du mit hinaufkommen?« Sie wußte nicht genau, ob sie sich das wirklich wünschte, und war ziemlich erleichtert, als er nein sagte.

Er lächelte, als sie aus dem Auto stieg, sie winkte ihm zu und verschwand im Haus. Sie hatte daran gedacht, als sie am Strand entlangwanderten, sie hatte auf der Rückfahrt im Auto daran gedacht, und nun wußte sie, daß sie es tun mußte. Sie mußte es tun. Sie trat an ihren Schrank, um ihren Mantel anzuziehen, griff hinter die Kleider und zog etwas hervor. Sie schleppte die schwere Mappe auf den Gang hinaus und öffnete sie. Sie war staubig, und Nancy hatte große Angst, sie zu öffnen. Langsam zog sie am Reißverschluß, und die große schwarze Künstlermappe zu ihren Füßen öffnete sich und ließ die Skizzen sehen, die sie enthielt. Ein paar kleine Ölbilder, ein paar halb fertige Aquarelle. Aber zuunterst lag das, wonach sie gesucht hatte. Sie sank auf den Boden nieder und betrachtete das Bild gedankenvoll. Das sollte das

Hochzeitsgeschenk für Michael werden – eineinhalb Jahre war es jetzt her. Vor ihr lag die Landschaft mit dem kleinen Jungen, der halb in den Blättern des Baumes verborgen saß. Sie hielt das Bild mit den Händen fest, ganz langsam begannen die Tränen aus ihren Augen zu fließen. 18 Monate hatte sie gebraucht, um sich an das Bild zu wagen. Und nun, nun würde sie das Bild zu Ende malen. Für Peter.

17

Der Tag war kalt und klar. Marie zog die Krempe ihres weißen Filzhutes über das Gesicht und stellte den Kragen ihres hellroten Wollmantels hoch. Mit Fred an der Seite marschierte sie zu Faye Allisons Praxis. Nancy lächelte zu Fred hinunter, als sie um die letzte Ecke bog. Sie war heute besonders glücklich, und selbst der kalte Wind konnte ihre Laune nicht trüben. Sie rannte die Stufen zu Fayes Praxis hinauf und öffnete die Tür.

»Hallo! Ich bin da!« Ihre Stimme hallte in dem warmen, gemütlichen Haus wider, und Augenblicke später erklang die Antwort von oben. Marie zog ihren Mantel aus, sie trug ein einfaches weißes Wollkleid mit einer goldenen Brosche, die ihr Peter vor ein paar Monaten geschenkt hatte. Fast abwesend betrachtete sie sich im Spiegel, zog ihren Hut keck über das Ohr und lächelte ihrem Spiegelbild zu. Nun brauchte sie endlich keine Brille mehr zu tragen und konnte ihre Augen sehen, wenn sie in den Spiegel blickte. Auf der Stirn waren noch ein paar schmale Pflaster verblieben, aber auch die würden in ein paar Wochen verschwunden sein. Die Arbeit war getan.

»Nun, Nancy, zufrieden mit dem, was du siehst?« Plötzlich bemerkte sie, daß Faye hinter ihr stand und ihr liebevoll zulächelte. Sie nickte.

»Ja, ich glaube, ich bin zufrieden, ich hab' mich an mein neues Ich gewöhnt, aber Sie noch nicht.« Spitzbübisch leuchteten ihre Augen, als sie sich umwandte und der Freundin zulächelte.

»Wie meinen Sie das?«

»Sie nennen mich weiter Nancy, aber ich heiße jetzt Marie. Denken Sie daran, das ist offiziell festgelegt worden.«

»Tut mir leid.« Faye geleitete sie in den gemütlichen Raum, in dem sie stets ihre Sitzungen abzuhalten pflegten. »Ich vergesse es immer wieder.«

»Man sieht's.« Aber Marie sah keineswegs verärgert aus, als sie sich in ihren Lieblingssessel gleiten ließ. »Ich glaube, daß man mit alten Gewohnheiten nur sehr schwer brechen kann.« Ihr Gesicht wurde plötzlich ernst, als sie diese Worte aussprach, und Faye wartete geduldig auf weitere Gedanken, die nachfolgen würden.

»Darüber habe ich in letzter Zeit viel nachgedacht, aber ich glaube, ich habe es ausgestanden«, sagte Nancy ruhig und sah ins Feuer.

»Michael?«

Marie nickte, und endlich blickte sie zu ihrer Freundin auf, ihr Gesicht war ernst.

»Was gibt Ihnen das Gefühl, daß Sie die Sache mit Michael überstanden haben?«

»Ich glaube, ich hab' mich einfach dazu entschlossen. Es bleibt mir keine andere Wahl. Tatsache ist, Faye, daß zwei Jahre seit dem Unfall vergangen sind. 19 Monate, um genau zu sein. Er aber hat mich nicht gefunden. Er hat seiner Mutter nicht gesagt, daß sie zum Teufel gehen soll, daß er bei mir sein möchte, ganz gleich, was geschieht. Statt dessen hat er mich sitzenlassen.« Ihre Augen suchten Fayes Blick und hielten ihn fest. »Er hat mich sitzenlassen, jetzt muß ich mich von ihm lösen.«

»Das ist nicht einfach. Sie haben lange Zeit sehr viel von ihm erwartet.«

»Viel zu lange! Er hat mich verraten!«

»Und wie fühlen Sie sich bei der Geschichte?«

»Ich glaube, ganz gut. Jetzt bin ich wütend auf ihn und nicht mehr auf mich selbst.«

»Sie werfen sich selbst nicht mehr vor, daß Sie das Abkommen mit seiner Mutter getroffen haben?« Faye berührte einen wunden Punkt und wußte es, aber die Angelegenheit mußte endlich zur

Sprache kommen.

»Ich hatte keine andere Wahl.« Die Stimme, die das sagte, war hart und kalt.

»Und Sie sind sich selbst nicht mehr böse?«

»Warum sollte ich? Glauben Sie vielleicht, daß Michael sich Vorwürfe macht, weil er mich verraten hat? Er hat sich nie um mich geschert. Nach dem Unfall ist er nicht zu mir gekommen. Glauben Sie vielleicht, daß er schlaflose Nächte wegen mir verbracht hat?«

»Bereitet die Geschichte Ihnen noch immer schlaflose Nächte, Nancy? Das ist der Punkt, der mich interessiert.«

»Marie, verdammt noch mal! Nein, die Antwort ist nein. Ich habe mich entschlossen, diesen Traum zu beenden. Ich habe allzu lange für diesen unsinnigen Wunsch gelebt.« Das klang überzeugend, aber Faye war sich noch immer nicht über Nancys wirkliche Gründe im klaren.

»Und was wird jetzt passieren?« Wer würde Michaels Platz einnehmen? Peter vielleicht?

»Jetzt werde ich arbeiten. Erst mal mach' ich Urlaub. Ich fahre in den Südwesten über die Feiertage. Es gibt dort herrliche Gebiete. Da möchte ich fotografieren, diesen Plan hatte ich schon immer. Ich fliege nach Arizona, Neumexiko, vielleicht auch ein paar Tage nach Mexico City.« Sie sah zufrieden aus, als sie das sagte, aber etwas in ihrem Gesicht blieb hart und maskenhaft. Sie war traurig, sie mußte einen neuen Verlust überwinden. Sie hatte sich nun endlich zugestanden, den Verlust Michaels anzuerkennen. Dazu hatte sie sehr lange gebraucht. »Ich werde etwa drei Wochen verreist sein, und dann sind die Feiertage vorüber.«

»Und was kommt anschließend?«

»Arbeit, Arbeit und wieder Arbeit. Das ist das einzige, was mich jetzt wirklich interessiert. Peter hat eine Ausstellung für mich arrangiert im Januar. Ich hoffe sehr, daß Sie hinkommen werden.«

Faye lächelte. »Sie glauben doch nicht, daß ich Ihre Ausstellung versäumen würde.«

»Hoffentlich nicht. Ich habe Arbeiten für diese Ausstellung

herausgesucht, die ich besonders liebe. Die meisten Fotos sind weder Peter noch Ihnen bekannt, und ich bin gespannt, ob sie euch gefallen.«

»Sicher werden sie uns gefallen. Peter liebt alles, was von Ihnen ist, und das bringt mich zu der Frage, die ich Ihnen stellen wollte. Nan – – Verzeihung, Marie, was ist mit Peter, was für Gefühle haben Sie für ihn?«

Marie seufzte und betrachtete erneut das Feuer. »Ich fühle allerhand Dinge Peter gegenüber.«

»Lieben Sie ihn?«

»In gewisser Weise.«

»Könnte er je Michaels Platz in Ihrem Leben einnehmen?«

»Vielleicht – ich versuche, ihm Michaels Platz einzuräumen, aber irgend etwas in mir hält mich zurück. Ich bin noch nicht soweit – ich weiß nicht, Faye . . . ich habe ein schlechtes Gewissen, daß ich ihm nicht mehr von mir geben kann. Er tut so viel für mich und . . . ich weiß, wieviel er für mich fühlt.«

»Er ist ein sehr geduldiger Mensch.«

»Vielleicht ist er zu geduldig. Ich habe immer Angst, ihm weh zu tun.« Kummervoll blickte sie zu Faye auf. »Ich mag ihn furchtbar gern.«

»Nun, dann müssen wir abwarten, was passiert. Vielleicht werden Sie sich jetzt, da Sie beschlossen haben, Michael aus Ihrem Leben zu streichen, leichter und befreiter fühlen.« Faye bemerkte, wie sich die Muskeln um Maries Mund bei diesen Worten verhärteten. »Marie, Sie geben die Menschen nicht leicht auf, nicht wahr? Sie geben auch Ihre Liebe nicht leicht auf?«

»Da haben Sie recht, und warum sollte ich auch?« Aber die Antwort kam zu rasch und klang zu glatt.

»Sie sollten sich nicht mehr an Michael klammern. Er hat Sie verraten, wie Sie selbst sagen. Er ist nur ein Mann und steht nicht für alle Männer, vergessen Sie das nicht. Irgendwo draußen in der Welt gibt es jemanden für Sie, vielleicht ist es Peter, vielleicht ist es auch ein anderer. Irgendeiner ist für Sie da, Sie werden es sehen. Sie sind ein wunderschönes junges 23jähriges Mädchen, das das ganze Leben vor sich hat.«

»Das sagt Peter auch immer.« Aber Nancy sah nicht so aus, als ob sie diesen Worten Glauben schenkte. Mit einem nervösen Lächeln, das ihre Angst und ihren Kummer verbergen sollte, betrachtete sie Faye. »Ich habe mich zu noch etwas entschieden.«

»Und das wäre?«

»Es geht um uns. Faye, ich glaube, ich habe abgeschlossen. Ich sagte damals, daß ich eine Zeitlang mit Ihnen arbeiten wollte, und jetzt fühle ich, daß ich soweit bin, in die Welt hinauszugehen, wie eine Irrsinnige zu arbeiten und zu zeigen, was ich kann.«

»Warum wollen Sie nicht einfach genießen, was Sie können?«

Irgend etwas an diesem Mädchen machte Faye Angst. Nancy hatte etwas aufgegeben im Inneren, etwas, an das sie nicht mehr glauben konnte. Sie war betrogen worden, und auf ihre Weise zog sie die Bilanz. Sie wollte für ihre Arbeit kämpfen, aber nicht für sie selbst.

»Marie, man hat Ihnen ein wunderbares Geschenk gemacht: die Schönheit. Verstecken Sie diese Schönheit nicht hinter einer Kamera.«

Nun blickten Maries Augen hart wie Stahl. »Das war kein Geschenk, Faye. Ich habe dafür bezahlt mit allem, was ich hatte.«

Sie wünschten sich gegenseitig ein fröhliches Weihnachtsfest, aber in Fayes Ohren klangen die Worte falsch und hohl. Marie Adamson zog den weißen Filzhut in die Stirn, winkte der treuen Freundin zweier Jahre elegant zu und verschwand die Straße hinunter. Fast war es Faye, als habe das Mädchen sich von den letzten zwei Jahren verabschiedet und sie sei nun unterwegs in ein neues Leben; als ließe sie alles, was sie je geliebt hatte, hinter sich.

18

Als Marie sich von Faye verabschiedet hatte, stieg sie in ein Taxi und ließ sich zum Union Square fahren. Sie hatte sich ein Flugtikket reservieren lassen und wollte es abholen. Seit Jahren würde sie zum erstenmal verreisen. Seit jenem Wochenende, das sie mit Michael auf den Bermudas zugebracht hatte. Ostern war damals gewesen und ... sie zwang sich, die Gedanken zu verdrängen. Fred saß auf ihrem Schoß und hechelte. Er beobachtete die vorbeifahrenden Autos und wandte ihr manchmal ein fragendes Auge zu. Er fühlte, daß irgend etwas anders war als sonst. Eine Spannung lag in der Luft, die auch einem kleinen Hund nicht entgehen konnte. Marie zündete sich eine Zigarette an.

»Ist das hier richtig, Miss?« Der Fahrer hatte an der Ecke vor dem Powell-Haus neben dem Saint Francis Hotel geparkt. Marie nickte. »Hier ist es richtig.« Sie zahlte und öffnete die Tür, und Fred sprang hinaus auf den Gehsteig. Sie folgte ihm, trat ihre Zigarette aus und sah um sich. Das Reisebüro lag an der Ecke, und hastig betrat sie den hellerleuchteten Raum, in dem an diesem Morgen noch erstaunlich wenige Menschen warteten. Es war noch früh, denn sie hatte sich stets um acht Uhr mit Faye getroffen ... stets ... Plötzlich wurde ihr klar, daß sie die Sitzungen beendet hatte. Sie war frei, alles war erledigt, das neue Ich war fertig. Sie würde nicht weiter zur Psychotherapeutin laufen, der Gedanke erschreckte sie ein wenig. Sie fühlte sich befreit und gleichzeitig einsam, wollte feiern, aber auch weinen.

»Was kann ich für Sie tun?« fragte das Mädchen hinter der Theke und lächelte. »Wollen Sie Tickets abholen?«

»Ja, das möchte ich, ich habe letzte Woche reservieren lassen, Adams ... McAllister.« Wie seltsam es war, den alten Namen wieder zu benutzen. Zwei Monate lang hatte sie dieses Wort nicht ausgesprochen. Die Reise war ein Symbol für sie, rechtlich würde man ihren Namen erst im Januar ändern. Wenn sie von der Reise zurückkam, war sie nicht mehr Nancy McAllister, sondern Marie Adamson – für immer. Aber heute war sie noch Nancy. Fast kam ihr die Reise wie Flitterwochen vor. Flitterwochen ganz allein.

Dies war der letzte Schritt, das Endstadium des langen Prozesses, den sie in zwei Jahren durchlaufen hatte. Marie Adamson war nun endgültig und auch vor dem Gesetz zur Welt gekommen. Und Nancy McAllister durfte für immer vergessen werden. Zum Teufel, auch Michael hatte Nancy McAllister vergessen, und nun wollte sie das gleiche tun. Niemand würde sich an Nancy erinnern, dafür hatte Peter gesorgt. Niemand, der sie zuvor gekannt hatte, würde sie heute wiedererkennen. Im Spiegel sah sie eine zarte Frau mit wunderschönen, klaren Gesichtszügen, eine Frau, die so schön war, daß andere Frauen davon träumten, wie sie auszusehen. Keiner hatte sie in den letzten 24 Jahren gesehen, sie war soeben geboren worden. Ihr war diese Frau nicht mehr fremd, aber auch Nancy McAllister war ihr nicht fremd. Auch ihre Stimme hatte sich verändert, war weicher und tiefer geworden, und sie hatte gelernt, kontrolliert zu sprechen. Eine subtile Stimme mit leisen, sinnlichen Untertönen. Es gefiel ihr, wie die Leute ihr zuhörten, als hätte sie Wichtigeres zu sagen, weil sie es anders aussprach. Ihre Hände waren zart und grazil, ihre Bewegungen weich und entspannt. Sie wirkte reifer, nachdem Peter ihr endlich erlaubt hatte, Ballettstunden zu nehmen. Später hatte sie auch Yogaunterricht genommen und sich damit in ihrer Körperlichkeit vollendet. Nun stand die fertige Marie Adamson in strahlender Schönheit vor ihr.

»Das macht 196 Dollar.« Das Mädchen warf einen Blick auf den Computer und dann auf ihre Kundin. Sie konnte die Augen nicht von dieser Frau wenden. Was für ein schönes Wesen, welch berauschendes Lächeln und welche Grazie! Wenn sie sich bewegte, ruhten alle Augen auf ihr. Man hätte fragen mögen: »Wer ist sie, woher kommt sie?«

Marie schrieb einen Scheck aus und nahm ihre Flugkarte entgegen. Sie trat hinaus auf den Union Square, der im strahlenden Dezemberlicht dalag. Sie lächelte und schlenderte über den sonnigen Platz. Wie schön war dieser Tag, und wie schön war das Leben! Sie würde verreisen, in Urlaub fahren. Die Operationen, die kein Ende hatten nehmen wollen, waren nun vorbei. Ein neues Leben begann für sie und eine neue Karriere. Sie hatte ein

Appartement, das sie liebte, und einen Mann, der sie liebte. Was konnte sie sich weiter wünschen? Sie wanderte in das große Magnin-Kaufhaus und lächelte verträumt, als sie auf die Rolltreppe stieg. Sie würde sich etwas Hübsches kaufen, ein vorweihnachtliches Geschenk, ganz allein für sie – vielleicht etwas, das sie auf der Reise gebrauchen konnte. Sie wandelte in den einzelnen Stockwerken umher, setzte Hüte auf, legte Armbänder an, schlüpfte in Jacken und hängte Taschen über die Schulter. Ein Paar Goldlameestiefel gefielen ihr, aber endlich entschloß sie sich, einen weichen, weißen Kaschmirpullover zu kaufen, der sich von ihrer seidigen Haut und ihrem dichten schwarzen Haar gut abhob und ihr das Aussehen von Schneewittchen verlieh. Der Gedanke an Schneewittchen machte ihr Spaß, auch Peter würde daran Gefallen finden. Der Pullover schmiegte sich eng an ihren Körper und zeigte ihre wundervolle Figur. Selbst ihre Körperform hatte sich in den letzten zwei Jahren verändert. Die Ballettstunden und die Yogaübungen hatten ihren Körper hart und muskulös gemacht. Sie wirkte lang und beweglich.

Als sie sich auf den Weg zum Ausgang machte, die Vitrinen betrachtete und die einkaufenden Leute beobachtete, hielt sie inne, um eine Schachtel Pralinen für Faye zu kaufen. Das schien ihr das angemessene Geschenk für die geliebte Therapeutin zu sein. Sie schrieb ein Kärtchen, auf dem nichts weiter stand als »Vielen Dank. Alles Liebe, Marie.« Was sollte sie sonst schreiben? Ich danke Ihnen, daß Sie mir geholfen haben, Michael zu vergessen? Ich danke Ihnen, daß Sie mir geholfen haben, zu überleben, vielen Dank . . . und als sie mit diesen Gedanken spielte, unterbrach sie sich plötzlich abrupt. Sie starrte geradeaus, als hätte sie einen Geist gesehen, und beachtete die Verkäuferin nicht, die ihr ihre Kreditkarte reichen wollte. Sie war wie gelähmt. Nur ein paar Meter von ihr entfernt hatte sie Ben Avery entdeckt, der sich teure Koffer besah. Marie blieb, wie es ihr schien, eine Ewigkeit lang wie angewurzelt stehen und schob sich dann behutsam näher. Sie mußte ihn einfach genauer betrachten, ihn berühren und hören, was er sagte. Einen wahnsinnigen Augenblick lang fragte sie sich, ob er sie erkennen würde, betete sie darum, daß er sie erkannte – aber sie wußte, er würde sie nicht erkennen, und zwang sich dazu, glücklich darüber zu sein. Auf diese Weise konnte sie ihn beobachten, neben ihm stehenbleiben, solange sie wollte, ohne daß er sie bemerkte. Sie fragte sich, wie lange es her war, daß er Michael zum letztenmal gesehen hatte, und ob er den Job bei den Hillyards angenommen hatte. Langsam glitt sie neben ihn und betastete eine wildlederne Reisetasche, die neben dem Koffer stand, den Ben soeben geöffnet hatte. Sie konnte ihre Augen nicht von seinem Gesicht wenden, und plötzlich drehte er sich zu ihr herum und lächelte sie an. Sie kannte dieses Lächeln, es war sein altes, direktes und freundliches Ben-Lächeln, und für Augenblicke glaubte sie, eine Wiedersehensfreude in seinem Gesicht zu entdecken, dann aber wurde ihr klar, daß er sie nur bewundernd anstarrte und sich niederhockte, um Fred zu streicheln.

»Na, du kleiner Kerl?« Seine Stimme klang so vertraut, daß ihr die Knie weich wurden, aber sie blieb stehen, und sie fühlte die Wärme seiner Hand dicht neben der ihren, als er den Hund streichelte, der an der Leine hing. Sie hatte nie geglaubt, daß ihr das Treffen mit einem von Michaels Freunden so zusetzen würde. Zum erstenmal seit zwei Jahren kam sie wieder mit seiner Welt in Berührung. Sie versuchte, die Tränen zurückzuhalten, denn Ben sah sie an. Unwillkürlich griff sie mit der Hand nach der Goldkette um ihren Hals, die er ihr damals in der Hochzeitsnacht geliehen hatte. Sie trug die Kette noch immer.

»Soll das ein Weihnachtsgeschenk werden?« fragte sie und kam sich blöde vor, aber sie wollte mit ihm sprechen, und noch einmal stieg der Wunsch in ihr auf, er möge sie erkennen. Aber sie wußte selbst, daß sich ihre Stimme verändert hatte. Ben betrachtete sie arglos mit seinem freundlichen Lächeln. Sie war eine Fremde für ihn.

»Ja, ein Weihnachtsgeschenk für eine junge Dame, und ich kann mich nicht entschließen, welchen Koffer ich nehmen soll.«

»Wie ist sie denn, diese Dame?«

»Fabelhaft.«

Marie lachte. Es war so typisch für Ben, so von seiner Freundin zu sprechen. Fast fühlte sie sich versucht, ihn zu fragen, ob die Verbindung eine ernste wäre, hielt sich aber im letzten Moment zurück.

»Sie hat rotbraune Haare und so, nun, sie ist ungefähr so groß wie Sie«, setzte er hinzu und ließ seine Blicke fast hungrig über Maries Figur gleiten. Sie wußte nicht, ob sie lachen oder böse sein sollte. Auch das war wieder typisch für Ben.

»Glauben Sie, das sie sich einen Koffer wünscht?«

Ein Koffer schien Marie ein langweiliges Geschenk zu sein. Sie selbst hoffte, daß Peter ihr etwas Aufregenderes schenken würde, vielleicht eine neue Linse für ihre Kamera.

»Ja, wir wollen zusammen verreisen, und da dachte ich . . . also die Reise wird auch 'ne Überraschung. Ich wollte die Flugkarten in dem Koffer verschenken.«

500 Dollar wollte er für diesen teuren Koffer ausgeben, nur um ein Flugticket darin zu verbergen? Wie extravagant war Ben Avery doch geworden! Es mußte ihm in den letzten Jahren gut gegangen sein.

»Das Mädel hat Glück.«

»Nein, *ich* hab' Glück!«

»Werden das Flitterwochen?« Marie schämte sich für ihre Neugierde, und trotzdem genoß sie es, ihn auszufragen und vielleicht . . . vielleicht wußte er . . . sie versuchte kühl zu bleiben, freundlich und Abstand zu halten. Er sah sie freundlich an und schüttelte den Kopf.

»Aber nein, nur eine Geschäftsreise. Sie weiß noch nichts davon. Nun, was meinen Sie? Dieser braune Wildlederkoffer oder der grüne? Welchen soll ich nehmen?«

»Ich würde den braunen Wildlederkoffer mit den roten Streifen nehmen. Ich finde, er sieht toll aus.«

»Genau den finde ich auch wunderschön.« Ben nickte fröhlich und winkte der Verkäuferin. Er nahm nicht nur den Koffer, er kaufte dazu eine Tasche und einen Sack. Er bat die Verkäuferin, die Dinge per Luftpost nach New York zu senden. Also lebte das Mädchen dort, sagte Nancy sich.

»Vielen Dank für Ihre Hilfe, äh . . . äh . . . Miss . . .«

»Adamson. Ich habe es genossen, mit Ihnen zu plaudern, und ich bitte um Verzeihung, daß ich so viele Sachen gefragt habe, aber die Feiertage versetzen mich immer in eine eigenartige Stimmung.«

»Da geht's mir genauso, das ist die schönste Zeit des Jahres, selbst in New York, und ich weiß, was ich sage.«

»Leben Sie dort?«

»Ja, mein Zuhause ist dort, ich bin aber geschäftlich viel unterwegs.«

Immer noch hatte er nicht gesagt, ob er für Michael arbeitete, aber sie konnte nicht weiterfragen. Ben betrachtete sie und sah aus, als mache er sich Gedanken. Für Augenblicke fühlte sie, wie ihr Herz zu schlagen aufhörte. Hatte er sie erkannt? Aber dann lächelte er, und sie sagte sich, daß er nicht wußte, wer sie sei. Sie zog an ihrem Hütchen und verbarg die letzten Leukoplaststreifen auf ihrer Stirn.

»Ich weiß nicht, ich muß verrückt sein«, sagte er, »aber . . . wie wär's mit einem kleinen Drink? Wir könnten rasch hinüberlaufen ins San Francis, wenn . . .«

Nun lächelte sie zurück und schüttelte den Kopf. »Tut mir leid, ich muß zum Flugplatz, aber es war nett von Ihnen, mich einladen zu wollen, Mr. Avery.«

Das Lächeln verschwand aus seinem Gesicht. »Woher wissen Sie meinen Namen?«

»Ich hab' gehört, wie die Verkäuferin Sie so genannt hat.«

Die Antwort kam rasch, und er musterte sie betrübt. Sie war ein unglaublich schönes Mädchen, und ganz gleich, wie sehr er Wendy in den letzten drei Monaten zu lieben gelernt hatte, mit dieser Schönheit hier hätte er trotzdem gern einen Drink genommen. Zu dumm, daß sie verreisen wollte. Aber dann kam ihm eine Idee. »Wohin fliegen Sie denn, Miss Adamson?«

»Nach Santa Fé, Neumexiko.«

Er sah enttäuscht aus wie ein Schulbub, und sie lachte über den Ausdruck seines Gesichts. »Wie blöde! Ich hoffte, Sie würden nach New York fliegen.«

»Vielleicht das nächste Mal. Kommen Sie oft nach San Francisco?«

»Ja, ich werde in nächster Zeit oft herkommen.« Er korrigierte sich: »*Wir* werden herkommen. Meine Firma hat ein großes Projekt hier in Arbeit, und ich werde sicher mehr Zeit hier verbringen als in New York.«

»Vielleicht treffen wir uns dann wieder.« Aber nun klang ihre Stimme fast traurig. Er war ja doch nur Ben, und so oft sie ihm auch begegnen würde, er war niemals Michael. Die Verkäuferin unterbrach ihre Träumereien, und sie wußte, daß sie gehen mußte. Sie schaute Ben noch einmal ins Gesicht, als er seinen Scheck ausschrieb, und drückte dann leise seinen Arm. Verblüfft blickte er sie an, und sie flüsterte: »Fröhliche Weihnachten.« Dann verschwand sie rasch im Strom der vielen Kunden in diesem Kaufhaus. Ben versuchte, sie noch einmal in der Menge zu entdecken, aber sie blieb verschwunden.

Marie trat aus einem Seitenausgang und winkte einem Taxi. Plötzlich fühlte sie sich sehr müde, und ihr Herz war schwer. Was für ein langer Morgen!

Sie nannte die Adresse des Tierheimes, und als das Taxi vor dem hübschen, hellen Gebäude hielt, gab sie Fred dort ab und fuhr dann nach Hause. Sie hatte ihre Sachen schon gepackt und mußte sie nur noch abholen, um mit ihrem Gepäck zum Flugplatz zu fahren. Sie sah sich, ehe sie ging, noch einmal in ihrem Appartement um, wie um festzustellen, ob alles so war wie immer. Dann schloß sie die Tür leise hinter sich und murmelte etwas. Sie sagte etwas zu sich und zu Ben, zu Michael und zu all denen, die sie einmal gekannt und geliebt hatte . . . Adieu! Ihre Augen füllten sich mit Tränen. Rasch rannte sie die Treppen hinunter und hielt die Kamera, die Tasche und den kleinen Koffer eng an sich gedrückt.

19

Sie erlaubte Peter nicht, sie am Flugplatz abzuholen. Sie war allein abgereist und wünschte auch allein zurückzukommen. Etwas Magisches lag über dieser Reise – Zeit harter Arbeit und tiefen Friedens. Die ganze Zeit über hatte sie fast mit niemandem gesprochen. Sie hatte alles beobachtet und sich ihre eigenen Gedanken gemacht. Die Tage waren wie im Flug vergangen, und sie hatte gefühlt, daß ihr immer leichter ums Herz wurde. Ben Avery zu treffen, war für sie ein harter Schlag gewesen, allzu viele Erinnerungen waren dabei in ihr wach geworden. Aber nun hatte sie die ganze Sache überstanden, das wußte sie. Sie würde damit leben können. Ein neues Leben hatte begonnen.

Der Weihnachtstag kam und ging ohne besondere Ereignisse. Sie fotografierte den Schnee in der Gegend von Taos und war versucht, Ski zu fahren, aber sie widerstand. Sie hatte Peter versprochen, keinen Unfall zu riskieren und sich nicht allzu sehr der Sonne auszusetzen. Sie hatte Wort gehalten, und auch er, so schien es, hatte das getan. Sie hatte ihm ihre Ankunft mitgeteilt, ihn aber gebeten, sie nicht abzuholen – er war nicht auf dem Flugplatz. Erleichtert sah sie sich um, sie war allein unter all den fremden Menschen und empfand das als seltsame Beruhigung. Sie hatte das Gefühl, unsichtbar zu sein und in Sicherheit. In den vergangenen eineinhalb Jahren hatte sie es gelernt, sich bei bestimmten Gelegenheiten unsichtbar zu machen. Sie hatte das für unerläßlich gehalten, da sie mit all den Bandagen nicht gesehen werden wollte. Nun zog sie die Aufmerksamkeit weitaus stärker auf sich als damals. Das kam von ihrer Art, aufzutreten und sich zu bewegen. Auch die Kleider, die sie trug, lenkten die Blicke der Leute auf sie. Auf ihrem Kopf saß ein schwarzer Stetson, den sie gekauft hatte, um die noch verbliebenen Pflaster auf der Stirn zu verbergen. Dazu trug sie schwarze Levis und einen zotteligen Schafspelz. Es gelang ihr nicht, ihre auffallende Schönheit zu verbergen, was immer sie auch anstellte. Noch war sie sich über das Ausmaß dieser Schönheit nicht völlig im klaren.

Vor dem Flugplatz stieg sie in ein Taxi, nannte dem Fahrer die

Adresse und ließ sich seufzend zurücksinken. Sie war müde, denn sie war heute schon um fünf Uhr aufgestanden, um Fotos zu machen. Sie sah auf ihre Uhr und versprach sich selbst, an diesem Abend bereits um zwölf im Bett zu liegen. Das mußte sein, denn morgen stand ihr ein anstrengender Tag bevor. Um neun Uhr früh wollte ihr Peter die letzten Pflaster entfernen. Zwar hatte niemand außer ihr selbst diese Pflaster bemerkt, aber sie hatten sie gestört, und nun sollten auch sie zu guter Letzt verschwinden. Sie hatte vor, den noch verbleibenden Vormittag allein zu verbringen und Peter erst wieder zu einem feierlichen Lunch zu treffen. Vorbei waren nun die Operationen, die Nähte in ihrer Haut, die Pflaster und Verbände. Sie war ein Mensch wie alle anderen geworden. Ihren neuen Namen hatten die Behörden legalisiert – Marie Adamson war geboren worden.

Das Taxi hielt vor ihrem Appartementhaus, und langsam stieg sie die Stufen empor, als erwarte sie, daß auch ihr Appartement sich verändert habe. Aber alles war beim alten geblieben, und fast empfand sie das als Enttäuschung. Dann mußte sie über sich selber lachen. Was hatte sie denn erwartet? Hatte sie nicht selbst Peter darum gebeten, sie nicht abzuholen? Hatte sie geglaubt, er habe eine Bläserkapelle im Schlafzimmer versteckt, und sich selbst unterm Bett? Wie lächerlich! Aber irgend etwas hatte sie erwartet. Sie zog sich aus und versuchte, während sie sich aufs Bett legte, zu ergründen, was es wohl sein könnte, das in ihrer Vorstellung die Heimkehr wertvoll machte. Sie dachte über so manches nach. Was bedeutete es ihr, daß Peter seine Arbeit an ihrem Gesicht abgeschlossen hatte? Was wäre, wenn sie ihn nie wiedersehen würde? Aber das war ein blödsinniger Gedanke, und sie wußte es. Er hatte die Ausstellung ihrer Fotos arrangiert, die eröffnet werden sollte, wenn die letzten Verbände gefallen waren. Er schätzte sie als Mensch und nicht nur als »Rekonstruktionserfolg«, das wußte sie. Trotzdem fühlte sie sich allein und seltsam unsicher im dunklen Zimmer ihrer Wohnung. Sie sehnte sich nach jemandem, der ihr versicherte, daß alles gutgehen und sie nicht allein sein werde. Sie wollte hören, daß Marie Adamson ihr Leben meistern werde.

Ach, verdammt noch mal, dann bin ich eben allein, was soll's? dachte sie, erhob sich und betrachtete sich im Spiegel, während sie nach der Kamera griff und sie liebkoste. Das war es, was sie brauchte, und nichts sonst. Wie töricht, sich zu ängstigen – über Peter, die Einsamkeit und die Zukunft. Mit einem tiefen Seufzer kroch sie ins Bett. Es gab Besseres für sie zu tun, zum Beispiel ihre Arbeit.

Kurz nach sechs erwachte sie am nächsten Morgen und verließ um halb acht das Haus. Um neun kam sie in Peters Praxis an, nicht ohne zuvor am Blumenmarkt vorbeizulaufen und Fotos zu machen. Auch hatte sie Fred im Tierheim abgeholt und die letzten Fotos für ihre Chinatown-Serie geschossen.

»Meine Gute, du siehst aber unternehmungslustig aus heute morgen – und wunderschön. Was für ein herrlicher Mantel!« Peter umfing den bodenlangen Koyotemantel, den sie in einem Indianerreservat in New Mexico erstanden hatte, mit bewundernden Blicken. Dazu trug sie Jeans, einen schwarzen Rollkragenpullover und kniehohe Stiefel. Bis zur Tür des Sprechzimmers hatte sie auch den schwarzen Stetson getragen, den sie nun in der Hand hielt. Sie beugte sich über den Papierkorb und zögerte nur den Bruchteil einer Sekunde, ehe sie den Stetson hineinstopfte.

»Und das, Dr. Gregson, war das letzte Mal in meinem Leben, daß ich einen verdammten Hut auf dem Kopf getragen habe.«

Er nickte. Er verstand, wie befreiend diese Tat für sie war. »Du wirst auch nie mehr einen tragen müssen«, sagte er.

»Danke dir.« Sie hätte ihn gern geküßt, sah aber wohl, daß er nach anderem hungerte, und begriff nun selbst, wie sehr er ihr auf der Reise gefehlt hatte. Für sie war er nun ein anderer geworden, nicht mehr der Arzt, sondern ein Freund oder mehr, wenn sie das zulassen konnte. Obgleich er ihr so oft seine Liebe erklärt hatte, konnte sie sich darüber noch nicht klar werden – den letzten Schritt hatte sie noch nicht getan. Er hatte sie auch nie dazu gedrängt.

»Du hast mir gefehlt, Peter.« Sie berührte zärtlich seinen Arm, als sie sich auf den ach so vertrauten Behandlungsstuhl setzte, die Augen schloß und wartete.

Er betrachtete sie einen Moment und ließ sich dann auf dem kleinen Drehstuhl vor ihr nieder.

»Hast du's sehr eilig heute morgen?«

»Hättest du es nicht eilig nach zwanzig Monaten?«

»Ja, ich weiß, mein Liebling, ich weiß.«

Sie lauschte dem Klicken der feinen Werkzeuge in der Metallschüssel und fühlte, wie das Pflaster von Stirn und Haaransatz langsam abgezogen wurde. Jeder freigelegte Millimeter vermittelte ihr ein wachsendes Gefühl der Freiheit, und als schließlich der kleine Stuhl, auf dem Peter saß, leise quietschend nach hinten glitt, hörte sie von weit her seine Stimme: »Marie, du kannst jetzt deine Augen öffnen. Geh und besieh dich im Spiegel.«

An die tausendmal war sie nun schon vom Behandlungsstuhl zum Spiegel gepilgert, zuerst nur, um winzige Fetzchen des neuen Gesichtes zu erspähen, später, um größere Teile des Puzzles zu bewundern. Nie zuvor hatte sie ihr ganzes Gesicht nackt, ohne Pflaster, Stiche und Bandagen und ohne die Spuren der Operationen bewundert. Sie hatte sich zum letzten Mal als Nancy McAllister intakt im Spiegel gesehen – nun sollte sie sich zum ersten Mal als Marie Adamson ohne Fehl und Tadel gegenüberstehen – zwei Jahre waren vergangen.

Seltsamerweise machte ihr der Spiegel beinahe angst. Trotzdem erhob sie sich schweigend und trat vor den Spiegel. Peter hielt sich im Hintergrund, um sie nicht zu stören. Das war ein ganz privater Augenblick für Marie.

»O Gott, Peter, es ist so schön geworden!«

Er lachte leise. »Nicht?«

Sie konnte nur nicken und sich zu ihm umwenden. Nun war sie gänzlich zur Marie geworden. Ohne ein weiteres Wort lief sie in seine Arme und klammerte sich an ihn. Lange Zeit blieben sie so umschlungen stehen, bis er sie sanft von sich löste und ihre Tränen abtupfte.

»Sieh doch, ich kann sogar naß werden ohne zu schmelzen, Peter.«

»Und sonnen kannst du dich auch, nur nicht übertrieben lange. Alles, was du nur willst, kannst du machen, und das für den Rest deines Lebens. Was steht zuoberst im Terminkalender?«

»Arbeit!« Sie lächelte leise in sich hinein, ließ sich auf seinen Drehstuhl fallen, zog die Knie an und wirbelte im Kreise.

»Wollen wir trotzdem zu Mittag essen?«

In seinen Augen stand ein ängstlicher Ausdruck, der ihr ans Herz rührte. Sie begriff nur allzu gut, was er fühlte: die Angst, verlassen zu werden. Würde sie ihn noch haben wollen, nun, da sie ihn nicht mehr brauchte? Als er dort stand, wirkte er so verletzlich, daß sie die Hand nach ihm ausstreckte und rief: »Aber natürlich essen wir noch zusammen, Peter!« Ihre Augen ließen die seinen nicht los. »In meinem Leben wird es stets Zeit geben für dich, hörst du? Ich hoffe, du weißt das, du bist derjenige, welcher mir das neue Leben geschenkt hat. Wo wollen wir essen?«

Er schlug ein neues Restaurant unten am Dock vor. Sie würden vom Tisch aus die Fähren, Tanker und Schlepper beobachten können. »Klingt das gut?«

»Das klingt prächtig. Ich treibe mich dann bis zum Essen dort unten rum und mache Fotos.«

»Nichts anderes habe ich von dir erwartet.« Mit einer Verbeugung riß er die Tür des Ordinationszimmers auf und ließ sie zwinkernd vorbeitreten. Marie begab sich nicht sogleich zu den Docks, sondern fuhr zuerst noch in die Stadt, um einzukaufen. Plötzlich wollte sie zum Mittagessen mit Peter irgend etwas besonders Ausgefallenes und Teures tragen.

Sie wählte ein farngrünes Kaschmirkleid, welches unter dem Mantel ihre atemberaubende Figur unterstrich. Beim Friseur ließ sie sich neu kämmen – seit zwei Jahren zum ersten Mal mit ganz enthülltem Gesicht. Sie erstand zwei wundervolle, schwere Goldringe und eine goldene Muschel, die an einem Satinschnürchen hing, außerdem beige Wildlederschuhe, eine passende Tasche und ganz zuletzt ihr teures Lieblingsparfüm. So – nun schien sie bereit zu sein, mit Dr. Peter Gregson zu speisen. Oder vielleicht mit einem anderen? So wie sie aussah, wäre jedem Mann bei ihrem Anblick das Herz stehengeblieben.

Bei Shreve's suchte sie nach einem Geschenk für Peter und fand genau das Richtige. Ein kleines Gesicht aus Gold, das man an die

Uhrkette hängen konnte. Sie wußte, daß Peter zuweilen eine Taschenuhr trug, die er sehr liebte. Später wollte sie das Datum eingravieren lassen, vorläufig mußte es so gehen. Sie ließ das Schmuckstück hübsch verpacken und kam ins Restaurant, als Peter soeben Platz genommen hatte. Sie glaubte, vor Seligkeit zerspringen zu müssen, als sie sein Gesicht beobachtete, während er sie auf sich zukommen sah. Es gab andere Männer im Lokal, die sie bewundernd anstarrten, aber keiner blickte sie so zärtlich an wie Peter Gregson.

»Bist du's wirklich?«

»Aschenputtel begrüßt den Prinzen.«

»Du bist überwältigend. Hast du den ganzen Morgen eingekauft?«

»Aber sicher! Das ist ein besonderer Tag!«

Sie erregte Gefühle in ihm, die er nie für möglich gehalten hätte. Er wollte sie hier im Restaurant küssen, aber statt dessen hielt er nur ihre Hand in der seinen und strahlte sie an. »Ich bin so froh, daß du glücklich bist, Liebling.«

»Das bin ich – aber nicht nur wegen dem neuen Gesicht. Morgen ist die Vernissage meiner Ausstellung, und mein Leben fängt an . . . und . . . du bist da.« Das letzte sagte sie ganz leise.

Dieser Augenblick bedeutete ihm so viel, daß er sich nicht anders zu retten wußte, als durch einen Scherz. »Oh, ich komme ganz am Schluß? Und was ist mit Fred?«

Sie lachten beide, er bestellte Bloody Mary und widerrief die Bestellung. Er hatte sich's anders überlegt. Champagner war das angemessene Getränk für diesen Anlaß.

»Champagner? Großer Gott!«

»Wieso nicht? Und ich schließe für heute nachmittag die Praxis. Bin frei wie ein Vogel, es sei denn, du hast andere Pläne.«

»Na, was könnte ich schon vorhaben?«

Er freute sich über ihre Antwort, dachte nach und rief schließlich: »Wir gehen an den Strand!«

»Im Januar?«

»Ja doch! Hier sind wir in Kalifornien, nicht in Vermont. Wir können nach Stinson fahren und dort spazierengehen.«

»Na schön. Dich kann man wirklich leicht zufriedenstellen.«

Der Spaziergang am Strand hatte für sie eine spezielle Bedeutung. Sie wollte ihm dort ihr Geschenk überreichen. Sie wartete bis zum späten Nachmittag, als sie Hand in Hand im Wind dahinschritten und sie sich in ihren Pelz kuschelte.

»Ich hab' was für dich, Peter.«

Verblüfft blieb er stehen und sah ungläubig zu, wie sie die kleine, verpackte Schmuckschachtel aus der Tasche zog.

»Marie, du bist unglaublich . . . du hättest doch nicht . . . ich wollte nicht . . .« Gerührt und verlegen öffnete er das Schächtelchen. Sein Entzücken über den hübschen Anhänger war groß. Er legte den Arm um ihre Schultern und schimpfte zärtlich: »Was fällt dir ein, mir so etwas zu kaufen!«

»Weil du so ein Monster bist, so gemein zu mir warst und nie was für mich getan hast.«

Er lachte über den Schalk in ihrem Blick und nahm sie in die Arme. Ein langer, zärtlicher Kuß sprach Bände, und diesmal küßte sie ihn wieder, küßte ihn wie nie zuvor im Leben, mit ihrem ganzen Körper und mit dem Herzen. Er hungerte nach ihr und konnte sich kaum beherrschen.

»Vorsicht, junge Dame, oder ich vergewaltige Sie hier am Strand.«

Sie riß den Mantel auf und lachte: »Warum nicht?«

Er lachte auch und zog sie erneut in seine Arme. Was für ein außergewöhnliches Mädchen sie doch war, und wie sich das Warten gelohnt hatte! Jetzt, da sie keine Patientin mehr war, konnte er seinen Gefühlen freien Lauf lassen. Er fragte sich, ob er nicht Begierden in sie hineinprojiziere, die er selber fühlte. Aber das Verlangen floß zwischen ihnen wie Elektrizität hin und her, so daß es müßig war, sich eine solche Frage zu stellen.

»Sollen wir . . . vielleicht gehen wir jetzt besser heim.«

Sie nickte schweigend und folgte ihm zum Wagen. Als sie vor ihrem Haus anlangten, sagte sie: »Ich möchte, daß du mit raufkommst, Peter.«

»Bist du sicher?«

»Absolut.«

Sie stiegen die Treppen zu ihrem Appartement hinauf, und als sie die Tür aufgesperrt hatte, ging sie schnurstracks ins Wohnzimmer und zeigte auf die Staffelei beim Fenster. Er sah das Bild der Landschaft mit dem kleinen Jungen, den die Blätter fast verdeckten. Sie hatte es für ihn, ehe sie abreiste, fertiggemalt. »Das ist für dich, Peter. Ich hab's vor langer Zeit angefangen, und ich . . . ich hab's für dich vollendet.«

»Es ist unbeschreiblich schön. Danke. Ich kann nichts sagen. Du bist so gut zu mir.«

»Du mußt nichts sagen.« Sie küßte ihn wortlos, aber er begriff, was sie ausdrücken wollte, und diesmal zweifelte er nicht an ihren Gefühlen. Kein Wort mußte gesprochen werden. Er trug sie ins Schlafzimmer und zog sie mit bebenden Händen aus. Im weichen Dämmerlicht und zur Musik der Nebelhörner, die leise in der Ferne tuteten, liebten sie sich langsam und lange auf Maries breitem Bett.

20

»Liebling, mach mir den Reißverschluß zu.« Sie wendete ihm ihren glatten, elfenbeinfarbenen Rücken zu, und er küßte sie auf die Schulter.

»Ich würde ihn eigentlich lieber aufmachen.«

»Jetzt ist aber Schluß, Peter, wir haben keine Zeit.« Marie betrachtete ihn warnend, und darüber lachten beide. Er trug einen Cut, und sie war in ein wunderbar geschnittenes schwarzes Kleid mit breiten Schultern und einer engen Taille geschlüpft. Das Material ließ den Beschauer den Umriß ihres Körpers ahnen. Das Kleid war auffällig und sehr schön.

»Ich hasse es, dir das sagen zu müssen, mein Liebling, aber kein Mensch wird heute abend deine Arbeiten betrachten. Sie werden alle nur dich anschauen.«

»Meinst du?«

Sie lachte, als sie seinen Blick sah. Er trug ein weiches, blaues

Seidenhemd unter seiner Jacke. Sie waren ein schönes Paar.

»Haben sie alles aufgehängt, so wie du es wolltest? Ich habe noch gar keine Zeit gehabt, dich das zu fragen.« Als er um acht Uhr morgens erwacht war, war sie bereits verschwunden gewesen. Spätnachmittags war er zu ihrem Appartement gefahren, und nach einer Stunde im Bett war ihm klar geworden, daß sein Hunger nach ihr noch lange nicht gestillt war. Sie hatten eine Stunde gemeinsam im Bad verbracht und sich gegenseitig von dem vergangenen Tag erzählt. Fast schien es ihnen, als hätten sie jahrelang so gelebt.

Sie lächelte ihm zu, als sie ihn beim Anziehen beobachtete. »Ja, sie haben alles genauso aufgehängt, wie ich es wollte. Das habe ich dir zu verdanken. Ich habe das Gefühl, du hast ihnen gesagt, sie müßten es hervorragend machen. Oder hat Jacques ihnen das gesagt? Ich komme mir ganz verwöhnt vor, wie eine wirkliche Künstlerin.«

»So solltest du dich auch fühlen. Deine Arbeit ist sehr wichtig, mein Liebling. Du wirst schon sehen.«

Und er sollte recht behalten. Die Kritiken in den Zeitungen waren erstaunlich gut. Am Morgen danach saßen sie vor ihren Kaffeetassen in ihrer Wohnung und grinsten über das, was die Zeitungen geschrieben hatten.

»Hab' ich's nicht gesagt?« Er sah noch selbstzufriedener aus als sie. »Jetzt bist du ein Star.«

»Du spinnst ja.« Sie ließ sich auf seinen Schoß fallen und lachte.

»Warte nur – du! Jede Agentur für Fotografie im ganzen Land wird nächste Woche bei dir anrufen.«

»Liebling, jetzt bist du vollends närrisch geworden.«

Aber so unrecht hatte er nicht gehabt. Am Montag erhielt sie Anrufe aus Los Angeles und Chicago. Sie konnte es gar nicht glauben, aber die Sache fing an, ihr großen Spaß zu machen. Jeder neue Telefonanruf erfreute sie nur noch mehr. Und dann rief Ben Avery an, an einem schönen Nachmittag, am Donnerstag, als sie gerade in der Dunkelkammer Filme entwickelte. Sie hörte das Telefon läuten und wischte sich die Hände ab, lief in die Küche und hob den Hörer ab. Sie nahm an, daß es Peter wäre; er hatte versprochen, sie am Nachmittag anzurufen, um sich mit ihr zu verabreden.

»Hallo?«

»Miss Adamson?«

»Ja.« Sie erkannte die Stimme nicht.

»Ich weiß nicht, ob wir uns schon kennengelernt haben – ich habe eine Miss Adamson letzte Woche kennengelernt. Das war im I. Magnin's. Ich hab' dort für Weihnachten eingekauft . . . einen Koffer . . . und . . .« Er kam sich vor wie ein Esel, und es schien ihm eine Ewigkeit zu dauern, ehe sie antwortete.

Also, Ben rief sie an. Verdammt noch mal! Wie hatte er sie nur finden können? Und was wollte er von ihr?

»Ich . . . waren Sie das?« fragte er.

Sie fühlte sich versucht, nein zu sagen, aber warum sollte sie lügen? »Ich glaube, das könnte ich gewesen sein.«

»Sehr gut. Nun, dann habe ich Glück gehabt. Ich rufe übrigens aus einem anderen Grund an, ich habe Ihre Ausstellung in der Montpellier Gallery in der Post Street gesehen und muß gestehen, daß ich sehr beeindruckt bin und meine Mitarbeiterin, Miss Townsend, auch.«

Plötzlich war Marie neugierig geworden, sprach er von dem Mädchen, für das er die Sachen gekauft hatte? Sie glaubte, daß es nicht angebracht war, ihn das zu fragen. Sie seufzte und setzte sich auf einen Stuhl. »Es freut mich, daß es Ihnen gefallen hat, Mr. Avery.«

»Oh, Sie erinnern sich an meinen Namen?«

»Ja, ich habe ein Gedächtnis wie ein Elefant.«

»Sie Glückliche, ich habe ein Gedächtnis wie ein Sieb, und in meinem Beruf ist das nicht gerade angenehm, glauben Sie mir. Wie dem auch sei, ich würde Sie gerne treffen und mit Ihnen über Ihre Arbeit sprechen.«

»Wieso?«

»Nun, wir bauen ein Medizinisches Zentrum in San Francisco, Miss Adamson. Das wird ein riesiges Projekt, und wir hätten gerne Ihre Arbeiten in jedem Gebäude für die Dekoration verwendet. Wie das vonstatten geht, wissen wir noch nicht genau, aber wir wollen auf alle Fälle mit Ihnen zusammenarbeiten.«

»Ich verstehe. Und welche Firma repräsentieren Sie?« Sie wartete und hielt die Luft an, aber sie wußte die Antwort, ehe er sie aussprach.

»Cotter-Hillyard in New York.«

»Also, vielen Dank, Mr. Avery, aber ich bin nicht daran interessiert.«

»Aber wieso denn nicht?« Er war verwirrt. »Ich verstehe Sie nicht.«

»Ich habe keine Lust, mich darüber auszulassen, Mr. Avery. Ich bin nicht an dem Auftrag interessiert, das muß Ihnen genügen.«

»Können wir uns nicht zusammensetzen und darüber sprechen?«

»Nein.«

»Aber ich habe schon mit . . . ich –«

»Die Antwort ist nein, ich danke Ihnen für Ihren Anruf.« Dann legte sie ganz leise und vorsichtig den Hörer auf die Gabel und ging zurück in die Dunkelkammer. Mit diesen Leuten wollte sie keine Geschäfte machen. Das hätte ihr gerade noch gefehlt. Mit Michael Hillyard war sie fertig. Wenn er sie nicht zur Frau haben wollte, wollte sie ihn auch nicht zum Auftraggeber haben. Sie wollte ihn überhaupt nicht mehr haben.

Wieder klingelte das Telefon, noch ehe sie die Tür der Dunkelkammer hinter sich geschlossen hatte. Sie wußte sogleich, daß es noch einmal Ben war, und beschloß, die Sache ein für allemal zu beenden. Rasch näherte sie sich dem Telefon, hob den Hörer von der Gabel und brüllte mit aller Kraft: »Die Antwort ist nein, ich habe Ihnen das bereits gesagt!«

Aber die Stimme am anderen Ende der Leitung gehörte nicht Ben, es war Peters Stimme.

»Guter Gott, was habe ich denn angestellt?«

Halb lachte er, halb war er verblüfft, und Marie fühlte, wie sie sich entspannte, als sie ihn hörte. »Tut mir leid, Liebling, jemand mit einem lächerlichen Ansinnen hat mich angerufen.«

»Im Zusammenhang mit deiner Ausstellung, nicht wahr?«

»Mehr oder weniger ja.«

»Die Galerie sollte nicht jedem Trottel deine Nummer geben. Warum nehmen sie Nachrichten an dich nicht sofort entgegen?« Er sagte das wütend. »Wie geht's dir?«

»Danke, es geht mir gut.« Aber sie war durcheinander, und er konnte es hören.

»In einer Stunde bin ich bei dir. Bis dahin läßt du die Finger vom Telefon. Hernach nehme ich das Ding in die Hand.«

»Ist gut.«

Sie wechselten keine weiteren Worte, und Marie hängte ein. Sie entdeckte, daß sie ein schlechtes Gewissen hatte. Sie hätte ihm von dem Anruf erzählen sollen, denn Ben Avery war kein Trottel, sondern er arbeitete für Michael Hillyard. Aber sie wollte Peter nicht gestehen, was sie so entnervt hatte. Er brauchte nicht zu wissen, wie zittrig sie sich noch immer fühlte, wenn das Thema Michael aufs Tapet kam. Glücklicherweise rief Ben am selben Tag nicht noch einmal an. Er wartete bis zum nächsten Morgen. Er überraschte sie, als sie sich gerade zur Arbeit fertig machte.

»Hallo, Miss Adamson, hier spricht noch einmal Ben Avery.«

»Hören Sie mal, war ich gestern nicht deutlich genug?«

»Aber Sie wissen ja gar nicht, an was Sie nicht interessiert sind. Warum wollen Sie nicht mit mir und meiner Mitarbeiterin zu Mittag essen? Wir könnten uns in aller Ruhe unterhalten. Es kann doch nicht weh tun, über eine Sache zu sprechen?«

Gott, Ben, doch, es kann sehr weh tun! »Es tut mir leid, ich bin beschäftigt.« Sie gab keinen Millimeter nach, und Ben seufzte. Die Sache war hoffnungslos, aber er verstand nicht, warum. Was hatte sie nur gegen Cotter-Hillyard? Es ergab alles keinen Sinn.

»Wie sieht's denn morgen aus?«

»Hören Sie doch, Ben . . . Mr. Avery . . . ich will nicht! Ich bin nicht interessiert! Und ich möchte das weder mit Ihnen noch mit Ihrer Mitarbeiterin besprechen! Hab' ich mich jetzt klar genug ausgedrückt?«

»Unglücklicherweise ja. Aber ich glaube, Sie machen, professionell gesehen, einen riesigen Fehler. Ein Agent würde Ihnen das bestätigen.«

»Nun, ich habe keinen Agenten, und deshalb brauche ich auch nur auf mich selbst zu hören.«

»Sie machen einen Fehler, Miss Adamson, ich wiederhole es, aber wir bleiben in Verbindung.«

»Es ist sehr nett von Ihnen, soviel Interesse zu zeigen, doch Sie können sich die Mühe sparen.«

»Ist ja gut, ist ja gut, trotzdem werde ich Ihnen eine Karte schreiben. Wenn Sie Ihre Meinung ändern, dann rufen Sie mich an, hier oder in New York. Bis Ende des Monats werde ich hier sein, dann geht's zurück in mein New Yorker Büro. Da bleibt immer noch viel Zeit, um die Sache zu besprechen.«

Vielleicht für dich, für mich aber nicht, ihr seid zwei Jahre zu spät dran. »Ich glaube, da kann ich mich Ihrer Meinung nicht anschließen.« Und wieder legte sie auf.

21

An einem frostigen Januarmorgen rannte Ben Avery vom Ausgang der U-Bahn bis zu seinem Büro auf der Park Avenue. Schnee war zu erwarten, das konnte er fühlen, die Luft war schwer davon, und das Tageslicht vermochte sich noch nicht recht durchzusetzen. Es war noch nicht ganz acht Uhr morgens, aber vor ihm lagen Berge von Arbeit. Heute war wieder sein erster Tag im New Yorker Büro, und eine große Besprechung mit Marion war für zehn Uhr dreißig an diesem Morgen angesetzt. Er brachte ihr hauptsächlich gute Neuigkeiten mit.

Bereits um diese Zeit standen einige Leute im Foyer des Gebäudes herum, und der Fahrstuhl, mit dem er nach oben fuhr, war beinahe voll besetzt. Selbst zu dieser frühen Stunde war die Welt der Geschäftsleute schon zu eifrigem Leben erwacht. Nach der langsameren Gangart, die man in San Francisco und Los Angeles pflegte, empfand Ben den Betrieb in New York fast wie einen Schock. Gottlob schien außer ihm im selben Stockwerk noch niemand an der Arbeit zu sein. Er lief den langen, mit beigen Teppichen ausgelegten Gang entlang und durchquerte die holzvertäfelte Halle vor dem Büro, das Marion ihm zugeteilt hatte. Dieser Raum war kleiner und bescheidener ausgestattet als Mikes Büro, aber alles harmonierte miteinander. Marion scheute, wenn es um die Büroräume von Cotter-Hillyard ging, keine Ausgaben. Ben warf einen Blick auf seine Uhr und rieb sich die Hände, um sie zu erwärmen. Er konnte sich nicht an die eisigen Winde gewöhnen, die in dem kalten und feuchten New York durch die Straßenschluchten bliesen. Er packte den Inhalt seines Diplomatenköfferchens aus und begann, die Papiere durchzugehen und die Berichte zu lesen. Alles war gelaufen wie am Schnürchen – mit einer einzigen kleinen Ausnahme. Aber diesbezüglich war seiner Meinung nach auch noch nicht das letzte Wort gesprochen. Wieder sah er auf die Uhr, und nach einer Weile entschloß er sich dazu, das Ganze noch einmal zu versuchen.

Ben hatte ein paar von Marie Adamsons Fotos mitgebracht, er hatte sie in der Galerie gekauft. Er war davon überzeugt, daß sich diese Investition lohnen würde. Wenn einmal Marion und Michael ihren Stil kennengelernt und gesehen haben würden, wie gut sie war, würden sie todsicher auf das Mädchen anspringen.

Er wählte ihre Nummer und wartete. Es war närrisch, das zu tun, denn in San Francisco war es fünf Uhr morgens.

»Hallo?« Die Stimme klang groggy im Hörer.

»Ah ... Miss ... Miss Adamson, es tut mir schrecklich leid, Ihnen das anzutun, aber hier spricht Ben Avery aus New York. Ich habe heute morgen eine Konferenz mit der Leitung unserer Gesellschaft, und ich möchte ihr die Neuigkeit überbringen, daß Sie mit uns zusammenarbeiten wollen. Ich habe einfach gedacht, daß ...« Und schon wußte er, daß er das Falsche getan hatte. Er spürte die unheilschwangere Stille am anderen Ende des Drahtes. Als er schon glaubte, die Teilnehmerin würde wortlos auflegen, legte sie plötzlich los: »Um fünf Uhr morgens fällt Ihnen das ein? Da fällt Ihnen ein, daß Sie eine Konferenz mit ... zum Teufel, was für ein verrücktes Unternehmen ist das überhaupt? Ich hab' Ihnen doch gesagt, nein, ein für allemal nein! Was soll ich denn noch machen? Soll ich mir eine Geheimnummer von der Post geben lassen, die nicht im Telefonbuch steht?«

Er hörte ihr zu und schloß die Augen, teilweise aus Verlegenheit, teilweise aber auch aus einem anderen Grund. Diese Stimme war seltsam – er wußte nicht, warum, aber er fand sie vertraut. Die klang nicht wie die von Marie Adamson, die klang jünger, viel höher, ganz anders, sie rührte in Ben eine alte Erinnerung an. Wie klang sie nur? Es fiel ihm nicht ein.

»Haben Sie denn immer noch nicht kapiert, Himmel Donnerwetter noch mal?«

Ihre wütenden Worte brachten ihn in die Realität zurück, in der er nun wirklich mit Marie Adamson telefonierte, die weit davon entfernt war, sich über seinen Anruf zu freuen.

»Es tut mir schrecklich leid, ich weiß, daß es idiotisch war, das zu tun, ich hoffte einfach . . .«

»Ich habe doch nein gesagt, nein, nein, nein, verstehen Sie? Ich werde weder Ihren Diskussionen noch Ihren Überlegungen, noch Ihren Ideen lauschen, ich werde auch nicht weiter mit Ihnen über Ihr lausiges Medizinisches Center sprechen. Also bitte, lassen Sie mich jetzt in Ruhe!« Mit diesen Worten legte sie auf, und er saß neben seinem Telefon und grinste dümmlich.

»Okay, Junge, das habe ich total versaut.« Er sagte diese Worte zu sich selbst und wußte nicht, daß Mike im Türrahmen stand.

»Willkommen zu Hause! Was hast du versaut?« Mike sah nicht besonders besorgt aus, vielmehr wirkte er erfreut, seinen Freund wiederzusehen, als er in den Raum schlenderte und sich in einen der großen, bequemen Ledersessel niederließ.

»Mike, ich habe geglaubt, eine unwahrscheinlich gute Fotografin gefunden zu haben, ein Riesentalent. Mike, sie ist wirklich nicht irgend so ein Ding, das 'ne Kamera bedienen kann. Sie ist unglaublich begabt und genial. Ich habe ihre Ausstellung in San Francisco gesehen und wollte sie für uns unter Vertrag nehmen, aber sie hat mir was gepfiffen.«

»Wie?«

»Sie hat mir was gepfiffen. Sie sagt mir, ich soll sie in Ruhe lassen. Sie will nicht mal mit mir diskutieren.«

»Warum denn? Findet sie die Sache zu kommerziell?« Mike sah nicht sehr beeindruckt aus.

»Ich weiß eben nicht, warum. Als ich ihr zum erstenmal sagte, was ich von ihr wollte, fing sie sofort an, sich zu sträuben. Für mich ergibt das alles keinen Sinn.«

Mike lächelte ihm mit einem Ausdruck zynischen Amüsements zu. »Natürlich ergibt das einen Sinn, Junge. Sie will das ganz große Geld machen, das ist es. Sie weiß, mit wem sie es zu tun hat, und hat sich ausgerechnet, daß sie einen dicken, fetten Kontrakt mit uns unterzeichnen kann, wenn sie wirklich so gut ist.«

»Sie ist die Beste! Ich brauche dir nur mal ihre Fotos zu zeigen, sie werden dir wahnsinnig gut gefallen.«

»Na, dann kriegt sie ja vielleicht, was sie will. Zeig sie mir später, es gibt noch etwas anderes, das ich dich zuerst fragen möchte.«

»Was?«

Mike betrachtete ihn ernsthaft. »Ich wollte über dieses Thema seit Wochen mit dir sprechen.«

»Irgendwas schiefgegangen?«

»Nein, nein, aber ... aber ... nun ... hast du was mit Wendy?«

Ben betrachtete das Gesicht des Freundes genau, ehe er antwortete: »Mike, ich komme mir vor wie ein Schuft, daß ich es dir nicht früher mitgeteilt habe. Auf deine Frage muß ich mit ›ja‹ antworten. Bedeutet dir das etwas?«

»Wieso denn? Ich bin ein bißchen verlegen, zugeben zu müssen, daß ich ... nun, man könnte sagen, ich habe mich nicht direkt darum gekümmert. Sicherlich hat Wendy dir erzählt, was für ein fabelhaft aufmerksamer Galan ich gewesen bin.«

Die letzten Worte klangen bitter, und Ben antwortete behutsam: »Sie hat nie darüber gesprochen. Sie sagte nur einmal, sie glaube, du seist wohl nicht ein ausgesprochen glücklicher Mensch. Und das zu erfahren dürfte kein Schock für dich sein. Für mich auch nicht, Junge, oder?«

Mike nickte still, grinste aber dann plötzlich und stieß hervor: »Die Sache zwischen euch ist doch nicht etwa ernst?«

Ben grinste zurück und erwiderte: »Ich fürchte, doch.«

»Herr des Himmels, so ernst, du willst heiraten?«

»Das hab' ich nicht gesagt, aber wir denken über die Sache nach. Es spricht fast alles dafür. Hast du irgendwas dagegen?«

Beide wußten, daß das nur im Scherz gefragt war, denn der schwierige Moment war bereits überwunden.

»Nein, ich habe nichts dagegen, aber du hättest mir doch etwas sagen können, du Schuft.«

»Da hast du recht, und es tut mir leid, aber da wir nun gerade davon sprechen, würdest du wohl mein . . .« Und dann hätte Ben sich am liebsten die Zunge abgebissen. Er war damals in der Nacht des Unfalls Mikes Trauzeuge gewesen, und nun hätte er ums Haar Mike um diesen Dienst gebeten. »Vergiß es, wir haben noch viel Zeit.«

Mike stand auf, nickte und schüttelte die Hand seines Freundes, aber in seinen Augen lag etwas Dunkles, Verborgenes, das er nicht ans Tageslicht kommen lassen wollte. Er wußte nur zu gut, was Ben hatte sagen wollen.

»Ich gratuliere dir, alter Knabe.« Er lächelte nun ehrlich, ebenso ehrlich war auch der Schmerz in seinem Inneren. »Und mach dir keine Sorgen wegen der Fotografin in San Francisco. Wenn sie wirklich so gut ist, wie du sagst, dann angeln wir sie uns mit einem fetten Vertrag. Wirst sehen, das klappt.«

»Ich hoffe, daß du recht hast.«

»Ich bin mir ganz sicher.« Mike salutierte scherzhaft und überließ Ben seinen Gedanken. Einige Zeit später klopfte Wendy an die Tür und sagte: »Komm schon, Ben, in fünf Minuten müssen wir in Marions Büro sein.«

»Schon?« Ben blickte nervös von seinem Schreibtisch auf und lächelte, als sich ihre Blicke trafen. »Übrigens, ich hab' vorhin Mike von uns erzählt.« Er wirkte selbstzufrieden, als er das sagte.

»Ihm erzählt? Ihm was erzählt?« Im Moment konnte sie nur an das Medizinische Zentrum in San Francisco und an die Besprechung mit Marion, der großen, weißen Göttin der Architektur denken.

»Ich habe ihm von uns erzählt, Dummchen, und ich glaube, es hat ihn im Grunde gefreut.«

»Wie gut.« Eigentlich war es ihr aber egal. Sie wußte, daß es Ben etwas bedeutete, aber sie selbst fühlte Mike gegenüber nur noch Gleichgültigkeit, so oder so. Er war keinen Augenblick ihres Zusammenseins wirklich bei ihr gewesen. Fast war es ihr, als hätte es nie etwas zwischen ihnen gegeben.

Sie unterhielten sich leise, als sie den Gang hinunterschritten und vor dem Privatlift stehenblieben, der sie zu Marions »Elfenbeinturm« in ihrem Penthouse brachte.

»Nervös?« flüsterte Ben, als sie um die Ecke bogen und vor der Chrom- und Glastür von Marions Konferenzzimmer zum Stehen kamen.

»Da kannst du drauf wetten.«

Sie lachten miteinander und nahmen auf zwei Stühlen in dem großen, mit Topfpflanzen bestückten Raum Platz. An der einen Wand hing ein Bild von Mary Cassatt, ein früher Picasso an der anderen, und zu ihren Füßen lag New York. Ein wunderbarer Ausblick, bei dem es Wendy stets schwindlig wurde, denn man befand sich hier im 65. Stockwerk des Hauses. Man fühlte sich, als säße man im Flugzeug, und nur die Stille erinnerte einen daran, daß man sich in einem Büro befand. Marion schien sich stets in einer Atmosphäre äußerster Stille zu bewegen.

An dem riesigen Konferenztisch aus Rauchglas saßen bereits 24 Leute und warteten, bis Marion endlich den Raum betrat. George und Michael folgten ihr, und ihre Sekretärin schloß die Tür. Sie trug einen Stapel Akten, und George und Michael waren in eine ernsthafte Unterhaltung vertieft. Nach und nach hatte George Michael die Zügel der Firma in die Hand gegeben, und er war erstaunt gewesen, wie erleichtert er sich dabei fühlte. Marion blickte um sich, betrachtete jedes Gesicht und stellte fest, daß alle anwesend waren. Heute, so schien es Wendy, war sie bleich, fast gelb, aber vielleicht, so dachte Wendy, war das nur die berühmte New Yorker Blässe. Sie hatte sich an der Westküste daran gewöhnt, sonnengebräunte Gesichter um sich zu sehen, und der Anblick der bleichen New Yorker hatte sie bei ihrer Ankunft fast schockiert.

Marion war so elegant wie stets gekleidet. Sie trug ein einfaches, schweres Wollkleid, das wohl von Givenchy oder Dior stammte, und um den Hals eine vierreihige dichte Perlenkette. Ihr Gesicht war fast ungeschminkt. Selbst Michael fand, daß sie heute ungewöhnlich blaß wirkte. Er nahm an, daß sie viel zu schwer arbeitete. Seine Mutter hatte ihre Finger in jedem einzelnen Projekt der Firma. Das war nun einmal ihre Natur, und Michael trat in ihre Fußstapfen.

Marion sprach als erste. Sie befragte die am Tisch sitzenden Mitarbeiter. Die verschiedenen Probleme wurden durchgesprochen. Alles lief glatt, bis Ben an die Reihe kam, und Marion zeigte sich mit dem, was Wendy und er zu sagen hatten, auch äußerst zufrieden. Die beiden schilderten die Fortschritte, die man in San Francisco gemacht hatte, die neuen Einrichtungen, die in die Tat umgesetzten Ergebnisse seit der letzten Konferenz. Marion prüfte die Liste Punkt für Punkt und warf Michael einen zufriedenen Blick zu. Das Projekt in San Francisco machte überwältigende Fortschritte.

»Nur ein Problem hatten wir«, sagte Ben ein bißchen zu leise, aber sogleich blickte Marion ihn an.

»Welches?«

»Eine junge Fotografin. Wir haben ihre Arbeiten gesehen, und sie haben uns sehr gefallen. Wir wollten mit ihr die Möglichkeit einer Mitarbeit besprechen und ihr die künstlerische Ausgestaltung im Foyer des Hauptgebäudes übergeben. Aber sie dachte gar nicht daran, mit uns zu verhandeln.«

»Was soll das heißen?« Marion sah nicht gerade erfreut aus.

»Das, was ich sage. Als ich sie anrief – dreimal insgesamt –, holte ich nur Körbe.«

»Wußte sie denn, wen Sie vertreten, Ben?«

Michael und Ben unterdrückten ein Lächeln. Als ob das alles verändern würde! Marion war so überschwenglich stolz auf die Firma, daß sie glaubte, es gäbe keinen Menschen, der sich nicht glücklich preisen würde, mit ihr zusammenzuarbeiten.

»Ja, und auch das hat sie nicht überzeugt. Im Gegenteil, das schien sie in ihrer Ablehnung noch zu bestärken.«

»Zu bestärken?« Zum erstenmal an diesem Morgen kam Farbe in Marions blasses Gesicht. Sie wirkte grimmig. Was bildete sich diese Person ein, die es wagte, Cotter-Hillyard die kalte Schulter zu zeigen? »Ist sie es wert, daß man um sie kämpft?«

»Ich glaube schon. Wir haben ein paar ihrer Arbeiten mitgebracht. Ich hoffe, Sie sind meiner Meinung.«

»Wie konnten Sie Arbeiten von ihr bekommen, wenn sie sich geweigert hat, mit uns zu verhandeln?«

»Wir haben sie in ihrer Galerie gekauft.« Mit diesen Worten holte Ben aus einer großen Mappe drei schöne Farbfotos hervor, die Marie in San Francisco aufgenommen hatte. Das erste zeigte eine Parkszene, eine simple Komposition, auf der ein alter Mann auf einer Parkbank saß und ein paar kleinen Kindern beim Spielen zusah. Das zweite Foto zeigte eine Szene auf der Werft, die Vitalität und die Energie einer Menschenmenge, die sich um einen grinsenden Krabbenverkäufer scharte. Als letztes kam der schimmernde Blick auf San Francisco in der Dämmerung. Die Stadt in dem mild glitzernden Licht, auf das ihre Bewohner so stolz sind und das die Touristen lieben. Ben sagte nichts, er stellte die drei Fotos auf und ließ sie wirken. Sie waren stark vergrößert, und jeder konnte sehen, wie gut sie waren. Selbst Marion saß für Augenblicke stumm und nickte dann mit dem Kopf. »Sie haben recht, die kann was.«

»Ich freue mich, daß Sie mir zustimmen.«

»Mike?« Marion wandte sich ihrem Sohn zu, aber dieser schien beim Anblick der Fotografien in Gedanken versunken zu sein. Etwas an diesen Bildern war von merkwürdiger Vertrautheit. Er wußte nicht genau, was es war, aber der Anblick der Fotos regte ihn zum Träumen an, und er versuchte, sich ihrem Bann zu entziehen. Er wußte nicht genau, warum ihn die Bilder in dieser Weise berührten; jedenfalls mußte er zugeben, daß sie brillante Arbeiten waren und jedem Gebäude der Cotter-Hillyard-Firma Ehre machen würden.

»Gefallen sie dir auch so gut wie mir?« fragte Marion ihn.

Er betrachtete seine Mutter schweigend und nickte dann.

»Ben, wie kriegen wir sie?« Marion verschwendete keine Zeit.

»Ich wollte, ich wüßte es.«

»Mit Geld, ganz sicher mit Geld. Was für eine Art Mensch ist sie? Haben Sie sie schon mal getroffen?«

»Per Zufall traf ich sie. Eine umwerfende Schönheit. Man möchte gar nicht glauben, daß es so etwas wirklich gibt. Sie ist fast zu perfekt. Man kann sie eigentlich nur anstarren. Sie war sehr teuer angezogen, ich glaube deshalb nicht, daß sie Geldschwierigkeiten hat. Ja, in der Galerie hat man mir gesagt, daß sie einen Gönner hat, einen älteren Mann, einen Arzt, ich glaube, einen berühmten Schönheitschirurgen. Wie dem auch sei, Geld braucht sie nicht. Mehr kann ich dazu nicht sagen.«

»Vielleicht geht es ihr nicht ums Geld.« Plötzlich warf Marion ihrem Sohn einen merkwürdigen Blick zu. Ein verrückter, unrealistischer Gedanke hatte sich in ihr Hirn gedrängt. Das wäre doch ein allzu unglaublicher Zufall, aber was wäre, wenn . . . »Wie alt ist dieses Mädchen, Ben?«

»Schwer zu sagen . . . vielleicht . . . na . . . 24, 25, höchstens 26. Warum?« Ben verstand die Frage nicht.

»Es hat mich nur interessiert. Ich will Ihnen mal was sagen, Ben, ich werde die Sache selbst in die Hand nehmen. Geben Sie mir die Adresse. Ich muß nächste Woche sowieso nach San Francisco. Vielleicht fällt es ihr etwas schwerer, eine alte Frau abzuschütteln.«

Ben lächelte über ihre Bemerkung von der »alten Frau«, Marion Hillyard sah nicht alt aus. Sie war ein zäher Dynamo in den mittleren Jahren und ganz gewiß keine faltige, zittrige Großmutter. Aber sein Lächeln verschwand, als er ihr Gesicht beobachtete. Sie wurde rasch blaß, und plötzlich fragte er sich, ob sie krank sei. Sie selbst gab niemandem genügend Zeit, um sie das zu fragen. Sie erhob sich und brachte ihre Zufriedenheit mit den Ergebnissen der Konferenz zum Ausdruck, dankte ihren Untergebenen für ihr Kommen und verließ den Raum. Alle erhoben sich und machten sich auf den Weg zum Aufzug. Ben war der letzte, der den Konferenzraum verließ, und Wendy war schon vorausgegangen, als Marions Sekretärin aus dem inneren Sanktum gerannt kam und aufgeregt Michael winkte. Sie wirkte völlig verängstigt.

»Mr. Hillyard! Ihre Mutter . . . sie ist . . .«

Es war George, der sofort reagierte. Er rannte zu Marions Büro, und die wie vom Donner gerührten Michael und Ben folgten ihm auf den Fersen. George wußte sogleich, was zu tun war. Er fand die Tabletten, reichte sie ihr, stützte sie und führte sie mit Hilfe ihres Sohnes vom Schreibtisch zur Couch. Ihre Gesichtshaut war graugrün, und es schien, als habe sie Schwierigkeiten zu atmen. Einen gräßlichen Augenblick lang fragte sich Mike, ob sie sterben würde, und fühlte, wie heiße Tränen seine Augen füllten. Er hastete zum Telefon, um Dr. Wickfield anzurufen, aber seine Mutter winkte ab und flüsterte fast unhörbar: »Nein, Michael . . . nicht anrufen . . . Wick ist nicht nötig. Passiert . . . immer . . .«

Michael warf George einen Blick zu. Was er da hörte, war ihm neu. Aber wie kam es dann, daß George wußte, wo die Tabletten zu finden waren? Lieber Gott, das Leben war an ihm vorbeigegangen, wo hatte er nur in all diesen Monaten seine Augen gehabt? Als er seine Mutter betrachtete, wie sie so bleich und zitternd auf der Couch lag, fragte er sich, wie krank sie wirklich war. Erst jetzt fiel ihm auf, wie oft sie Dr. Wickfield bei sich hatte. Aber er hatte stets geglaubt, sie wolle nur sichergehen und für ihre Arbeit fit sein. Nie war es ihm in den Sinn gekommen, daß sie wirkliche Gesundheitsprobleme haben könne.

»Mutter –« Michael setzte sich auf den Stuhl neben der Couch und nahm ihre Hand. »Passiert das öfters?« Nun war er fast so bleich wie sie selbst, langsam öffnete sie die Augen und lächelte ihm und dann George zu. George wußte Bescheid.

»Mach dir keine Sorgen.« Ihre Stimme war immer noch leise, aber wurde wieder klarer. »Es geht mir ganz gut.«

»Es geht dir eben nicht gut! Und ich möchte mehr darüber wissen.« Michael sprach mit ihr, und Ben fragte sich, ob er nicht fehl am Platze war, aber er wagte nicht, das Zimmer zu verlassen; auch er war entsetzt von dem, was er gesehen hatte. Die große Marion Hillyard war also doch nur ein Mensch, und sie wirkte unglaublich verletzlich und zerbrechlich, als sie da in ihrem teuren schwarzen Kleid auf dem Sofa lag und durch das Schwarz nur noch bleicher wirkte. Während sie nun mit ihrem Sohn sprach, hatte sie die Farbe von feinem, faltigem Pergament.

»Mutter, wie lange geht das denn schon so?«

»Eine ganze Weile. Wicky hat sich ungefähr vor zwei Jahren zum erstenmal Sorgen gemacht, und dieses Jahr ist es ein bißchen schlimmer geworden.«

»Dann möchte ich, daß du dich von der Arbeit zurückziehst.« Michael wirkte wie ein dickköpfiges Kind. »Und zwar sofort!«

Aber sie lachte nur und zwinkerte George zu. Doch das Gesicht ihres Verbündeten zeigte ihr, daß auch er sich Sorgen machte. Sie sagte zu Michael: »Auf keinen Fall, Liebling. Ich werde hier sitzen, bis ich vom Stuhl falle. Es gibt viel zuviel Arbeit. Außerdem würde ich zu Hause verrückt werden. Was soll ich denn den ganzen Tag machen? Im Fernsehen die Musicals angucken und Filmzeitschriften lesen?«

»Warum nicht?« Michael betrachtete seine Mutter und sah dann zu George hinüber. »Ihr könntet euch beide vom Geschäft zurückziehen. Ihr könntet heiraten und euch zur Abwechslung mal amüsieren.« Das war das erstemal, daß Michael offen auf die Verbindung seiner Mutter mit George, die seit 20 Jahren bestand, zu sprechen kam. George errötete tief, sah aber nicht unglücklich aus.

»Michael!« Nun klang die Stimme seiner Mutter fast schon wieder wie immer. »Du machst George verlegen.« Seltsamerweise aber sah sie weder schockiert aus, noch schien ihr diese Idee zu mißfallen.

»Mutter, ich bringe dich jetzt nach Hause, wenigstens heute.« Michael beobachtete sie streng, doch sie schüttelte nur den Kopf.

»Ich will aber nicht! Jetzt gehst du, Michael, oder ich lass' dich von George rauswerfen.« George zwinkerte amüsiert. »Vielleicht fahre ich früher nach Hause, aber jetzt noch nicht. Herzlichen Dank für eure Sorge. Und nun laßt mich allein!«

Sie konnte es kaum erwarten, bis sich die Tür hinter ihnen geschlossen hatte. Sie wußte nur zu genau, was diesen Herzanfall heraufbeschworen hatte. Sie durfte sich nicht mehr erlauben, sich über irgend etwas aufzuregen. Das war wirklich entnervend, dachte sie bei sich. Sie sah auf ihre Uhr und wählte die Nummer, die Ben ihr gegeben hatte. Sie horchte auf das Läuten des Telefons, dreimal, viermal. Sie wußte nicht, warum sie so sicher war, aber sie war sich sicher. Von dem Augenblick an, als Ben Marie Adamson beschrieben hatte, hatte sie gewußt, mit wem sie es zu tun hatte. Sie wollte versuchen, sich mit diesem Mädchen zu treffen, wenn sie nach San Francisco kam. Nach dem fünften Läuten war die Verbindung hergestellt. Marion zog scharf die Luft ein und schloß die Augen, dann sprach sie glatt und ohne zu stocken. Niemand hätte mehr bemerken können, daß sie vor einer halben Stunde einen schweren Herzanfall erlitten hatte.

»Miss Adamson? Hier spricht Marion Hillyard in New York . . .«

Die Konversation verlief kurz und kalt, ein wenig merkwürdig und gestelzt, und Marion wußte, nachdem sie eingehängt hatte, ebenso wenig von dem Mädchen wie zuvor. Aber sie würde es herausfinden in drei Wochen. Sie hatten ein Treffen verabredet, und Marion schrieb das Datum in ihren Kalender, lehnte sich dann zurück und schloß die Augen. Vielleicht kam nichts heraus bei diesem Treffen, und doch . . . Es gab Dinge, die sie sagen mußte. Sie wünschte sich von ganzem Herzen, die nächsten drei Wochen zu überleben.

22

Die Uhr tickte ohne Unterlaß, als Marion im Wohnzimmer ihrer Suite des Fairmont Hotels saß und wartete. Ihr bot sich ein wunderbarer Blick auf die Bucht und Marien County, aber Marion Hillyard interessierte sich im Augenblick nicht für die Natur. Sie dachte über das Mädchen nach. Was war wohl aus ihr geworden? Wie sah sie aus? Hatte Gregson wirklich das Wunder vollbracht, das er ihr vor zwei Jahren versprochen hatte? Ben Avery hatte ein fremdes Wesen gesehen, als er Marie Adamson begegnet war, aber wie würde es mit Michael sein – würde er sie noch erkennen? Und sie? Liebte sie jetzt einen anderen oder hatte sie sich wie Michael verbittert in sich selbst zurückgezogen?

Marion dachte nun über ihren Sohn nach. Sie wartete auf das fremde Mädchen und überlegte, ob diese eigentlich Michaels Geliebte war, die er einst zu heiraten gedachte. Und was, wenn sie das nicht war? Vielleicht war sie irgend jemand, eine kalifornische Fotografin, die Ben Avery gefallen hatte.

Immer wieder schlug Marion die Beine übereinander und suchte in ihrer Handtasche nach ihrem Zigarettenetui. Es war neu, George hatte es ihr zu Weihnachten geschenkt, ihre Initialien prangten in glitzernden, kleinen Saphiren auf der glatten Oberfläche des goldenen Etuis. Sie zündete sich eine Zigarette an und nahm einen tiefen Zug. Sie schloß für Minuten die Augen. Sie war erschöpft. Sie hatte einen langen Flug hinter sich und hätte sich einen Tag ausruhen sollen, ehe sie das Mädchen traf. Aber sie war viel zu erregt, um das Treffen auch nur einen Tag hinauszuschieben. Sie mußte Bescheid wissen.

Wieder fiel ihr Blick auf die Uhr, die auf dem Kaminsims stand. Nun war es fünfzehn Minuten nach vier, fünfzehn Minuten nach sieben in New York. Michael saß gewiß an seinem Schreibtisch, und Avery hatte sich bereits in das Büro seines Mädchens geschlichen, um mit ihr herumzuschäkern. Marions Mund verhärtete sich, als sie an die beiden dachte. Ben war kein ernsthafter Junge wie Michael, aber dann ... dann war er auch glücklicher als Michael. Hatte sie damals falsch gehandelt? War sie vor zwei Jahren vollkommen verrückt gewesen? Hatte sie dem Mädchen zuviel abverlangt? Nein, wahrscheinlich nicht. Dieses Mädchen wäre nicht gut für Michael gewesen, und mit der Zeit würde er schon noch jemanden finden. Warum auch nicht, er hatte alles, was man dazu brauchte: gutes Aussehen, Geld und eine Position. Bald würde er der Präsident einer der führenden Firmen Amerikas sein. Er war ein Mann mit Macht, mit Talent und mit einem eigenen Charme.

Ihr Gesicht wurde weich, als sie an ihren Sohn dachte. Wie gut und stark er doch war ... und wie einsam. Auch das fühlte sie, er schaffte es sogar, eine gewisse Distanz zu ihr zu halten. Er wirkte wie ein Mann, der zu lange Zeit durch die Wüste gepilgert ist und nicht mehr genau weiß, warum. Und doch gab es so viel, worüber er glücklich sein konnte. Er hätte sein Leben genießen können. Aber er nahm sich nie die Zeit, das Leben zu genießen. Marion wußte nicht einmal genau, ob er seine Arbeit genoß, ob er sie so genoß, wie sie selbst sie genoß. Er genoß seine Arbeit nicht auf die Art, wie Vater und Großvater es getan hatten. Mit Zärtlichkeit dachte sie an ihren eigenen Mann, und ihre Gedanken wanderten langsam zu George. Wie gut war er in den vergangenen Jahren zu ihr gewesen, sie hätte ohne ihn nicht weiterarbeiten können, das wußte sie. Er erleichterte ihr die Bürde, die auf ihren Schultern lastete, so oft er konnte, und überließ ihr die wichtigen Entscheidungen, die kreative Arbeit und den Ruhm. Sie fragte sich, warum sie seinen Tugenden vor ein paar Jahren nicht mehr Bedeutung beigemessen hatte. Aber sie hatte nie zu irgend etwas Zeit gehabt. Keine Zeit für diesen Mann oder für irgend etwas anderes. Seit Michaels Vater gestorben war, hatte sie nichts anderes mehr gekannt als ihre Arbeit. Vielleicht glich ihr der Junge mehr, als sie gedacht hatte. Sie lächelte in sich hinein, als das Klingeln der Türglocke sie aufschreckte. Sie fuhr zusammen, und für Augenblicke hatte sie vergessen, wo sie sich befand. Nun war es 25 Minuten nach vier. Das Mädchen hatte sie 25 Minuten warten lassen. Insgeheim jedoch war Marion froh um diese kurze Ruhepause.

Sie ging zur Tür. Ihr marineblaues Seidenkleid und die vierreihige Perlenkette standen ihr ausgezeichnet. Ihr Haar war glatt und einfach nach hinten gekämmt, das Make-up geschickt und kaum zu bemerken. Sie wirkte eher wie 45 als wie 60. Noch in zehn Jahren würde sie eine stattliche Frau sein, das hieß, wenn sie noch so lange lebte. Nichts konnte Marion Hillyard niederzwingen, nicht einmal die Zeit. Sie gratulierte sich dazu, als sie die Tür öffnete und eine elegante junge Frau mit einer Mappe unter dem Arm vor ihr stand.

»Miss Adamson?«

»Ja.« Marie nickte mit einem kleinen, gespannten Lächeln. »Mrs. Hillyard?« Aber sie wußte, wen sie vor sich hatte. Sie hatte Marion in jener Nacht nicht gesehen, weil ihre Augen verbunden gewesen waren, doch sie hatte genügend Fotos in Michaels Appartement gesehen, um zu wissen, wer das war. Sie hätte diese Frau erkannt; auch in einem Hinterhof in Tokio wäre sie sich klar gewesen, daß Michaels Mutter ihr gegenüberstand. Diese Frau hatte sie zwei Jahre in ihren Träumen verfolgt. Diese Frau hatte sie sich einst zur Mutter und zur Freundin gewünscht, aber das war vorbei.

»Wie geht es Ihnen?« Marion streckte eine kühle und feste Hand aus, sie schüttelten sich zeremoniell die Hände, und Marion machte eine Geste in den Raum hinein. »Wollen Sie nicht nähertreten?«

»Vielen Dank.«

Die beiden Frauen betrachteten sich mit Interesse und mit Vorsicht. Marion setzte sich in den Sessel neben dem Tisch. Sie hatte vom Hotel Tee und mehrere Erfrischungen für ihren Gast bestellt. Das war nicht zuviel der Auslagen, wenn man bedachte, daß sie für dieses Mädchen schon eine halbe Million Dollar ausgegeben hatte. *Wenn* Marie dieses Mädchen war. Marion betrachtete sie sorgsam, aber sie konnte nichts entdecken. Es gab keine Ähnlichkeit mit den Fotografien, die sie vor Jahren von ihr gesehen hatte. Das war nicht dasselbe Mädchen. Wenigstens schien es nicht dasselbe Mädchen zu sein. Marion setzte sich in ihrem Sessel zurück und beobachtete sie. Sie spitzte die Ohren, sie horchte auf die Stimme. Sie würde nie diese kleine, gebrochene Stimme vergessen, die sie damals im Krankenhaus unter den Bandagen heraus vernommen hatte.

»Was darf ich Ihnen anbieten, Tee, Soda? Wir können auch Drinks bestellen, wenn Sie wollen?«

»Nein, vielen Dank, Mrs. Hillyard, ich möchte eigentlich nur . . .«

Marie verstummte, die beiden Frauen betrachteten sich, der Vorwand ihrer Begegnung war fast vergessen, als die alte Frau die junge musterte, ihre Bewegungen studierte, das Haar fixierte und kein Detail an ihrem Körper unbeobachtet ließ. Ein besonders schönes Mädchen saß da vor ihr, ein Mädchen mit teuren Kleidern. Marion fragte sich, ob dieses Wesen sein ganzes Geld für Kleider ausgab. Sie trug ein Wollkleid, dem man ansah, daß es aus Paris kam. Ihre Wildledertasche und die Schuhe waren von Gucci, und der schlichte Trenchcoat war im Inneren mit einem dunklen, weichen Fell gefüttert, das wie Opossum aussah.

»Einen hübschen Mantel haben Sie da. Für diese Stadt ist er wie geschaffen. Ich beneide Sie um das milde Klima. Als ich aus New York abreiste, lag der Schnee zwei Fuß hoch, oder eher könnte man sagen« – sie lächelte dem Mädchen gewinnend zu – »ein Zentimeterchen Schnee, und der Rest war Schneematsch. Kennen Sie New York?«

Das war eine sehr gezielte Frage, und Marie wußte das, konnte aber ehrlich antworten. Sie hatte in Neuengland gelebt und nie lange Zeit in New York verbracht. Hätte sie Michael geheiratet, dann hätte sie in New York gewohnt. Aber er hatte sie nicht geheiratet. Ihr Gesicht veränderte sich, und ihre Stimme wurde hart. »Nein, ich kenne New York nicht sehr gut, ich bin kein sehr urbaner Mensch.« Nun war sie Marie, von Nancy war keine Spur zurückgeblieben.

»Ich finde, das ist schwer zu glauben. Sie sehen aus, als ob Sie Großstädte lieben würden.« Marion lächelte wieder, aber es war das Lächeln eines Haifisches, der einen zarten, kleinen Tintenfisch beobachtet.

»Nein.« Und ohne weitere Worte griff Marie nach ihrer Mappe, legte sie auf ihren Schoß, und Marion beobachtete sie, wie sie den Reißverschluß öffnete und ihr lächelnd ein dickes, schwarzes Buch mit Fotos von ihr reichte. Das Buch war groß und steif, und die ältere Frau schien zu beben, als sie es in die Hand nahm. In diesem Moment erst bemerkte Marie die zitternden Hände und den schwachen Griff nach dem Buch. Die Zeit ist nicht freundlich umgesprungen mit Marion Hillyard, dachte Marie. War es möglich, daß ein paar von ihren abscheulichen kleinen Gebeten erfüllt worden waren? Sie beobachtete die Frau interessiert, aber Marion hatte ihre Haltung zurückgewonnen und blätterte schweigend Seite um Seite des Buches um.

»Jetzt verstehe ich, warum Ben Avery so sehr bemüht war, Sie für uns zu gewinnen. Die Arbeiten sind ausgezeichnet, Sie müssen Jahre dafür gebraucht haben.« Das war eine unschuldsvolle Frage.

»Nein, Fotografie ist ein neues Gebiet für mich. Ich habe früher gemalt.«

»Ja? Waren Sie auch eine so gute Malerin?«

»Ich denke, das war ich.« Marie lächelte der Frau zu. Eine fast geisterhafte Wandlung ging in den beiden vor sich. Marie hatte das Gefühl, als beobachte sie Marion Hillyard durch einen dicken Spiegel. Sie konnte Marion deutlich sehen, und doch war diese Person jemand anders. Marie dachte, daß nur sie allein das Geheimnis kenne.

»Warum blieben Sie nicht beim Malen?« Marion blickte interessiert auf.

»Wissen Sie, ein großer Wandel fand in meinem Leben statt. Das kam sehr plötzlich. Ich wurde in jeder Beziehung zu einem neuen Menschen. Ich verabschiedete mich von meinem alten Leben. Es war zu schmerzhaft für mich, die Malerei in das neue Leben mit hinüberzunehmen.«

Marion zuckte bei diesen Worten fast zusammen. »Ich verstehe. Nun, jedenfalls ist das, was ich hier sehe, wunderschön. Sie sind eine phantastische Fotografin. Wer hat Sie denn aufs Fotografieren gebracht? Ganz sicherlich einer der großen hiesigen Fotografen. Es gibt sehr viele hier, hab' ich mir sagen lassen.«

Marie schüttelte verneinend den Kopf. Es war seltsam, sie war hergekommen, um diese Frau zu hassen, und fand nun heraus, daß sie dessen nicht fähig war. Besser gesagt, nicht so ganz. Sie mochte sie nicht, aber hassen konnte sie sie auch nicht. Die sah so müde aus, so zerbrechlich hinter all ihrer Fassade. Sie hatte die Todesmaske geschickt unter dem Make-up verborgen, aber unter dem Lack lauerte der Herbst, der schon dabei war, in den Winter überzugehen.

Marie antwortete: »Nein, eigentlich war es ein Freund, der mich darauf brachte. Ein Arzt übrigens. Er ist der Mann, der dafür verantwortlich ist, daß ich zur Fotografin wurde. Und er kennt hier in der Stadt fast alle wichtigen Leute der Szene.«

»Peter Gregson.« Marion sprach diesen Namen leise und fast träumerisch aus. Sie hatte ihn nicht aussprechen wollen, er war ihr über die Lippen gerutscht, und nun saßen sich beide Frauen in erschrockenem Schweigen gegenüber.

»Sie kennen ihn?« Warum hatte diese Frau das gesagt? Wußte sie Bescheid? Nein, sie konnte nicht Bescheid wissen, Peter würde nie ...

»Ich ... ja ...« Marion zögerte lange Sekunden, und dann warf sie dem Mädchen einen geraden Blick zu. »Ja, Nancy, ich kenne ihn, er hat herrliche Arbeit an Ihnen geleistet.« Das war ein Schuß ins Schwarze. Sie hatte nur geraten, aber sie hatte es sagen müssen, vielleicht machte sie sich dadurch lächerlich, aber sie mußte es einfach wissen.

»Ich glaube, da gibt es ein Mißverständnis, mein Name ist Marie.« Dann aber brach sie plötzlich zusammen. Tränen traten in ihre Augen, als sie aufstand und zum Fenster trat. Sie kehrte Marion den Rücken. »Wie haben Sie das herausgefunden?« Ihre Stimme klang wütend und gepreßt. Marion lehnte sich im Sessel zurück. Sie war müde, aber erleichtert. Irgendwie tat es ihr gut zu wissen, daß sie recht gehabt hatte. Sie hatte diese schwierige Reise nicht umsonst auf sich genommen.

»Hat es Ihnen jemand gesagt?« fragte Marie.

»Nein, ich habe es erraten. Ich weiß selbst noch nicht, warum. Aber ich hatte ein Gefühl, daß Sie es wären, als Ben zum erstenmal von Ihnen sprach. Und nun passen alle Details.«

»Warum sind Sie hergekommen? Wollten Sie sich vergewissern, daß ich mich an unsere Abmachungen halte?« Marie fuhr auf den Absätzen herum und starrte die Frau, die sie so gequält hatte, an.

»Sie haben mir das bereits bewiesen.« Marions Stimme war müde und leise, sie klang unnatürlich alt. »Nein, ich bin nicht mehr sicher, ob ich mich selbst verstehe, und ich wollte Sie sehen. Ich wollte Sie sprechen und herausfinden, wie es Ihnen geht.«

»Warum jetzt? Warum sollten Sie sich nach zwei Jahren für

mich interessieren?« Plötzlich klang Maries Stimme giftig, Haß sprühte aus ihren Augen, diesen Haß wollte sie ausspucken. »Warum kommen Sie heute, Mrs. Hillyard, oder wollten Sie nur sehen, ob Gregson gut gearbeitet hat? War es das? Nun, wie gefällt Ihnen Ihre 400 000-Dollar-Puppe? War's die Sache wert?«

»Sie sind jetzt ein sehr schönes Mädchen, Marie.«

»Vielen Dank, ja, ich weiß, Peter hat gut gearbeitet. Aber für mich war das so, als ob ich einen Pakt mit dem Teufel unterschrieben hätte. Ich gab mein Leben für mein Gesicht.« Mit einem herzzerreißenden Seufzer ließ sich Marie in den Sessel fallen.

»Und ich bin demnach der Teufel.« Auch Marions Stimme zitterte, als sie das Mädchen betrachtete. »Aber ich glaubte damals, das einzig Richtige zu tun.«

»Und jetzt?« Marie blickte sie direkt an. »Ist Michael glücklich? Hat sich das Geschäft gelohnt, Mrs. Hillyard?« Herr des Himmels, sie wollte auf diese Frau einprügeln, sie wollte auf sie losgehen und diese glatte Fassade zerkratzen, ihr das Kleid vom Körper reißen, die Perlen über den Boden streuen.

»Nein, Nancy, Michael ist nicht glücklich, nicht glücklicher als Sie. Ich dachte immer, er würde ein neues Leben beginnen, und auch von Ihnen glaubte ich dasselbe. Irgend etwas in mir sagt mir, daß Sie es nicht getan haben, und natürlich habe ich kein Recht, Sie danach zu fragen.«

»Nein, das haben Sie nicht! Und Michael? Ist er verheiratet?«

»Ja, er ist verheiratet.«

Marie hörte sich nach Luft schnappen und beherrschte sich mühsam.

»Mit seiner Arbeit. Es ist so, als wolle er sich für immer in sie verlieren. Ich bekomme ihn selten zu Gesicht.«

Gut, du Teufelin, sehr gut. »Würden Sie deshalb zugeben, daß Sie schlecht gehandelt haben? Ich liebte ihn, wissen Sie, mehr als alles andere in meinem Leben.«

»Ich weiß, aber ich dachte, Sie würden darüber hinwegkommen.«

»Ist er darüber hinweggekommen?«

»Vielleicht. Er spricht nie von Ihnen.«

»Hat er nicht versucht, mich zu finden?«

Langsam schüttelte Marion den Kopf. »Nein.« Aber sie gab nicht den Grund an, warum Michael Nancy nie gefunden hatte. Sie sagte Marie nicht, daß Michael glaubte, sie sei tot.

»Also gut«, erwiderte Nancy, »warum bin ich dann hier? Nur um Ihre perverse Neugier zu befriedigen? Und um Ihnen meine Arbeiten zu zeigen? Warum? Sagen Sie es mir!«

»Ich weiß es nicht genau, Nancy. Ich mußte Sie einfach sehen. Ich mußte wissen, wie Sie weitergelebt haben. Ich . . . ich, glaube, es ist sentimental, wenn ich Ihnen das jetzt sage, aber ich sterbe.«

Nancy war von dieser Eröffnung wenig getroffen. Sie starrte die Frau eine kurze Zeit an und sagte dann mit einer ungerührten Stimme: »Es tut mir leid, Mrs. Hillyard, aber ich starb schon vor zwei Jahren. Und dem, was Sie sagen, entnehme ich, daß auch Ihr Sohn gestorben ist. Wir beide sind gestorben. Und Sie sind schuld daran, Mrs. Hillyard. Wenn ich ehrlich sein soll, fällt es mir schwer, Mitleid mit Ihnen zu haben. Ihnen gegenüber empfinde ich nichts mehr, außer daß Sie mir leidtun. Sie tun mir leid, weil Sie das Leben Ihres Sohnes Michael ruiniert haben, wissen Sie das? Von meinem Leben will ich gar nicht sprechen.«

Marion nickte leise und fühlte nun das volle Gewicht des Hasses auf sich ruhen. Sie wußte all das, was das Mädchen sagte, selbst. Im stillen wußte sie es schon zwei Jahre lang. Tonlos antwortete sie: »Ich weiß nicht, was ich sagen soll.«

»Good-bye wäre wohl das Richtige.« Marie raffte ihre Sachen zusammen und ging zur Tür der Suite, blieb dann einen Augenblick stehen, legte die Hand auf die Klinke, wandte sich noch einmal um und sah, daß Marions Gesicht tränennaß war. Die ältere Frau saß sprachlos in ihrer ureigenen Todesangst, und dem jungen Mädchen gelang es, Atem zu schöpfen und zu sprechen: »Leben Sie wohl, Mrs. Hillyard, bitte grüßen Sie . . . grüßen Sie Michael von mir.« Sie schloß die Türe leise hinter sich, aber Marion Hillyard bewegte sich nicht. Sie fühlte einen Schmerz, der ihr Herz zerriß. Sie schnappte nach Luft und taumelte zur Klingel, um das Stubenmädchen zu rufen. Es gelang ihr, die Klingel zu drücken, ehe sie die Besinnung verlor.

23

Das Klappern seiner Absätze hallte auf dem Korridor des Krankenhauses wider, als er sich fast im Laufschritt ihrer Türe näherte. Wieso hatte sie nur darauf bestanden, allein zu reisen. Herrgott, sie war immer so übertrieben unabhängig gewesen in all den Jahren. Er klopfte leise an die Tür, und die Schwester öffnete sie ihm mit neugierigem Blick.

»Ist das Mrs. Hillyards Zimmer? Ich bin George Calloway.« Er wirkte nervös, müde und sehr alt, und so fühlte er sich auch. Er hatte die Nase voll von all dem Unsinn, und das wollte er ihr sagen, sobald er ihrer ansichtig wurde. Das hatte er auch Michael gesagt, ehe er New York verlassen hatte.

Die Schwester lächelte, als sie seinen Namen hörte. »Gewiß, Mr. Calloway, wir haben Sie erwartet.«

Marion lag erst seit sechs Uhr abends in der Klinik, und George hatte es geschafft, um elf Uhr Lokalzeit in San Francisco anzukommen. Marion lächelte erfreut, als George durch die Türe trat. Die Schwester zog sich diskret zurück auf den Gang.

»Guten Tag, George.«

»Guten Tag, Marion, wie fühlst du dich?«

»Müde, aber lebendig. Wenigstens sagen sie mir, daß ich lebendig bin. Es war nur ein kleiner Anfall.«

»Diesmal ja, und was wird es nächstesmal sein?« Er sah wild aus wie ein Löwe, als er im Raum hin und her schritt und sie anstarrte. Er hatte sie nicht einmal geküßt.

»Nun, wir werden uns darüber die Köpfe zerbrechen, wenn es soweit ist. Im Augenblick bitte ich dich, dich zu setzen, du machst mich ganz nervös. Möchtest du etwas essen? Ich habe die Schwester gebeten, dir ein Sandwich aufzuheben.«

»Ich könnte nichts essen.«

»Hör bitte auf damit. So habe ich dich noch nie gesehen, George. Es war nichts Ernsthaftes, um Gottes willen, nun hör auf, dich so aufzuführen.«

»Marion Hillyard, bitte schreibe mir jetzt nicht vor, was ich zu tun habe. Ich habe zugesehen, wie du dich selbst zerstört hast, über Jahre hinweg, und ich werde das von nun an nicht mehr tun.«

»Du willst aussteigen?« Sie grinste ihm vom Bett her zu. »Ja, du hast recht, warum ziehst du dich nicht vom Geschäft zurück?« Plötzlich amüsierte sie die ganze Szene, aber Augenblicke später lachte sie nicht mehr, sie entdeckte in seinem Gesicht etwas Unbewegliches und Unnachgiebiges.

»Und das ist auch genau das, was ich tun werde, Marion, ich werde mich zurückziehen.«

Nun sah sie, daß er es ernst meinte. Das fehlte ihr gerade noch. »Mach dich doch nicht lächerlich!« Sie setzte sich nervös im Bett auf.

»Ich mache mich nicht lächerlich! Dies ist die erste intelligente Entscheidung seit 20 Jahren. Und weißt du auch, wer sich noch vom Geschäft zurückziehen wird, Marion? Du! Wir ziehen uns beide zurück, und zwar ganz ohne Warnung. Ich habe die Sache mit Michael besprochen, er war so nett, mich zum Flugplatz zu bringen, sagte aber, er könne nicht selber kommen, es täte ihm leid, aber er hätte im Augenblick zu viel zu tun. Er glaubt, daß das eine gute Idee ist, und ich glaube es auch. Wie dem auch sei, niemanden interessiert es, was du davon hältst, Marion – die Entscheidung ist gefallen.«

»Bist du jetzt vollends verrückt geworden?« Sie starrte ihn in dem halbdunklen Raum an. »Was glaubst du, was ich tun soll, wenn ich mich vom Geschäft zurückziehe? Dasitzen und strikken?«

»Ja, das halte ich für eine prächtige Idee, aber erst mal wirst du mich heiraten. Danach werden wir weitersehen, du kannst alles tun, was du magst, *außer* –«, seine Stimme hob sich drohend bei diesem Wort, »arbeiten. Ist das klar, Mrs. Hillyard?«

Sie nickte langsam, mit einem warmen und müden Lächeln und leisem Bedauern im Blick. »Wir hätten das vor Jahren schon tun sollen, George.« Sie wollte noch etwas sagen, aber sie wußte nicht, ob sie das Recht dazu hatte . . . nicht nach dem, was passiert war.

»Ich habe auch schon vor Jahren daran gedacht, aber ich

glaubte nie, daß du mich nehmen würdest, Marion.«

»Das hätte ich wahrscheinlich auch nicht getan, ich war eine solche Idiotin, George.« Sie seufzte und ließ sich in das Kissen fallen. »Ich habe so entsetzlich dumme Dinge in meinem Leben getan.« Plötzlich zeigte ihr Gesicht Schmerz und die Angst des Nachmittags. Er beobachtete sie erstaunt und wußte nicht, ob man ihren Anfall für diesen Schmerz verantwortlich machen konnte.

»Das ist doch ganz dumm, so was zu sagen. Ich kann mich nicht an eine einzige törichte Entscheidung erinnern, die du jemals getroffen hättest in all den Jahren.« Er hielt sanft ihre Hand umschlossen und streichelte sie liebevoll.

Marion setzte sich wieder auf im Bett und betrachtete ihn; ihre Hand in der seinen war kalt und steif.

»Das ist kein Unsinn«, sagte sie, »oder würdest du es Unsinn nennen, wenn man das Leben zweier Menschen zerstört?«

»Lieber Gott, Marion, was redest du da? Wem könntest du das Leben zerstört haben? Ich glaube, daß dieser Anfall heute nachmittag dich doch mehr durchgerüttelt hat, als du annimmst.«

»Was mich durchgerüttelt hat, das ist die Wahrheit, der ich heute nachmittag ins Gesicht geblickt habe.« Sie sprach in einem Ton, den er noch nie von ihr gehört hatte. Er betrachtete sie und sah, daß ihr die Tränen über die Wangen liefen. Er wollte sie umarmen und sie trösten, aber er verstand, daß sie ihm wirklich etwas ganz Wichtiges mitteilen mußte. Konnte es sein, daß sie all diese Jahre eine Affäre mit einem anderen gehabt hatte? Die Idee schockierte ihn, aber er hätte es verwinden können, das wußte er, denn er liebte sie. Er hatte sie immer geliebt. Er hatte viel zu lange auf diesen Augenblick gewartet, um ihn sich jetzt verderben zu lassen.

»Was ist los, Marion?«

»Ich habe das Mädchen getroffen.«

»Welches Mädchen?« Um Gottes willen, wovon sprach sie.

»Das Mädchen, das Michael geliebt hat.« Einen Augenblick verstummte sie und sah ihn an. »Erinnerst du dich an den Abend, bevor Michael seinen Unfall hatte? Er war in die Stadt gekommen, um mich zu sprechen. Als du kamst, ging er weg. Er war wütend. Er war gekommen, um mir mitzuteilen, daß er heiraten wolle. Er wollte dieses Mädchen, von dem ich spreche, heiraten, und ich zeigte ihm . . . nun, ich zeigte ihm den Bericht, den ich über sie hatte anfertigen lassen . . .«

Ihre Stimme wurde für einen Augenblick schwächer, und George runzelte die Stirn. Irgendeine Droge mußte sie verwirrt haben. Es war die einzige Erklärung.

»Marion, meine Liebe, du kannst dieses Mädchen gar nicht gesehen haben. Wie ich mich erinnere ist sie . . . ist sie . . . sie ist gestorben, an einem . . .«

Aber Marion schüttelte ihren Kopf, und ihre Augen ließen die seinen nicht los. »Nein, George, sie ist nicht gestorben. Ich sagte euch, sie sei gestorben, und Wicky hat den Mund gehalten, weil ich ihn darum bat. Aber das Mädchen lebt! Ihr Gesicht wurde durch den Unfall völlig zerstört, das stimmte, alles war kaputt, bis auf ihre Augen.«

George beobachtete sie schweigend und hörte ihr zu. Er hatte ein verwirrte und erledigte Marion vor sich, aber verrückt war diese Frau nicht. Es wurde ihm klar, daß sie die Wahrheit sprach.

»In dieser Nacht bin ich in ihr Zimmer gegangen und habe ihr ein Geschäft vorgeschlagen.«

Er schwieg. Sie schloß ihre Augen, als fühle sie einen Schmerz, und drückte seine Hand.

»Geht es dir gut?«

Sie nickte kurz und öffnete ihre Augen wieder.

»Ja, vielleicht fühle ich mich besser, wenn ich dir alles erzählt habe. Ich habe ihr ein Geschäft vorgeschlagen. Ich sagte ihr, sie könne ein neues Gesicht gegen Michael eintauschen. Man könnte es vielleicht hübscher sagen, aber im Endeffekt war das mein Geschäftsvorschlag. Wicky sagte, er kenne den Chirurgen, der ihr ein neues Gesicht machen könne. Das würde zwar ein Vermögen kosten, aber es wäre möglich. Ich habe ihr davon erzählt und ihr angeboten, die Operation und alles andere, was sie bräuchte, zu bezahlen. Ich habe ihr ein neues Leben angeboten, aber sie mußte mir dafür versprechen, Michael aufzugeben.«

»Und sie hat zugestimmt?«

»Ja.« Das Wort rollte über ihre Lippen wie ein kleiner Stein.

»Dann hat sie ihn ja wohl doch nicht so sehr geliebt, und ich finde es überflüssig von dir, daß du dir Vorwürfe machst. Zum Teufel noch mal, wenn sie sich so sehr geliebt hätten, dann würde doch keiner von beiden die Sache akzeptiert haben.«

»Du verstehst mich nicht ganz, George.« Ihr Ton war eisig, aber ihre Wut richtete sich gegen sie selbst. »Ich war nicht ehrlich mit ihnen, mit keinem von beiden. Michael sagte ich, daß sie tot sei, denn ich wußte genau, daß Michael sich nicht an unsere Abmachungen halten würde. Und deshalb hat sie wohl auch zugestimmt, denn auch sie wußte das. Außerdem hatte sie keine andere Wahl, so wie ich ihr den Fall dargestellt habe. George, du weißt genau, daß Michael nie auf meine Bedingungen eingegangen wäre, wenn er nicht geglaubt hätte, was ich ihm sagte. Er wäre sofort zu ihr geeeilt.«

»Aber in der Zwischenzeit hat er sich von dem Schlag erholt, und vielleicht würden sie einander jetzt gar nicht mehr lieben.« Er versuchte verzweifelt, Balsam auf ihre Wunden aufzutragen, und mußte zugeben, daß die Wunde schlimm aussah.

»Ich weiß, was du sagen willst.« Sie lehnte sich mit einem Seufzer zurück. »Michael ist völlig von seiner Arbeit besessen, nichts bleibt übrig, keine Liebe, keine Zärtlichkeit, keine Zeit, alles wird von der Arbeit verschlungen. Ich weiß das besser als jeder andere Mensch. Und sie . . .«, schmerzhaft fiel ihr der Nachmittag ein, »sie ist ein exquisites Wesen, elegant, schön und bitterböse und voller Haß – sie wären ein nettes Paar.«

»Und du glaubst, du bist an allem schuld?«

»Nun, da du weißt, was ich dir gesagt habe, mußt du das ja auch glauben.« Obwohl sie versuchte, es zu verhindern, füllten sich ihre Augen wieder mit Tränen. »Es war falsch von mir, mich zwischen sie zu drängen, George, ich weiß das jetzt.«

»Aber dieser Schaden kann repariert werden, und in der Zwischenzeit hast du dem Mädchen ein neues Leben geschenkt, ein in vielem auch besseres Leben.«

»Sie haßt mich dafür.«

»Dann muß sie eine Närrin sein.«

Marion schüttelte den Kopf. »Nein, sie hat recht. Ich hatte keinerlei Legitimation, zu tun, was ich tat. Und wenn ich nur ein bißchen Mut hätte, würde ich Michael alles erzählen.«

Aber George hoffte, obwohl er ihr beipflichten mußte, daß sie es nicht tun würde. Michaels Zorn würde sie zerstören. Ihr Sohn würde nie mehr das für sie fühlen, was er heute empfand.

»Sag es ihm nicht, Liebling. Es wäre verkehrt, das zu tun.«

Marion bemerkte die Angst in seinen Augen und lächelte ihm zu.

»Sorg dich nicht, so tapfer bin ich nicht, aber er wird es herausfinden. Es wird die Zeit kommen. Ich werde zusehen, daß er es erfährt. Er hat ein Recht, es zu erfahren, aber ich hoffe, daß er es von ihr hören wird und sie sich auch wieder lieben. Vielleicht kann er mir dann vergeben.«

»Glaubst du, es gibt eine Chance, daß sie das täte? Meinst du, sie würde ihn wieder lieben?«

»Nein, eigentlich glaube ich das nicht, aber ich muß es darauf ankommen lassen.«

»Großer Gott!«

»Ich habe alles in die Wege geleitet. Jetzt schulde ich den beiden etwas. Vielleicht wird nichts draus, aber versuchen muß ich es.«

»Und du hast die ganze Zeit über Verbindung mit ihr gehabt?«

»Nein, ich habe sie heute zum erstenmal wieder nach all den Jahren gesehen.«

»Jetzt verstehe ich. Und wie ist das zustande gekommen?«

»Ich habe dieses Treffen arrangiert. Ich wußte gar nicht, ob sie es wirklich ist. Ich hatte nur einen Verdacht, und er traf zu.«

»Das muß ja eine feine Begegnung gewesen sein.« Nun verstand er, warum sie einen Herzanfall erlitten hatte. Es war ein Wunder, daß sie nicht gestorben war.

»Es hätte schlimmer werden können.« Ihre Stimme wurde weich, und ihre Augen füllten sich wieder mit Tränen. »Es hätte viel schlimmer werden können. Alles, was wirklich passierte, ist, daß ich erkannte, wie falsch ich gehandelt habe. Ich habe sein Leben zerstört und auch das ihre.«

»Hör jetzt auf damit, du hast weder ihres noch seines zerstört. Du hast Michael eine Karriere geschenkt, einen Mann aus ihm gemacht, ihm ein neues Leben gegeben, und ihr hast du etwas beschert, das ihr auch kein anderer hätte geben können.«

»Was denn? Ein gebrochenes Herz? Desillusionen? Verzweiflung?«

»Wenn sie sich so fühlt, wie du sagst, wie steht es dann mit dem neuen Gesicht? Ist sie so undankbar? Und was ist mit dem neuen Leben, mit der ganz neuen Welt, die du ihr eröffnet hast?«

»Ich glaube, diese Welt ist ziemlich leer. Sie stürzt sich in ihre Arbeit. In diesem Sinne gleicht sie Michael sehr.«

»Na, dann bauen sie ja vielleicht etwas zusammen auf. Was geschehen ist, ist geschehen. Du kannst dich nun nicht selber strafen. Du mußt dir vergeben, du hast damals getan, was du für richtig hieltest. Sie sind jung, Liebling, sie haben noch das ganze Leben vor sich. Wenn sie das vergeuden, ist es ihre eigene Schuld. Für uns beide ist auch wichtig, daß wir unser Leben nicht vergeuden.« Er beugte sich über sie, und vom Bett aus hob sie die Arme zu ihm auf. Er drückte sie an sich und fühlte die Wärme ihres Körpers in seinen Armen. Er sagte: »Ich liebe dich, mein Engel, es tut mir leid, daß du all die schrecklichen Dinge allein durchstehen mußtest. Du hättest es mir vor zwei Jahren schon beichten sollen.«

»Nein, du hättest mich dafür gehaßt.« Ihre Stimme war gedämpft, weil sie ihr Gesicht an seine Schulter geschmiegt hielt; sie schluchzte.

»Niemals, niemals, nicht damals und nicht jetzt hätte ich dich gehaßt. Ich könnte nie etwas anderes tun als dich lieben, und ich respektiere dich dafür, daß du es mir jetzt gesagt hast. Du hättest es ja nicht tun müssen, du hättest es ja weiterhin verbergen können. Ich hätte es nie herausgefunden.«

»Nein, aber ich wollte es dir sagen. Ich mußte wissen, was du davon hältst.«

»Ich glaube, diese ganze Geschichte ist entsetzlich für dich gewesen, mein Liebling. Wir können aber jetzt nichts mehr tun. Die

Sache ist geschehen, und du mußt sie aus deinem Herzen, aus deinen Gedanken und aus deinem Gewissen verbannen. Es ist alles vorbei, hörst du, und wir haben ein neues Leben vor uns. Wir werden heiraten und fortziehen. Wir werden unser eigenes Leben leben. Sie müssen ihr eigenes Leben bewältigen.«

»Habe ich wirklich ein Recht, das zu tun?« Wie jung sie aussah, als sie zu ihm aufblickte.

»Ja, meine Liebe, ja, das hast du.« Und dann küßte er sie, erst sanft und dann hungrig. Zum Teufel mit Michael und dem Mädchen und der ganzen Geschichte. Er wollte Marion haben, er sehnte sich nach ihr, mit ihren guten und ihren schlechten Seiten, mit ihrer Skrupellosigkeit und allem anderen. »Und jetzt werden wir das alles vergessen. Du wirst schlafen, morgen ist ein neuer Tag. Wir werden uns zusammen hinsetzen und über die Hochzeit sprechen. Wir werden vernünftige Dinge tun und überlegen, was du zur Hochzeit anziehen wirst und welche Blumen wir bestellen werden. Haben wir uns verstanden?«

Sie lachte. »George Calloway, ich liebe dich.«

»Und das ist auch gut so, denn wenn du mich nicht lieben würdest, würde ich dich trotzdem heiraten. Jetzt kann mich nichts mehr daran hindern. Habe ich mich klar genug ausgedrückt?«

»Ja, Sir.« Sie strahlten einander an, als die Schwester endlich den Kopf zur Tür hereinstreckte. Es war ein Uhr morgens, und sie hatte keine Lust mehr, den Besuch noch länger bei der Kranken zu dulden. George verabschiedete sich mit einem zärtlichen Kuß von Marion und streichelte noch einmal ihre Hand. Mit einem Lächeln, das strahlend in seinem Gesicht stand, verließ er den Raum. In ihrem Bett lag Marion und fühlte sich unglaublich erleichtert. Dann sah sie auf die Uhr und beschloß, Michael anzurufen. Vielleicht konnte sie jetzt schon damit anfangen, die Sache wieder ins reine zu bringen. Zum Teufel mit dem Zeitunterschied, sie konnte keine Minute verschwenden. Keiner konnte eine Minute verschwenden. Im dunklen Zimmer wählte sie die Nummer seines Appartements in New York. Nach viermaligem Läuten antwortete er mit verschlafener Stimme.

»Liebling, ich bin's.«

»Mutter? Ist alles okay?« Rasch knipste er das Licht an und bemühte sich, wach zu werden.

»Es geht mir glänzend, ich muß dir etwas mitteilen. Ich habe dieses Mädchen getroffen.«

»Was für ein Mädchen?« Er wußte nicht, wovon sie sprach. Der Tag war lang und anstrengend gewesen, er hatte drei Konferenzen gehabt, dazu war die Nachricht gekommen, daß seine Mutter einen Herzanfall erlitten hatte und allein in San Francisco lag.

»Die Fotografin, Michael.«

»Ach die, na und?«

»Wir müssen sie für uns gewinnen.«

»Ach wirklich?«

»Ja, unbedingt, und zwar mußt du das machen.«

»Du bist verrückt geworden, Mutter, ich habe so schrecklich viel zu tun. Laß Ben die Sache in die Hand nehmen.«

»Nein, der kommt nicht zu Rande mit ihr. Sie ist eine junge Frau mit viel Stil, Eleganz, Intelligenz und Charakter. Sie ist nicht daran gewöhnt, mit Untergebenen zu verhandeln.«

»Das klingt, als wäre sie eine gräßliche Person.«

»*Du* bist eine gräßliche Person! Jetzt hör mir mal gut zu. Es ist mir gleich, wie du sie für uns angehst. Mach ihr den Hof, schmeichle ihr, gewinne sie, flieg her, führ sie zum Essen aus, setz deinen ganzen Charme ein, sie ist es wert. Ich möchte, daß sie für uns arbeitet, du mußt es für mich tun.« Nun flehte sie geradezu und mußte über sich selbst lächeln. Sie ließ wirklich alle Minen springen.

»Gut, ich mach's, ich mach's, okay.«

»Ich nehme dich beim Wort.«

»Herr des Himmels, okay, bist du nun zufrieden, kann ich vielleicht jetzt weiterschlafen?«

»Ja, aber ich möchte, daß du die Sache augenblicklich in Angriff nimmst.«

»Wie war doch gleich ihr Name?«

»Adamson, Marie Adamson.«

»Fein, ich kümmere mich morgen darum.«

»Sehr gut, Liebling, und ... vielen Dank.«

»Gute Nacht, du verrückte, alte Fledermaus.«

Sie legten beide auf, und Marion Hillyard fühlte sich endlich etwas friedlicher. Vielleicht klappte die Sache. Vielleicht war es noch nicht zu spät. Zwei Jahre hatten ihren Preis gefordert, von beiden, das war ihr klar, aber sie wußte sich keinen anderen Rat. Nein, das stimmte nicht, sie hätte ihm die Wahrheit sagen können. Mit einem kleinen Seufzer schlief sie ein.

24

George küßte sie zärtlich auf den Mund, und eine sanfte Musik ertönte. Marion hatte drei Musiker engagiert, die im Hochzeitszimmer ihres Appartements spielten. An die 70 Gäste waren geladen, und man hatte das Eßzimmer ausgeräumt, um Tanzfläche zu gewinnen. In der Bibliothek war das kalte Buffet hergerichtet. Ein wunderbarer Tag! Ein später Februartag mit klarer, kalter Luft, ein Tag, an dem New York besonders schön war. Marion hatte sich vollständig von ihrem Herzanfall in San Francisco erholt, und George sah überglücklich aus. Michael küßte seine Mutter auf beide Backen, und sie stellte sich zwischen Mann und Sohn den Fotografen des *Times Magazine*. Sie trug ein Kleid aus champagnerfarbenen Spitzen, das bis zum Boden reichte. George und Michael steckten in gestreiften Hosen und schwarzen Jacken. In Georges Knopfloch prangte eine weiße Nelke, in Michaels eine rote, die Braut aber trug an der Brust ein Gesteck aus zartbeigen Orchideen, die zusammen mit den Blumendekorationen des Raumes aus Kalifornien eingeflogen worden waren. Ihr Privatdekorateur hatte dafür gesorgt, daß alles stimmte.

»Mrs. Calloway?« Michael bot ihr den Arm und führte sie zum Buffet. Sie lachte wie ein kleines Mädchen. Der neue Name amüsierte sie. Michael freute sich für sie und für George. Sie hatten vor, zwei Monate in Europa zu verbringen. Michael konnte gar nicht glauben, wie vernünftig seine Mutter sich betragen hatte, als es darum ging, aus dem Geschäft auszuscheiden. Michael war nun der Präsident des Cotter-Hillyard-Unternehmens. George und Marion hatten die Zügel in seine Hände gelegt. Er mußte zugeben, daß er sich großartig fühlte. Nun war er Präsident ... mit 27. Er hatte es geschafft, auf das Titelblatt der *Times* zu kommen, auch das machte ihn stolz.

»Du siehst großartig und elegant aus, Liebling.« Seine Mutter strahlte ihn an, und sie schritten zur Bibliothek. Der Raum war voller Blumen, auf den Tischen waren Speisen ausgelegt, und an den Wänden standen Dienstboten.

»Auch du siehst bezaubernd aus, und das Haus ist wunderschön.«

»Sehr hübsch, nicht wahr, gesfällt es dir?« Wie jung sie aussah, als sie so neben ihm herging, sich von ihm abwandte, einen Gast begrüßte und ein paar letzte Anweisungen an die Dienstboten gab. Sie war völlig in ihrem Element.

»Sie sehen sehr zufrieden aus, Mr. Hillyard.« Eine weiche, vertraute Stimme drang an Michaels Ohr, und als er sich umsah, bemerkte er Wendy, die neben ihn getreten war. Nun machte es sie nicht mehr verlegen, mit ihm zu sprechen. Sie trug den Solitär am Hals, den Ben ihr zur Verlobung geschenkt hatte. Nächsten Sommer wollten sie heiraten, Michael war als Trauzeuge vorgesehen.

»Sie sieht entzückend aus, findest du nicht?«

Wendy nickte und lächelte ihm zu. Sie hatte ihn nie ganz verstanden, aber das kümmerte sie nun gar nicht mehr. Sie hatte Ben. Ben machte sie glücklicher als jeder andere Mann in ihrem Leben.

»Was geht hier vor? Versuchst du, mir die Braut zu stehlen, alter Junge?« Ben war hinter ihnen aufgetaucht und jonglierte mit drei Champagnergläsern. »Hier, das ist für euch beide. Übrigens, Mike, ich habe mich direkt in deine Mutter verliebt.«

»Zu spät, ich habe sie diesen Morgen einem anderen Mann gegeben.«

Ben schnippte mit den Fingern, als wolle er damit das Geräusch des Verlustes ausdrücken, und alle lachten. Die Musik begann im

Speisezimmer zu spielen.

»Hoppla, ich glaube, damit bin ich gemeint. Der Sohn erhält den ersten Tanz, und dann kann George sie mir ja aus den Armen nehmen. Emily Poste sagt immer ...«

Ben lachte ihn an, gab ihm einen Stoß, und er verschwand durch die Tür, um seiner Pflicht nachzukommen.

»Heute sieht er richtig glücklich aus«, sagte Wendy leise, als Mike gegangen war.

»Ich glaube, heute ist er zur Abwechslung auch wirklich richtig glücklich.« Ben schlürfte gedankenvoll seinen Champagner. »Du siehst aber heute auch glücklich aus.«

»Dank dir bin ich immer glücklich. Übrigens, was wird denn nun mit dem Mädchen aus San Francisco? Mit der Fotografin? Ich wollte dich schon ein paarmal fragen und habe es immer vergessen.«

»Mike hat gesagt, er kümmere sich um die Sache.«

»Hat er denn überhaupt Zeit für so was?«

»Natürlich nicht, aber er muß! Du kennst doch Mike. Er fliegt nächste Woche hin, doch das ist nicht der einzige Grund. Er hat noch tausend andere Sachen dort zu erledigen.«

Nein, dachte Wendy, ich kenne Mike nicht, niemand kennt ihn, außer vielleicht Ben, aber manchmal frage ich mich, ob Ben ihn wirklich so gut kennt, wie er sagt. Früher vielleicht, aber heute kaum mehr.

»Wie wär's mit einem Tänzchen, meine Dame?« Ben stellte sein Champagnerglas ab, legte den Arm um sie und führte sie auf die Tanzfläche.

Aber sie hatten soeben mit ihrem Tanz begonnen, als Michael sich zu ihnen gesellte und versuchte, sich zwischen sie zu drängen. »Jetzt bin ich dran.«

»Nichts da, nichts da, wir haben gerade angefangen. Ich dachte, du tanzt mit deiner Mutter.«

»Sie servierte mich ab, als George um diesen Tanz bat.«

»Wie vernünftig von ihr.«

Die drei stießen sich gegenseitig auf der Tanzfläche hin und her, und Wendy fing an zu lachen. Sie sah, wie die beiden Männer miteinander rangelten, und es war ihr, als könne sie den Ben und den Michael von damals sehen. Bei solchen Gelegenheiten mußten sie sich früher wohl ähnlich betragen haben.

»Hör mal, Avery, hau jetzt ab, ich möchte mit deiner Verlobten tanzen, schau, daß du weiterkommst!«

»Und wenn ich nicht mag?«

»Na gut, dann tanze ich mit euch beiden, und dann wirft Mutter uns raus.«

Wendy grinste wieder. Sie waren wie zwei kleine Buben, die versuchten, auf einer braven Geburtstagsparty ungezogen zu sein. Als die beiden anfangen wollten, gemeinsam das Lied von dem »Mädchen of Rhode Island« zu singen, griff sie ein. »Hört mal zu, ihr beiden, ich weiß schon, daß ihr glaubt, mit zwei Männern macht es doppelten Spaß, aber ich muß euch leider sagen, daß ihr mir beide immerzu auf die Füße tretet. Warum gehen wir nicht rüber und holen uns ein Stückchen Hochzeitskuchen?«

Ben und Michael tauschten einen Blick und nickten gleichzeitig. Artig nahm jeder einen von Wendys Armen, und gemeinsam führten sie sie über den Tanzboden. Über ihren Kopf weg zwinkerte Michael Ben zu. »Süßes Mädel, aber ich glaube, sie hinkt. Hast du bemerkt, wie sie tanzt? Meine Schuhe kann ich praktisch wegschmeißen.«

»Na, da solltest du meine sehen«, antwortete Ben laut über Wendys Schulter. Das Mädchen stieß beide mit den Ellenbogen an.

»Hört mal zu, ihr scheußlichen Kerle, wollt ihr vielleicht *meine* Schuhe mal sehen? Von meinen schmerzenden Füßen will ich gar nicht sprechen. Es ist eine Tortur, mit zwei Betrunkenen zu tanzen.«

»Betrunkenen?« Ben betrachtete sie äußerst strafend, und Michael fing an zu lachen und nahm die drei Teller mit dem Hochzeitskuchen von der Serviererin entgegen. Sogleich fing er an, mit den Tellern zu jonglieren, und ließ sie beinahe fallen.

»Kümmere dich doch nicht um sie. Der Kuchen sieht herrlich aus.« Michael reichte jedem einen Teller, und sie fanden eine Säule, an die sie sich lehnen und von der aus sie die anderen beobachten konnten, während sie aßen. Witwen in grauen Spitzenkleidern, junge Mädchen in rosa Chiffon, Kaskaden von Perlen und eine Sammlung von glitzernden Kleinodien boten sich ihren Blicken.

»Herr des Himmels, stell dir nur vor, wenn wir uns mit all den Klunkern aus dem Staub machen würden.« Michael lächelte bei dieser Idee lüstern.

»Mann, daran hab' ich noch nicht gedacht. Das hätten wir schon vor Jahren tun sollen. Weißt du noch, an der Uni, als wir nie Geld hatten.« Sie nickten einander wissend zu.

Wendy beobachtete sie mit einem argwöhnischen Lächeln. »Ich weiß gar nicht, ob ich euch beide allein lassen kann. Ich müßte mir nämlich mal die Nase pudern.«

»Keine Sorge, ich habe ein wachsames Auge auf ihn, Wendy.«

Michael zwinkerte ihr zu und goß sich ein weiteres Glas Champagner hinunter. Wendy hatte ihn so noch nicht erlebt, aber er gefiel ihr. Ben hatte recht gehabt, er war am Ende doch ein menschliches Wesen. Es freute sie, ihn so lustig und beschwipst zu sehen.

»Ich glaube nicht, daß einer von euch eine Sekunde seine Schielaugen geraderichten und auf den anderen achten könnte.«

»Ach, geh du mal schön auf den Topf, Wendy, wir sind toll in Form.«

Die beiden nahmen sich zwei weitere Gläser Champagner, und Michael prostete Ben zu, während dieser seiner Verlobten nachblickte und sagte: »Sie ist ein fabelhaftes Mädchen, Mike, und ich bin wahnsinnig froh, daß du nicht sauer warst, als ich dir von uns . . . also, als ich dir's sagte.«

»Wieso sollte ich sauer gewesen sein? Sie paßt haargenau zu dir, außerdem bin ich viel zu beschäftigt für derlei Sachen.«

»Wart's nur ab, das wird sich ändern.«

»Mag sein, ich glaub's aber nicht.« Doch zum erstenmal sah er bei diesem Satz nicht grimmig aus. Er blickte über den Rand seines Champagnerglases, grinste seinem Freund zu, hob das Glas und sagte: »Wir trinken jetzt auf uns beide.«

25

Das Flugzeug setzte sanft auf der Landebahn in San Francisco auf, und Michael schnappte seinen Diplomatenkoffer zu. In der kommenden Woche hatte er einiges zu erledigen. Er mußte sich mit Medizinern treffen, Konferenzen abhalten, Baustellen besuchen, Architekten organisieren und Leute, Pläne und Ansprüche kontrollieren. Er hatte einen Kalender voller Termine und dann ... die verdammte Fotografin, die hatte ihm gerade noch gefehlt. Er fragte sich, wie er bei alldem noch Zeit dazu finden sollte, mit ihr zu verhandeln, aber er wußte jetzt schon, daß er es tun würde. Er schaffte es immer. Vielleicht würde er aufhören zu essen und zu schlafen, aber seine Arbeit würde er tun. Er nahm seinen Regenmantel vom Haken und legte ihn über den Arm, dann folgte er den anderen Passagieren der 1. Klasse zum Ausgang. Er fühlte, wie das Auge der Stewardeß auf ihm ruhte, aber daran war er gewöhnt, er ignorierte sie. Das Mädchen interessierte ihn nicht, außerdem hatte er keine Zeit für Flirts. Er sah auf seine Uhr. Er wußte, daß ein Wagen am Flugplatz auf ihn wartete. Nun war es halb drei nachmittags, er hatte bereits einen vollen Arbeitstag in seinem New Yorker Büro hinter sich und mußte nun eine etwa vierstündige Konferenz hier in San Francisco absolvieren. Am nächsten Morgen würde ihm schon parallel zum Frühstück um sieben Uhr wieder eine Konferenz blühen. So teilte er sich sein Leben ein, so gefiel es ihm. Alles, was ihn wirklich betraf, war seine Arbeit, außerdem noch ein paar Menschen, von denen zwei jetzt gerade glücklich auf Mallorca saßen und von denen einer bei Wendy in guten Händen war. Alles war unter Kontrolle, auch er selbst. Jetzt galt es, das Medizinische Zentrum aus dem Boden zu stampfen, und das lief besser, als alle geglaubt hatten. Man war ungeheuer erfolgreich gewesen in den letzten Monaten. Er lächelte in sich hinein, als er durch die Flughafenhalle schritt. Dieses Projekt war sein Baby, und es gedieh prächtig.

»Mr. Hillyard?« Der Fahrer hatte ihn sofort erkannt. »Der Wagen steht dort drüben.«

Michael lehnte sich in seinen Sitz zurück, während der Chauffeur aus dem Chaos im Gepäckraum seine Koffer herausangelte. Wie schön war es, wieder in San Francisco zu sein. Er hatte New York an einem eisigen Märztag verlassen und landete nun an diesem milden Frühlingsnachmittag, der typisch für San Francisco war, am Pazifik. Um ihn herum fingen die Bäume an, grün und üppig zu werden; in New York war alles noch grau und ohne Saft. Es würde noch einen Monat dauern, bis die Parks auch dort zu grünen begannen. In New York war es eine lange Zeit, die man auf den Frühling warten mußte, und immer glaubte man, er würde diesmal nicht Einzug halten. Und dann, wenn man es aufgegeben hatte, zeigten sich ganz plötzlich an einem schönen Morgen die ersten Knospen an den Bäumen, und mit den Knospen kam neue Hoffnung in die Menschen zurück.

Michael hatte vergessen, wie angenehm der Frühling war. Er hatte einfach keine Zeit gehabt. Der Fahrer brachte ihn geradewegs in sein Hotel, wo ein kleinerer Angestellter der Kompanie schon eine Suite für ihn gemietet und die Konferenzräume bereitgestellt hatte. Er hatte zwei Suiten gemietet, eine zum Wohnen, die andere für Konferenzen. Wenn es nötig war, würde er in beiden gleichzeitig Zusammenkünfte arrangieren können. Es war neun Uhr abends, als er für heute seine Arbeit beendet hatte. Müde bat er telefonisch darum, ihm ein Steak auf sein Zimmer zu bringen. In New York war es Mitternacht, er war fix und fertig, aber die Besprechung mit den Mitarbeitern war äußerst fruchtbar gewesen, und er fühlte sich zufrieden. Er lehnte sich auf der Couch zurück, lockerte seine Krawatte und legte seine Füße auf den Beistelltisch. Dann schloß er die Augen. Plötzlich war ihm, als höre er in dem stillen Raum die kräftige Stimme seiner Mutter: »Hast du das Mädchen angerufen?« O Gott, diese Worte bohrten sich in sein Ohr, sie standen in dem Raum, in dem noch der Rauch der soeben gerauchten Zigaretten hing, und in dem es noch nach dem Whisky der Konferenzteilnehmer roch. Aber dieses Mädchen . . . nun, gut, warum sollte er sie nicht anrufen? Er hatte Zeit, während er auf sein Steak wartete. Vielleicht hielt ihn das davon ab, sofort einzuschlafen. Entschlossen griff er nach seiner Brieftasche, fand die Nummer und wählte dort, wo er saß. Das Telefon läutete dreimal, ehe jemand antwortete.

»Hallo?«

»Guten Abend, Miss Adamson, hier spricht Michael Hillyard.«

Sie fühlte, wie sie nach Luft rang, und versuchte, so gut sie konnte, ihre Atmung zu kontrollieren.

»Ich verstehe. Sind Sie in San Francisco, Mr. Hillyard?« Ihre Stimme klang brüsk und abgehackt, fast wütend – vielleicht hatte er sie zu einer ungelegenen Zeit angerufen, vielleicht hatte sie es nicht gern, wenn man sie zu Hause anläutete. Aber eigentlich war ihm das alles egal.

»Ja, das bin ich, Miss Adamson, und ich wüßte gern, wann wir uns treffen könnten. Wir haben einiges zu besprechen.«

»Nein, wir haben überhaupt nichts zu besprechen. Ich dachte, ich hätte mich bereits Ihrer Mutter gegenüber klar genug ausgedrückt.« Sie zitterte nun am ganzen Körper, ihre Hand krampfte sich um den Hörer.

»Vielleicht hat sie mir die Sache nicht richtig geschildert.« Nun war er genauso verklemmt wie sie. »Sie hatte nach dem Treffen mit Ihnen eine kleine Herzattacke. Ich bin sicher, daß das nichts mit Ihrem Treffen zu tun hatte, aber sie hat mir nicht allzu viel über ihr Gespräch mit Ihnen berichtet. Unter diesen Umständen verstehen Sie das vielleicht.«

»Ja.« Marie schien zu stocken. »Es tut mir leid, das zu hören. Geht es ihr besser?«

»Ja, viel besser, das kann man wohl sagen.« Michael grinste. »Sie hat geheiratet, letzte Woche. Jetzt ist sie auf Hochzeitsreise in Europa.«

Wie entzückend, das Mistvieh, erst ruiniert sie mein Leben und dann geht sie auf Hochzeitsreise. Marie wollte mit den Zähnen knirschen, wollte den Hörer auf die Gabel werfen.

»Aber das hat mit uns hier nichts zu tun. Wann können wir uns treffen?« fuhr Michael fort.

»Ich sagte Ihnen doch schon, wir werden uns nicht treffen.« Sie spuckte die Worte geradezu in die Muschel, und er schloß seine

Augen. Er war einfach zu müde, um sich noch mit ihr herumzustreiten.

»Gut, verstanden, jedenfalls wohne ich im Fairmont, und wenn Sie die Meinung ändern, rufen Sie mich an.«

»Das werde ich nicht tun.«

»Danke.«

»Guten Abend, Mr. Hillyard.«

»Guten Abend, Miss Adamson.«

Sie war verblüfft, wie schnell er die Unterhaltung beendet hatte. Das schien wirklich nicht der Michael zu sein, den sie kannte. Seine Stimme hatte müde und ausgefranst geklungen, so, als wäre ihm alles egal. Was war ihm in den letzten zwei Jahren zugestoßen? Sie saß neben dem Telefon und dachte lange nach, ehe sie aufstand.

26

»Liebling, du siehst so traurig aus, stimmt irgendwas nicht?« Peter warf Marie über den Mittagstisch einen besorgten Blick zu, aber sie schüttelte den Kopf und spielte mit ihrem Weinglas.

»Es ist nichts. Ich denke nur an eine neue Serie, die ich fotografieren will. Ich möchte morgen damit anfangen. Du weißt doch, wie viele Gedanken ich mir über meine Arbeit mache.«

Aber sie log, und das wußten beide. Seit Michael am vergangenen Abend angerufen hatte, fühlte sie sich wieder völlig zurückgeworfen in die Vergangenheit. Sie konnte an nichts anderes denken als an jenen letzten gemeinsamen Tag, als sie Rad gefahren waren, als sie den Jahrmarkt besucht, die blauen Perlen gewonnen und sie am Strand vergraben hatten. Später hatte sie das weiße Kleid und das blaue Satincape angelegt und mit Michael durchbrennen und ihn heiraten wollen. Dann erinnerte sie sich an die Stimme seiner Mutter, als sie blind und bandagiert auf dem Bett des Krankenhauses lag. Es war, als liefe vor ihren Augen ein Stummfilm ab, den sie nicht stoppen konnte. Sie war hilflos.

»Liebling, was hast du nur?«

»Gar nichts, wirklich, glaub mir. Es tut mir leid, daß ich heute so eine schlechte Gesellschafterin bin. Vielleicht bin ich auch nur müde.«

Peter hatte aber den Blick ihrer Augen gesehen und das Runzeln ihrer Stirn; er wußte, daß etwas nicht stimmte.

»Hast du Faye in letzter Zeit getroffen?«

»Nein, ich will sie seit meiner Ausstellung immer zum Essen einladen, und dann finde ich doch nie die Zeit dazu.« Sie lächelte schuldbewußt. »Ich verbringe meine Tage in der Dunkelkammer, oder aber ich renne mit meinen Kameras in der Stadt herum.«

»Ich sprach jetzt nicht von deiner Freundin Faye, sondern von deiner Psychotherapeutin Faye.«

»Nein, ich war nicht mehr dort, das habe ich dir doch gesagt. Wir haben die Behandlung vor Weihnachten beendet.«

»Du hast mir nie verraten, ob das deine eigene Entscheidung war oder die ihre.«

»Die meine, aber auch Faye fand sie richtig.« Marie fühlte sich verletzt, offenbar glaubte er, daß sie weiter zur Psychotherapeutin gehen sollte. »Ich bin einfach müde, Peter, das ist alles.«

»Da bin ich mir nicht so sicher. Manchmal glaube ich, daß du noch immer von den Eindrücken der letzten zwei Jahre verfolgt wirst«, erwiderte er behutsam und beobachtete ihr Gesicht. Als er sah, daß sie zusammenzuckte, runzelte er sorgenvoll die Stirn.

»Sei doch nicht albern, Peter.«

»Das wäre vollkommen normal, Marie. Es gibt Menschen, die von sehr dramatischen Ereignissen über Jahre hin gequält werden. Du hast ein dramatisches Erlebnis gehabt, du hast es durchlitten, und selbst wenn du nach dem Unfall ohnmächtig warst, haben Teile von dir dieses Erlebnis gespeichert. Du kannst es nur ausscheiden, wenn du dich davon befreist.«

»Das habe ich getan, und ich bin frei davon.«

»Das kannst du wirklich nur selbst beurteilen. Aber ich möchte, daß das ganz sicher ist, denn sonst beeinflußt diese Sache auf subtile Weise den Rest deines Lebens. Es wird dich beschneiden und deine Möglichkeiten nicht zum Tragen kommen lassen.

Nun, ich brauche wohl nicht weiter darüber zu sprechen. Denke bitte mal darüber nach. Vielleicht wäre es besser, wenn du mit Faye noch eine Weile arbeiten würdest. Schaden könnte es jedenfalls nicht.«

»Es ist nicht nötig.« Ihr Mund wurde hart, und Peter tätschelte ihre Hand. Aber er entschuldigte sich nicht dafür, daß er von der Sache angefangen hatte. Ihr Aussehen heute gefiel ihm gar nicht.

»Okay, wollen wir aufbrechen?« Er lächelte ihr zärtlich zu, und sie versuchte, ihm das Lächeln zurückzugeben, aber im Endeffekt hatte er recht, das wußte sie. Sie war nach dem Gespräch mit Michael von der Vergangenheit überrollt worden.

Peter beglich die Rechnung und half ihr in ihren marineblauen Samtblazer, den sie über der hauchdünnen weißen Seidenbluse und dem weißen Carachelrock trug. Sie war stets makellos gekleidet, und Peter zeigte sich gerne mit ihr in der Öffentlichkeit.

»Soll ich dich nach Hause fahren?«

»Nein, ich glaube, ich schau' kurz bei der Galerie vorbei. Ich muß etwas mit Jacques besprechen. Ich möchte, daß ein paar Arbeiten woanders hingehängt werden. Ich glaube, daß die frühen Arbeiten zuviel Platz einnehmen. Ich werde sie gegen neue austauschen.«

»Das klingt vernünftig.« Er legte den Arm um ihre Schulter, und zusammen traten sie hinaus in die Frühlingssonne. Der Morgennebel hatte sich verzogen, und der Tag war klar und warm. Ein Parkwächter brachte den schwarzen Porsche, und Peter hielt Marie die Tür auf, als sie hineinschlüpfte. Sie glättete ihren Rock und lächelte ihm zu, als er am Steuer Platz nahm. Sie wußte nun, wieviel sie ihm bedeutete, und fragte sich manchmal, ob er sie so sehr liebte, weil er sie erschaffen hatte, oder aber, weil sie für ihn nicht ganz zu greifen war. Sie hatte oft ein schlechtes Gewissen, weil sie nicht freier mit ihm war. Trotz der Zuneigung, die sie für ihn fühlte, blieb immer ein Schatten zwischen ihnen. Das war ihre Schuld, und sie wußte es. Aber vielleicht hatte er recht, vielleicht würde sie immer von diesem Unfall verfolgt werden. Vielleicht sollte sie wirklich noch einmal mit Faye an der Sache arbeiten.

»Du bist ja nicht gerade gesprächig heute, mein Schatz. Denkst du immer noch an deine neuen Projekte?«

Sie nickte mit verlegenem Lächeln und streichelte ihm dann mit zarter Hand den Nacken. »Manchmal frage ich mich, wie du mich aushalten kannst.«

»Ich bin glücklich, dich überhaupt zu haben. Du bedeutest mir sehr viel, Marie. Ich hoffe, du weißt das auch genau.«

Aber warum nur? Das hätte sie manchmal gern gewußt. Glich sie der anderen Frau, die er geliebt hatte? Hatte er sie nach deren Bild geformt? Das war ein grausiger Gedanke.

Sie lehnte sich zurück und schloß für Momente die Augen. Sie versuchte sich zu entspannen, aber schon öffnete sie die Augen wieder, als sie fühlte, wie Peter das Steuer herumriß und der Wagen schleuderte. Sie sah einen roten Jaguar, der seitlich auf den schwarzen Porsche zuschoß. Der Fahrer war einem Lastwagen ausgewichen, der in der zweiten Spur parkte. Der Kühler des Jaguars näherte sich Maries Fenster und wäre um ein Haar mit dem Porsche zusammengestoßen. Ihre Augen wurden rund vor Entsetzen, sie war viel zu erschreckt, um einen Ton von sich zu geben. Aber schon war der gefährliche Augenblick verstrichen. Peter hatte seinen Porsche geschickt an dem Jaguar vorbeimanövriert, der nicht daran dachte, anzuhalten, sondern in der entgegengesetzten Richtung davonraste und ein Rotlicht überfuhr. Marie saß wie festgefroren auf ihrem Sitz und klammerte sich ans Armaturenbrett. Ihre Augen starrten aus dem Fenster, ihre Kiefer bebten. Tränen schossen ihr aus den Augen, etwas, das vor 24 Monaten passiert war, kreiste wie rasend in ihrem Kopf. Peter begriff sogleich, was neben ihm geschah, hielt das Auto an und versuchte, das bebende Mädchen in seine Arme zu ziehen. Aber sie war zu steif, um sich zu bewegen, und als er sie berührte, füllte sich das Wageninnere plötzlich mit ihren Schreien. Sie schrie laut und mit sich überschlagender Stimme aus den Tiefen ihrer Seele, und er mußte sie schütteln und an sich drücken, um sie zu beruhigen.

»Ist ja alles in Ordnung, Liebling, ist ja alles gut, ist ja vorbei. Nichts dergleichen wird je wieder geschehen, es ist alles vorüber.«

Ihr Schreien ließ nach, und sie fing an, verzweifelt zu schluchzen. Ihr ganzer Körper bebte, als sie sich schlaff gegen ihn fallen ließ und er sie in seinen Armen hielt. Es dauerte fast eine halbe Stunde, ehe er sie beruhigen konnte und sie sich erschöpft in ihren Sitz zurücklehnte. Eine Zeitlang beobachtete er sie schweigend und streichelte nur Gesicht und Haar, hielt ihre Hand und gab ihr das Gefühl, daß sie in Sicherheit war. Aber er war von dem, was er gesehen hatte, tief beunruhigt. Das Ganze bewies ihm das, was er immer schon gewußt hatte. Als sie endlich aufhörte, zu zittern und still vor sich hin blickte, sagte er leise, aber mit fester Stimme: »Du mußt wieder zu Faye zurück. Es ist noch nicht alles vorüber. Und es wird auch nicht vorbeigehen, wenn du dem Problem nicht ins Gesicht blickst und es damit heilst.«

Aber wieviel konnte sie noch ertragen? Und würde die Sache heilen? Konnte man sie von der Liebe zu Michael heilen? Und wie sollte das geschehen? Wie konnte sie Peter sagen, daß sie am Telefon mit Michael gesprochen hatte und daß der Wunsch in ihr übermächtig wurde, ihn zu umarmen, zu küssen und seine Hände auf sich zu fühlen? Wie konnte sie? Also betrachtete sie ihn mit traurigen und müden Augen und nickte stumm.

»Soll ich dich nach Hause bringen?« Seine Stimme klang jetzt weicher. Sie nickte.

»Ich werde mir das, was du gesagt hast, durch den Kopf gehen lassen.« Sie hatte nicht die Kraft, die Galerie zu besuchen, und bis sie ihr Haus erreichten, sprach keiner mehr ein Wort.

»Soll ich dich hinaufbringen?«

Aber sie schüttelte nur den Kopf und küßte ihn auf die Wange.

Die einzigen Worte, die sie ihm sagte, als sie aus dem Auto stieg, waren: »Ich danke dir.« Sie sah sich nicht um, als sie die Treppe hinaufstieg und in der Tür verschwand. Sie ging langsam, denn sie fühlte die Bürde von 22 einsamen Monaten schwer auf ihren Schultern lasten. Wenn doch Michael nie angerufen hätte. All der Schmerz kehrte nun zurück. Und wozu? Was hatte das für einen Sinn? Ihm war sicher alles egal, er wollte ihre Fotografien, nun, der gemeine Kerl sollte die Arbeiten von jemand anderem kaufen und sie in Ruhe lassen.

Sie sperrte ihre Wohnung auf und ging sofort zu Bett. Fred sprang um ihre Füße und hüpfte auf ihr Bett, aber sie hatte keine Lust, mit ihm zu spielen, und jagte ihn aus dem Schlafzimmer. Sie lag eine lange Zeit still da und starrte an die Decke. Sie dachte daran, Faye anzurufen, aber auch darin sah sie keinen Sinn. Sie war gerade dabei, in einen unruhigen Schlummer zu fallen, als das Telefon klingelte und sie zusammenfuhr. Sie sträubte sich, den Hörer abzuheben, aber vielleicht war es Peter, der fragen wollte, ob es ihr gut ginge, und sie sah keinen Grund, ihm Sorgen zu bereiten. Langsam streckte sie die Hand nach dem Telefon aus.

»Hallo?« sagte sie mit leiser und gebrochener Stimme.

»Miss Adamson?« Großer Gott, das war nicht Peter, das war ...

Sie kniff die Augen zusammen, um die Tränen zurückzuhalten, und ein nicht endenwollender Seufzer ließ ihren Körper erbeben.

»Um Himmels willen, Michael, laß mich in Ruhe!«

Sie legte auf, und am anderen Ende starrte Michael verblüfft vor sich hin. Er war völlig verwirrt. Was sollte das alles? Wieso hatte ihn dieses Mädchen Michael genannt?

27

Am nächsten Morgen wirkte Marie bleich und müde, als sie mit Fred in die Galerie kam. Sie trug einen schwarzen Hosenanzug, dazu einen giftgrünen Pullover, der ihre Blässe voll zur Geltung brachte. Nach der langen, schlaflosen Nacht wirkte sie abgespannt. Sie hatte in dieser Nacht immer und immer wieder den Unfall mit Michael durchdacht und hatte das Gefühl, als ob sie nie mehr damit aufhören könnte. An diesem Morgen hatte sie von sich den Eindruck, sie sei schon 100 Jahre alt.

»Mein Schatz, du siehst überarbeitet aus.« Jacques lächelte ihr hinter seinem Schreibtisch zu. Er trug seine Standarduniform, ein Paar hautenger Blue jeans, die man in Frankreich für ihn geschneidert hatte, und einen schwarzen Rollkragenpullover, darüber eine Wildlederjacke von Yves Saint Laurent. An ihm sah diese Kombination hinreißend aus. »Oder bleibst du mit deinem Lieblingsdoktor allzu lange wach, mein Engel?« Er war ein alter Freund von Peter und mochte Marie sehr gerne.

Sie lächelte zur Antwort und nahm ein Schlückchen von dem Kaffee, den er ihr reichte. Es war starker, schwarzer Kaffee, den er auf französische Weise gefiltert hatte. Bei Jacques gab es nie anderen Kaffee als französischen. Er brachte ihn in Blechbüchsen aus Frankreich mit, dazu noch tausend andere Küchenzutaten, Gewürze, Speisen, ohne die er in Amerika nicht hätte leben können. Marie zog ihn gern mit seinen extravaganten Geschmacksrichtungen und seinem Chauvinismus auf. Sie hatte ihm einmal Toilettenpapier mit dem aufgedruckten Zeichen »Gucci« geschenkt, dann die Aktentasche von Hermès, die mehr seinen Stil traf. Aber der Witz mit dem Toilettenpapier hatte ihm gefallen.

»Nein, ich habe nicht gesündigt, wenn du das denkst. Vielleicht bin ich zu lange in der Dunkelkammer gewesen.«

»Verrücktes Mädel! Eine Frau wie du sollte ausgehen und wirklich sündigen.«

»Später. Nachdem ich mein Ziel erreicht habe.« Sie fing an, ihm ihr neues Projekt zu erläutern, eine Serie von Straßenaufnahmen von San Francisco, und er nickte beeindruckt.

»Ca me plait, Marie. Ich mag es, das gefällt mir, okay, mach das, sobald du kannst.« Soeben wollte er sie nach Details fragen, als jemand an die Tür seines Büros klopfte. Seine Sekretärin winkte ihn heraus und legte einen Finger auf den Mund.

»Aha! Wahrscheinlich eines von deinen Mädchen.« Marie gefiel es, ihn zu necken, und er grinste und zuckte mit den Schultern, als er um seinen Schreibtisch herumging und sich auf eine geflüsterte Unterhaltung mit seiner Sekretärin an der Tür einließ. Das Mädchen teilte ihm leise etwas mit und nickte dann. Jacques wirkte ungeheuer geschmeichelt und zufrieden. Er kam zurück zu seinem Schreibtisch, nachdem er noch einmal zustimmend genickt hatte, setzte sich und sah Marie an, als ob er ihr sogleich ein unheimlich schönes Geschenk machen wolle.

»Ich habe eine Überraschung für dich, Marie.« Als er das sagte, hörten sie jemanden an die Tür klopfen. »Eine sehr wichtige Persönlichkeit ist an deiner Arbeit interessiert.« Die Tür öffnete sich, bevor Marie Zeit genug hatte, das zu verdauen, und ehe sie sich's versah, stand ihr Michael gegenüber. Sie rang nach Luft und fühlte, wie die Tasse mit dampfendem, schwarzem Kaffee in ihrer Hand zitterte. Er sah gut aus in seinem dunkelblauen Anzug.

Marie setzte ihre Kaffeetasse ab und ergriff seine Hand, die er ihr entgegenstreckte. Er war von ihrer Haltung beeindruckt. Es schien ihm schier unmöglich, daß dies das Mädchen war, das letzte Nacht mit bebender Stimme ihn am Telefon gebeten hatte, sie in Ruhe zu lassen. Offenbar hat sie Probleme, wahrscheinlich mit Männern, dachte er, oder vielleicht war sie betrunken, das weiß man bei Künstlerinnen nie so genau. In seinem Gesicht aber zeigte sich keiner dieser Gedanken, und auch ihr Gesicht zeigte nichts von ihrer Verzweiflung.

»Sie wissen gar nicht, wie froh ich bin, Sie endlich kennenzulernen. Sie haben mich ganz schön herumgejagt, Miss Adamson. Aber natürlich sollte eine begabte Künsterlin wie Sie das Recht dazu haben.«

Er lächelte ihr milde zu, und sie blickte weg zu Jacques, der hinter seinem Schreibtisch stand und Michael die Hand entgegenstreckte.

Man konnte sehen, daß Jacques von dem Interesse, das Cotter-Hillyard an Maries Arbeit zeigte, unglaublich beeindruckt war. Michael hatte der Sekretärin gegenüber ziemlich deutlich geäußert, daß sein Interesse professioneller Natur sei. Er hatte gesagt, er wünsche Arbeiten der Künstlerin für ein großes Projekt seiner Firma zu erwerben, für das größte Projekt, an dem sie je gearbeitet hatten, und Jacques war überwältigt. Er konnte es kaum erwarten, es Marie mitzuteilen. Dieses prächtige Angebot würde sie aus ihrer kühlen Reserve locken, das wußte er. Aber nun sah sie gänzlich ungerührt aus, als sie Michael gegenüberstand. Sie setzte sich behutsam in ihren Sessel und entzog Michael ihren Blick. Ein kleines, kaltes Lächeln spielte um ihre Lippen.

»Darf ich zur Sache kommen und Ihnen beiden erklären, was wir vorhaben«, begann Michael.

»Natürlich.« Jacques winkte der Sekretärin, und die schenkte Michael Kaffee ein. Dann lehnte er sich zurück und lauschte, wie Michael sein Projekt bis ins kleinste Detail erläuterte und beschrieb, wie er sich Maries Mitarbeit vorstellte. Das war ein Angebot, für das jeder Künstler mit Freuden gestorben wäre, aber am Ende der Rede schien Marie unbewegt. Sie wandte sich Michael zu: »Ich fürchte, meine Antwort ist noch immer nein, Mr. Hillyard.«

»Oh, Sie haben bereits darüber diskutiert?« Jacques sah verwirrt aus, und Michael erklärte die Sachlage hastig: »Einer meiner Mitarbeiter, meine Mutter und ich haben Miss Adamson in ihrer Wohnung angerufen. Wir haben unser Projekt erwähnt, aber nur kurz, und sie hat uns eine abschlägige Antwort erteilt. Ich hoffte nun, sie hier für uns zu gewinnen.«

Jacques sah aus wie vom Donner gerührt. Marie aber schüttelte den Kopf. »Es tut mir leid, ich kann es nicht machen.«

»Aber warum denn nicht?« Jacques rief dies, er war dabei, den Verstand zu verlieren.

»Weil ich es nicht mag.«

»Dürften wir wenigstens die Gründe für Ihre Ablehnung erfahren?« Michaels Stimme war glatt und klang anders als früher, etwas von seinem Wissen um die Macht, die er besaß, schwang darin, und Marie stellte irritiert fest, daß sie diese neue Seite an ihm schätzte. Trotzdem konnte das ihre Meinung nicht ändern.

»Sie können mich eine emotionale Künstlerin nennen, wenn Sie so wollen. Sie können von mir denken, was Ihnen gefällt, aber die Antwort bleibt ›nein‹, und daran wird sich nichts ändern.«

Sie betrachtete die beiden Männer und erhob sich. Sie schüttelte Michael die Hand und sagte: »Vielen Dank für Ihr Interesse. Ich bin sicher, Sie finden das Geeignete für Ihr Projekt. Vielleicht kann Ihnen Jacques jemanden empfehlen. Es gibt fabelhafte Fotografen, die mit dieser Galerie zusammenarbeiten.«

»Aber wir wollen nur mit Ihnen arbeiten.« Nun zeigte sich sein

Dickkopf, aber Marie wollte diese Schlacht nicht verlieren; sie hatte schon viel zuviel verloren.

»Das ist unvernünftig von Ihnen, Mr. Hillyard, und auch etwas kindisch. Ich werde nicht mit Ihnen arbeiten. So einfach ist das.«

Ohne ein weiteres Wort trat sie zur Tür.

»Wollen Sie sich's wenigstens noch einmal durch den Kopf gehen lassen?«

Zögernd blieb sie in der Tür stehen, aber dann schüttelte sie erneut den Kopf, und als sie mit dem kleinen Hund hinausging, hörten sie das Wort »nein«. Michael versäumte es, sich von dem verblüfften Galeriebesitzer, der noch immer hinter seinem Schreibtisch saß, zu verabschieden, und rannte dieser Verrückten nach. Er rief: »Warten Sie!«

Er wußte selbst nicht, was er tat, aber irgend etwas trieb ihn dazu. Auf dem Gehsteig holte er sie ein und lief neben ihr her. »Darf ich Sie ein Stückchen begleiten?«

»Wenn Sie wollen, aber es hat keinen Sinn.« Sie blickte geradeaus und sah ihn nicht an.

»Warum tun Sie das alles? Ich sehe keinen Sinn darin. Ist es eine persönliche Sache? Haben Sie irgend etwas über unsere Firma gehört, irgendeine schlechte Erfahrung mit uns gemacht? Oder hat es mit mir zu tun?«

»Was es auch ist, es ist gleichgültig.«

»Nein, es ist nicht gleichgültig, verdammt noch mal, es ist für mich wichtig.« Er hielt sie am Arm fest und brachte sie zum Stehen. »Ich habe ein Recht, es zu erfahren.«

»Haben Sie das?«

Beide schienen eine Ewigkeit einander gegenüberzustehen, endlich gab sie nach: »Gut, es ist eine persönliche Sache.«

»Wenigstens weiß ich jetzt, daß Sie nicht verrückt sind.«

Sie lachte und betrachtete ihn amüsiert. »Woher wissen Sie das, vielleicht bin ich's.«

»Unglücklicherweise glaube ich's nicht. Ich glaube, Sie hassen Cotter-Hillyard, oder Sie hassen mich, eins von beiden.«

Das war eine närrische Idee, weder er noch seine Firma hatten je eine schlechte Presse gehabt. Sie hatten sich nie auf zwielichtige

Projekte eingelassen oder zweifelhafte Geschäfte mit der Regierung betrieben. Es gab keinen Grund für diese Person hier, sich so zu benehmen. Vielleicht hatte sie im hiesigen Büro eine Affäre mit jemandem gehabt und war auf diesen Menschen böse. So etwas mußte es sein, denn sonst ergab ihr Verhalten keinen Sinn.

»Ich hasse Sie nicht, Mr. Hillyard.« Sie hatte lange gewartet, ehe sie diesen Satz aussprach. Sie gingen jetzt weiter.

»Na, dann bin ich aber heilfroh.« Er lächelte. Zum erstenmal sah er wieder aus wie ein Junge: wie der Student, der sie neckte, mit dem sie in Bens Appartement saß. Dieser kleine Rückblick in ihre Vergangenheit zerriß ihr das Herz, sie mußte wegsehen.

»Kann ich Sie irgendwo zu einer Tasse Kaffee einladen?«

Sie wollte ablehnen, aber vielleicht war es besser, die Sache hinter sich zu bringen. Vielleicht würde er sie dann endlich in Ruhe lassen.

»Na gut.« Sie schlug ein kleines Café auf der gegenüberliegenden Straßenseite vor, und von Fred umtanzt überquerten sie die Fahrbahn. Sie bestellten, und ohne zu denken, reichte sie ihm zwei Zuckerstücke. Sie wußte, daß er zwei nahm, aber er dankte ihr nur und warf sie in seine Tasse. Für ihn schien nichts Ungewöhnliches daran zu sein, daß sie es wußte.

»Sehen Sie, ich kann es Ihnen nicht erklären, aber irgend etwas an Ihrer Arbeit ist seltsam, es verfolgt mich. Manchmal glaube ich, ich habe Ihre Arbeiten schon früher gekannt. Ich verstehe irgendwie, was Sie meinen, und auch, was Sie sahen, als Sie das Foto machten. Können Sie sich das erklären?«

Ja, sie konnte sich das sehr wohl erklären. Michael hatte immer ihre Arbeit auf wunderbare Weise verstanden. Sie seufzte und nickte: »Ja, ich glaube, ich verstehe es. Meine Arbeiten sollen solche Denkprozesse in Ihnen anregen.«

»Aber da geschieht noch mehr mit mir. Ich kann es nicht erklären, es ist so, als kenne ich die Sache schon. Ich weiß, das klingt verrückt, wenn ich's so sage.«

Aber du kennst mich nicht, nicht wahr? Kennst du diese Augen nicht? Sie merkte, wie gerne sie ihn diese Dinge gefragt hätte, aber so trank sie nur ihren Kaffee und unterhielt sich mit ihm über ihre

Arbeiten.

»Ich habe das entsetzliche Gefühl, daß Sie nicht nachgeben werden, das stimmt doch, oder? Geht es um Geld?«

»Natürlich nicht.«

»Das dachte ich mir.« Mit keinem Wort erwähnte er den unglaublichen Vertrag, den er schon bei sich hatte. Er wußte, daß er ihr nicht helfen konnte, nein, daß er sogar die Sache damit verschlimmern würde, wenn er ihn auf den Tisch legte. »Ich wüßte so gerne, um was es geht?«

»Ach, wissen Sie, ich bin sehr exzentrisch, und das, was jetzt passiert, ist, daß ich nach meiner Vergangenheit schlage.« Entsetzt hörte sie sich selbst diesen ehrlichen Satz sagen, aber er schien ihn hinzunehmen.

»Ähnliches habe ich mir vorgestellt.«

Nun saßen sie beide friedlich da in dem kleinen Café. Aber eine große Traurigkeit lag über diesem Treffen, ein bittersüßes Gefühl, das Michael nicht verstehen konnte.

»Meiner Mutter hat Ihre Arbeit sehr gefallen, dabei ist es nicht leicht, ihr etwas recht zu machen.«

Marie lächelte über die Art seiner Wortwahl. »Nein, das ist es nicht, das habe ich jedenfalls gehört. Sie ist eine eiskalte Geschäftsfrau.«

»Ja, und sie hat die Firma zu dem gemacht, was sie heute ist. Es war ein großes Vergnügen für mich, die Leitung zu übernehmen, so wie man das Steuer eines perfekt erhaltenen Schiffes übernimmt.«

»Was für ein Glück für Sie!« Das klang nun wieder bitter, und abermals verstand Michael nichts. Mit einer kleinen, nervösen Geste betastete er eine winzige Narbe auf seiner Wange, und Marie setzte abrupt ihre Kaffeetasse ab und beobachtete ihn.

»Was ist das?«

»Diese Narbe?«

Sie konnte ihre Augen nicht von ihm wenden. Sie wußte genau, was es war. Es mußte eine Narbe sein von dem . . .

»Das ist nichts, das habe ich schon eine Weile.«

»Sieht aber nicht sehr alt aus.«

»Ein paar Jahre.« Er wirkte verlegen. »Wirklich, es ist gar nichts, ein kleiner Unfall mit ein paar Freunden.«

Er versuchte, das Thema zu wechseln, und Marie hätte ihm am liebsten ihren Kaffee ins Gesicht geschüttet, diesem Schweinehund. Ein kleiner Unfall, vielen Dank, mein Freund, jetzt weiß ich alles, was ich wissen wollte. Sie griff nach ihrer Handtasche, warf ihm einen eisigen Blick zu und erhob sich.

»Vielen Dank für die Einladung, Mr. Hillyard. Ich hoffe, Sie genießen Ihren Aufenthalt in der Stadt.«

»Sie wollen fort? Hab' ich was Falsches gesagt?« Herrgott, sie war wirklich unmöglich, was hatte er denn jetzt wieder verbockt? Und dann merkte er, wie sehr ihn der Blick ihrer Augen faszinierte.

»Ja, Sie haben etwas Falsches gesagt.« Nun war sie über ihre eigenen Worte erschrocken. »Ich habe über Ihren Unfall gelesen, und ich glaube nicht, daß man ihn als kleinen Unfall bezeichnen könnte. Die beiden Freunde, die bei Ihnen waren, haben ganz schön was abgekriegt, soviel habe ich verstanden, aber Ihnen ist das gleichgültig, Michael. Sagen Sie mal, kümmern Sie sich eigentlich überhaupt nur um Ihr verdammtes Geschäft allein?«

»Um Gottes willen, was ist denn mit Ihnen los? Das geht Sie doch alles gar nichts an?«

»Ich bin ein menschliches Wesen, aber Sie sind keines, und das hasse ich an Ihnen.«

»Sind Sie verrückt?«

»Nein, mein Herr, nicht mehr.« Damit drehte sie sich auf dem Absatz um und eilte die Straße hinunter. Michael starrte ihr nach, dann, wie von einer magischen Kraft gezogen, sprang er auf seine Füße und rannte wieder hinter ihr her. Er mußte ihr etwas sagen, er mußte . . . nein, natürlich war es kein kleiner Unfall gewesen, die Frau, die er liebte, war dabei getötet worden, aber was hatte sie für ein Recht, das zu fragen? Es gelang ihm nicht, ihr die Sache noch einmal zu erklären, denn ehe er sie erreicht hatte, verschwand sie in einem Taxi, und die Tür schlug hinter ihr zu.

28

Als Marie am Strand ihr Stativ aufgestellt hatte, sah sie, wie sich ihr plötzlich jemand näherte. Ein Mann, der mit entschlossenen Schritten heranmarschierte, bis sie bemerkte, daß es Michael war, verdammt noch mal! Er lief den Strand entlang, bis er vor ihrem Fotoapparat stehenblieb und ihre Aussicht blockierte.

»Ich habe Ihnen etwas zu sagen.«

»Ich will aber nichts hören.«

»Das ist mir egal, ich werde es Ihnen trotzdem sagen. Sie haben kein Recht, in meinem Privatleben herumzuschnüffeln und mir mitzuteilen, daß ich kein menschliches Wesen bin. Sie kennen mich ja nicht einmal!«

Ihre Worte hatten ihn die ganze Nacht gequält. Er hatte durch ihren Telefondienst erfahren, wo sie sich befand, und wußte selbst nicht genau, warum er hergekommen war. Er hatte nur gespürt, daß er es tun mußte.

»Was für ein Recht haben Sie, mich zu verurteilen, verdammt noch mal?«

»Kein Recht, aber mir gefällt das, was ich sehe, nicht.« Sie war kühl und entfernt, sie wechselte die Linse des Fotoapparats aus.

»Und was genau sehen Sie, wenn ich fragen darf?«

»Eine leere Hülle, einen Mann, der sich um nichts kümmert, der nur seine Arbeit kennt. Einen Mann, den niemand mag, der nichts liebt, der nichts ist.«

»Sie Untier! Was, zum Teufel, wissen Sie über mich, über das, was ich bin und fühle? Glauben Sie, Sie sind allwissend?«

Sie machte einen Schritt um ihn herum und stellte die Kamera ein.

»Verdammt noch mal, hören Sie mir zu!« Er griff nach der Kamera, und sie wich ihm aus. Er merkte, wie er langsam immer wütender wurde.

»Verschwinden Sie endlich aus meinem Leben!« So, wie du in den letzten zwei Jahren verschwunden warst, du gemeiner Kerl, setzte sie in Gedanken hinzu.

»Ich habe in Ihrem Leben nichts verloren, ich will Ihre Arbeit kaufen, mehr will ich nicht. Ich habe es satt, Urteile über meine Person zu hören, über mein Leben oder irgend etwas, was ich tue. Ich möchte ein paar von Ihren beschissenen Fotografien kaufen, mehr nicht, entschuldigen Sie.«

Er war so wütend, daß er beinahe zitterte, aber sie ging nur an ihm vorbei zu der Mappe, die auf einer Decke am Strand lag. Sie öffnete den Reißverschluß, betrachtete die Karteikarten und zog ein Foto heraus, dann trat sie auf ihn zu und reichte ihm das Foto.

»Hier, das ist für Sie, tun Sie damit, was Sie wollen, aber lassen Sie mich zufrieden.«

Ohne ein Wort zu sagen, machte er auf dem Absatz kehrt und ging zurück zu seinem Auto, das er auf der Straße neben dem Strand geparkt hatte.

Sie wandte sich nicht einmal um, um nach ihm zu sehen. Sie arbeitete, bis das Licht nachließ und sie nicht mehr fotografieren konnte. Dann fuhr sie in ihr Appartement zurück, briet sich ein paar Eier, machte Kaffee und verschwand in der Dunkelkammer. Um zwei Uhr morgens taumelte sie ins Bett. Als das Telefon läutete, hob sie nicht ab. Selbst wenn es Peter war, der sie anrief, war ihr das gleichgültig. Sie wollte mit niemandem sprechen, sie wollte morgens um neun wieder an den Strand gehen. Sie hatte ihren Wecker auf acht gestellt und schlief ein, als ihr Kopf das Kissen berührte. Sie hatte sich von etwas befreit, dort unten an der Küste, und nun mußte sie ehrlich mit sich selbst sein. Sie haßte ihn, aber sie hatte ihn wenigstens gesehen, und auf seltsame Weise fühlte sie Erleichterung.

Sie duschte und kleidete sich rasch an, der nächste Morgen war schön und klar. Sie zog sich ihre Arbeitskleidung an, abgetragene Dinge, die sie liebte, trank Kaffee und las die Zeitung. Pünktlich verließ sie das Appartement ein paar Minuten vor neun und dachte schon an die kommende Arbeit, als sie mit Fred die Treppen hinuntereilte. Sie sah auf die Straße hinaus und schnappte nach Luft. Draußen gewahrte sie eine riesige Reklametafel, die auf einem Lastwagen festgemacht war. Der Fahrer war Michael Hillyard. Er lächelte, als er ihr Gesicht beobachtete. Sie fing an zu lachen. Er war wirklich ein verrückter Kerl. Er hatte das Foto, das sie ihm geschenkt hatte, vergrößern lassen und auf eine riesige Reklametafel geklebt. Nun war er damit vor ihre Tür gefahren. In seinem Lastwagen saß er und grinste, stieg dann aus und trat zu ihr. Sie lachte noch immer.

»Wie gefällt es Ihnen?«

»Sie sind wirklich ein Wahnsinniger.«

»Tja, das mag sein, aber es sieht toll aus, nicht? Denken Sie doch nur, Ihre anderen Fotos würden auch so vergrößert und aufgezogen und hingen dann im Medizinischen Zentrum. Was halten Sie davon, das wäre doch eine Spitzensache.« Es war Spitze, das fand sie, aber sie konnte es ihm nicht sagen. Er fuhr fort: »Kommen Sie schon, wir frühstücken jetzt zusammen und reden über meinen Vorschlag.«

An diesem Morgen wollte er sich nicht mit einem Nein abspeisen lassen. Er hatte sich extra den ganzen Vormittag für sie freigenommen. Seine Entschlossenheit rührte und amüsierte sie. Im Augenblick hatte sie keine Lust, erneut zu kämpfen.

»Eigentlich sollte ich nein sagen, aber ich sage ja.«

»Das klingt schon besser. Darf ich Sie in meinem Wagen mitnehmen?«

»In dem Ding?« Sie wies auf das Lastauto und fing wieder an zu lachen.

»Klar, warum denn nicht?«

Also kletterten sie in das Führerhaus des Lastwagens und ratterten hinunter zur Werft beim Fischmarkt, um zu frühstücken. Lastwagen standen dort viele herum, und kein Mensch würde mit diesem riesengroßen Foto sich davonmachen können.

Erstaunlicherweise entwickelte sich das Frühstück sehr angenehm. Beide hatten das Kriegsbeil begraben, bis sie ihren Kaffee ausgetrunken hatten.

»Nun, habe ich Sie überzeugen können?« Er sah sehr selbstzufrieden aus und lächelte ihr über seine Tasse hinweg zu.

»Nein, aber das Frühstück hat mir gefallen.«

»Ich nehme an, ich sollte auch für die kleinen Freundlichkeiten dankbar sein, aber so bin ich nun mal nicht.«

»Na, wie sind Sie denn eigentlich? Sagen Sie das mal in Ihren eigenen Worten.«

»Sie wollen sagen, Sie räumen mir jetzt eine Chance ein, mich selbst zu erklären. Ich darf es selber darstellen, und Sie sagen mir nicht, was Sie von mir halten.« Er neckte sie, aber ein gewisser Ernst stand in seinen Augen. Allzu nahe war sie ihm mit der Bemerkung des gestrigen Tages getreten. »Na gut, ich verrate es Ihnen, irgendwie hatten Sie recht mit dem, was Sie sagten: Ich lebe nur für meine Arbeit.«

»Warum? Gibt es in Ihrem Leben nichts anderes?«

»Nicht wirklich. Die meisten erfolgreichen Menschen leben nur für ihre Arbeit. Es ist einfach kein Raum mehr für etwas anderes.«

»Das ist aber ganz töricht. Man sollte nicht sein Leben gegen den Erfolg im Beruf eintauschen. Es gibt Menschen, die haben beides.«

»Sie zum Beispiel, oder?«

»Nein, nicht wirklich. Aber eines Tages werde ich das erreichen. Jedenfalls weiß ich, daß es möglich ist.«

»Vielleicht haben Sie recht, vielleicht bin ich nicht mehr so stark motiviert wie früher. Mein Leben hat sich in den letzten Jahren völlig gewandelt. Alle Dinge, die ich einmal tun wollte, habe ich nicht getan. Aber . . . ich konnte alles recht hübsch kompensieren.« Zum Beispiel bin ich der Präsident von Cotter-Hillyard geworden, dachte er, aber war zu verlegen, um das zu sagen.

»Ich verstehe, und ich nehme an, Sie sind nicht verheiratet.«

»Nee, nee, kein Interesse daran.«

Wie nett. Na, dann war es ja gut, daß sie nicht geheiratet hatten.

»Das klingt aber recht kategorisch.«

»So soll es auch klingen, jedenfalls im Moment. Und was ist mit Ihnen?«

»Ich bin auch nicht verheiratet.«

»Wissen Sie, Sie verdammen meinen Lebensstil, aber ich glaube, der Ihre unterscheidet sich nicht so sehr von dem meinen. Sie sind auch besessen von Ihrer Arbeit, so wie ich von meiner besessen bin. Sie sind ebenso einsam wie ich und genauso eingeschlossen in Ihrer eigenen kleinen Welt. Warum gehen Sie dann so hart mit mir um? Ich finde das nicht fair.« Seine Stimme war leise, aber man merkte, daß er gekränkt war.

»Es tut mir leid, vielleicht haben Sie auch recht.« Über diesen Punkt war es schwer zu diskutieren. Dann überdachte sie, was er gesagt hatte, und fühlte plötzlich, wie er die Hand auf die ihre legte. Es war, als stoße man ihr ein Messer ins Herz. Mit einem entsetzten Blick zog sie ihre Hand zurück. Er betrachtete sie mit unglücklichen Augen.

»Sie sind eine Frau, die man schwer verstehen kann.«

»Ich glaube, Sie haben recht, aber da gibt es soviel, das man nicht erklären kann.«

»Sie sollten mich ganz einfach mal näher kennenlernen. Ich bin nicht das Monster, für das Sie mich halten.«

»Das weiß ich.« Sie sah ihn an und wollte weinen. Irgendwie war das nun ein Abschied. Wieder mußte sie bemerken, daß sie ihn nicht haben konnte, nur verstand sie es diesmal besser. Vielleicht würde sie jetzt in der Lage sein, sich von ihm zu lösen. Mit einem leisen Seufzer warf sie einen Blick auf die Uhr. »Jetzt muß ich aber arbeiten.«

»Bin ich Ihrer positiven Entscheidung ein ganz kleines Stückchen nähergekommen?«

»Ich fürchte, nein.«

Er haßte den Gedanken, aber nun wußte er, daß er aufgeben würde. Er hatte gespürt, daß sie ihre Meinung nicht ändern würde. All seine Anstrengungen waren im Sand verlaufen. Sie war eine zähe Person, aber sie gefiel ihm. Es überraschte ihn, wie sehr sie ihm gefiel, wenn sie ein bißchen aus sich herausging. In ihr war eine Sanftheit, eine Freundlichkeit, die ihn anzog. In diesem Maße hatte ihn niemand angezogen in den letzten zwei Jahren.

»Glauben Sie vielleicht, Marie, ich könnte Sie dazu überreden, mit mir essen zu gehen? Ich dachte an eine Art Trostpreis, da unser Geschäft nicht zustande kam.«

Sie lachte leise, sah ihm ins Gesicht und tätschelte seine Hand.

»Das würde mir auch Spaß machen, ja, das machen wir irgendwann mal, nur jetzt nicht. Ich muß heute noch die Stadt verlassen.«

Verdammt, diese Runde ging wieder an sie, dachte er. »Wo wollen Sie hin?«

»Ich habe persönliche Geschäfte zu erledigen.« Sie hatte sich dazu entschlossen, in der letzten halben Stunde war es ihr klar geworden, nun wußte sie, was zu tun war. Es hatte keinen Sinn, die Vergangenheit zu begraben, sie mußte sie ausgraben, das war es, irgendwie hatte Peter recht gehabt, und nun verstand sie ihn. Sie müßte die Wunde heilen, hatte er gesagt.

»Ich rufe Sie an, wenn ich wieder in San Francisco bin, und hoffe, daß ich dann mehr Glück bei Ihnen habe«, erklärte Michael.

Vielleicht, vielleicht aber bin ich dann schon die Frau Peter Gregsons. Vielleicht ist die Wunde dann verheilt, und das alles macht mir nichts mehr aus, überhaupt nichts mehr.

Schweigend wanderten sie zurück zum Lastwagen, und er setzte sie vor ihrem Appartement ab. Sie sagte wenig, als sie sich von ihm verabschiedete, dankte ihm für das Frühstück, schüttelte seine Hand und wandte sich der Treppe zu ihrem Haus zu. Er hatte verloren, und als er sie gehen sah, überkam ihn eine überwältigende Traurigkeit. Es war ihm, als habe er etwas ganz Spezielles verloren. Er wußte nicht was. War es ein Geschäft, eine Frau, einen Freund oder irgend etwas anderes, er konnte es nicht sagen. Er legte den Gang ein und fuhr grimmig durch Pacific Heights und den Berg hinauf zu seinem Hotel.

Marie rief, in ihrer Wohnung angekommen, sofort Peter Gregson an.

»Heute abend? Aber Liebling, ich hab' hier eine Konferenz.« Er war nervös und schien in Eile zu sein.

»Dann komm nach der Konferenz. Es ist wichtig, ich verreise morgen.«

»Wohin? Für wie lange?«

»Das sage ich dir alles heute abend.«

»Na gut. Ich komme so gegen elf, aber ich finde das närrisch,

Marie. Kann die Sache nicht warten?«

»Nein.« Die Sache hatte zwei Jahre gewartet, und es war närrisch gewesen, sie so lange warten zu lassen.

»Gut, dann sehe ich dich heute abend.« Er legte auf, sie rief am Flugplatz an, reservierte ein Ticket und sprach dann mit dem Tierheim, um Fred unterzubringen.

29

Marie hatte Glück gehabt. Am Nachmittag hatte ein Patient seine Sitzung bei Faye abgesagt, und nun saß sie dafür in dem vertrauten, gemütlichen Raum, den sie seit Monaten nicht mehr gesehen hatte. Sie lehnte sich auf der Couch zurück und streckte ihre Beine aus. Diese Bewegung war ihr zur lieben Gewohnheit geworden. Ihr Blick ruhte auf ihren Füßen in den zarten Riemchenschuhen. Ihre Gedanken waren weit gewandert, und sie hörte nicht, wie Faye das Zimmer betrat.

»Meditierst du oder bist du eingeschlafen?«

Marie lächelte und blickte auf. Faye nahm ihr gegenüber Platz und sagte: »Na?«

»Ich dachte nur gerade, wie schön es ist, dich wiederzusehen.« Marie war wirklich überrascht, wie angenehm sie es empfand, wieder hier zu sein. Es war, als käme sie nach Hause, als kröche sie zurück in die alte, geliebte Höhle. In diesem Raum hatte sie schöne Stunden verlebt und auch schwierige, daran erinnerte sie sich.

»Sollte ich jetzt sagen, daß du fabelhaft aussiehst, oder kannst du's bereits nicht mehr hören?« Faye strahlte, und Marie lachte.

»Ich werde nie müde, es zu hören, aber ich nehme an, du möchtest wissen, warum ich hier bin.« Ihr Gesicht wurde plötzlich ernst, und sie sah der Frau, die ihr gegenübersaß, in die Augen.

»Ich gebe zu, daß mich diese Frage beschäftigt hat.«

»Ich habe Michael gesehen«, sagte Marie.

»Er hat dich gefunden?« Faye schien erstaunt und äußerst beeindruckt.

»Ja und nein. Er hat Marie Adamson gefunden, mehr weiß er nicht. Einer von seinen Angestellten hat mich verfolgt. Cotter-Hillyard baut hier ein Medizinisches Zentrum, und sie wollen meine Fotos als Dekors verwenden.«

»Das ist aber äußerst schmeichelhaft, Marie, wie?«

»Ach, es ist mir verdammt egal, Faye. Es ist mir gleichgültig, was er von meiner Arbeit denkt.« Aber das stimmte nicht, die Wärme seines Lobes hatte ihr sehr wohlgetan, und es gab ihr eine gewisse Befriedigung, zu wissen, daß sie seine Aufmerksamkeit durch ihre Arbeiten erregt hatte. »Wie dem auch sei, seine Mutter war vor einer Weile hier, und ich sagte ihr dasselbe, was ich ihm sagte. Nein, ich bin nicht interessiert. Ich werde ihnen nichts verkaufen. Ich werde nicht mit ihnen arbeiten. Schluß!«

»Und sie verfolgen dich weiter mit ihrem Ansinnen?«

»Wie verrückt!«

»Mädchen, du mußt dich doch gut fühlen. Weiß irgend jemand von ihnen, wer du bist?«

»Ben hat es nicht gemerkt, aber Michaels Mutter. Ich glaube, deshalb wollte sie sich auch mit mir treffen.« Nancy schwieg und starrte auf ihre Füße. Sie dachte zurück an jenen Nachmittag im Hotel, als sie Marion begegnet war.

»Was für ein Gefühl hattest du dabei?«

»Es war furchtbar. Alles, was sie mir angetan hat, fiel mir wieder ein. Ich haßte sie!« Merkwürdigerweise klang aber ihre Stimme nicht mehr nach Haß, und das konnte Faye hören.

»Und wie ist es bei ihr? Lehnt sie dich immer noch ab?«

»Ich bin dessen nicht sicher, aber ich glaube, sie ist jetzt krank. Sie schien mir verändert, sie sah fast traurig aus über das, was sie getan hatte. Nun, ich habe das Gefühl, Michael ist in diesen letzten Jahren nicht übermäßig glücklich gewesen.«

»Und wie hast du dich dabei gefühlt, als dir das klar wurde?«

»Erleichtert.« Sie sagte das mit einem kleinen Seufzer. »Und dann habe ich natürlich begriffen, daß es ganz gleichgültig ist, wie er sich gefühlt hat. Für uns ist alles vorbei, Faye, all diese Sachen sind vor Jahren passiert. Wir sind jetzt andere Menschen geworden. Bestehen bleibt die Tatsache, daß er nicht zu mir kam. Sicher würde er sich nicht so verrenken, um meine Arbeiten zu kaufen, wenn er wüßte, wer ich wirklich bin oder wer ich wirklich war. Entscheidend ist im übrigen für mich, daß er nicht mehr der Michael ist, den ich kannte.«

»Und woher weißt du das?«

»Ich habe mit ihm gesprochen. Er ist hart, kalt und zäh geworden. Es kann zwar sein, daß irgend etwas von dem alten Michael noch in ihm ist, aber da ist viel Neues dazugekommen.«

»Was für einen Schmerz empfindest du jetzt? Verlust, Enttäuschung, Trauer?«

»Nein, Faye. Was hältst du von Betrogenwerden, Verlassenwerden von einem Mann, von einem Feigling? Das sind doch Realitäten, oder nicht?«

»Ich weiß nicht so genau. Sind sie das? Fühlst du das immer noch, wenn du ihn siehst?«

»Ja.« Nun klang ihre Stimme kalt wie Eis. »Ich hasse ihn!«

»Nun, dann bedeutet er dir ja noch immer sehr viel.«

Marie wollte es abstreiten, schwieg aber, und Tränen füllten ihre Augen. Lange Zeit blickte sie Faye ohne ein Wort zu sagen an.

»Nancy, liebst du ihn noch?« Faye benützte den alten Namen mit Absicht.

Das Mädchen seufzte tief und ließ ihren Kopf zurückfallen auf die Couchlehne, ehe sie antwortete. Sie schaute zur Decke und sagte: »Vielleicht liebt Nancy ihn noch, aber von der ist nicht mehr viel übrig. Marie liebt ihn nicht, ich lebe jetzt ein neues Leben, und ich kann es mir nicht leisten, ihn zu lieben.« Sie betrachtete Faye traurig.

»Warum nicht?«

»Weil er mich nicht liebt, weil das keine Realität ist, weil ich ihn jetzt vergessen muß, total, völlig, verstehst du? Das weiß ich, das habe ich begriffen, deshalb bin ich heute hergekommen, um an deiner Schulter zu weinen, weil ich fühle, daß ich Michael noch immer liebe. Ich mußte das irgend jemandem sagen. Mit Peter kann ich nicht darüber sprechen, das würde ihn zu sehr betrüben, aber ich mußte es loswerden.«

»Ich bin froh, daß du gekommen bist, Marie, aber ich glaube nicht, daß du nun einfach beschließen kannst, was zu tun ist. So einfach ist die Sache nicht. Du kannst nicht glauben, daß du die ganze Geschichte so einfach von dir abnabeln kannst.«

»In Wahrheit hat sich's vor Jahren selbst abgenabelt, nur, ich hab's nicht losgelassen, bis heute nicht, ich hab' mir immer eingeredet, daß ich es getan hätte, aber das stimmte nicht. Und deshalb . . .« Sie setzte sich gerade auf und betrachtete Faye ernsthaft. »Morgen fliege ich nach Boston, ich habe dort zu tun.«

»Was hast du dort zu tun?«

»Ich will die Sache endgültig abschließen. Dort gibt es Dinge, die ich noch nicht beendet habe, etwas, das Michael und ich gemeinsam hinterlassen haben. Ich habe am Strand ein kleines Denkmal von uns hinterlassen, denn ich habe immer gedacht, daß er zurückkommt. Nun werde ich zurückkommen und alles erledigen.«

»Glaubst du wirklich, daß du schon soweit bist, das zu tun?«

»Ja.« Nun wirkte sie selbstsicher.

»Und willst du das auch wirklich tun?«

»Ja.«

»Möchtest du nicht Michael sagen, wer du bist, oder besser, wer du warst, und warten, was passiert?«

Marie schauderte es. »Niemals! Das ist vorbei, für immer vorbei, und außerdem«, sie seufzte wieder und betrachtete ihre Hände, »das wäre doch nicht fair gegen Peter?«

»Du mußt nur daran denken, fair gegen Marie zu sein.«

»Das ist auch der Grund, warum ich nach Boston fliege. Ich denke, daß ich nach dieser Tat frei bin, um mich ganz Peter zu widmen. Er ist so ein netter Mensch, Faye, und er hat soviel für mich getan.«

»Aber du liebst ihn nicht.«

Es war erschreckend, jemand anders diese Worte aussprechen zu hören. Marie schüttelte sofort den Kopf. »Nein, das stimmt nicht, ich liebe ihn.«

»Und warum hast du dann Probleme mit dem Engagement?«

»Michael hat immer zwischen uns gestanden.«

»Du machst es dir zu leicht, Marie, du willst wegrennen.«

»Das stimmt nicht.« Eine lange Zeit schwieg sie, dann sagte sie: »Etwas hat mich immer davon abgehalten. Ein Teil von mir ist . . . ist nicht da. Ich glaube, ich habe mich selbst daran gehindert, wirklich ganz da zu sein. Irgendwie habe ich noch immer auf Michael gewartet, und irgendwie hat sich das nicht richtig . . . ich weiß nicht, ich finde, das ist nicht in Ordnung, Faye, vielleicht bin ich ganz einfach so.«

»Warum glaubst du, daß es nicht richtig ist?«

»Nun, manchmal denke ich, daß Peter mich gar nicht kennt. Er kennt mich, Marie Adamson, weil ich der Mensch bin, den er erschaffen hat. Aber er kennt nicht den Menschen, der ich einmal war, er kennt nicht die Dinge, die mich bewegten und die mir wichtig waren vor dem Unfall.«

»Aber das könntest du ihn doch lehren, Marie, oder?«

»Vielleicht, doch ich weiß gar nicht genau, ob er das will. Ich habe das Gefühl, er liebt mich, aber nicht um meiner selbst willen.«

»Nun, es gibt noch viele andere Männer, das weißt du.«

»Ja, aber er ist so ein guter Mann, und ich sehe keinen Grund, warum wir es nicht zusammen schaffen sollten.«

»Ihr werdet es nicht schaffen, es sei denn, du liebst ihn.«

»Aber das tu ich ja!« Sie war nun sehr erregt.

»Dann entspann dich und laß die Probleme ihren eigenen Lauf nehmen. Du kannst wieder zu mir kommen und mit mir darüber sprechen. Jetzt wollen wir uns aber erst einmal mit deinen Gefühlen Michael gegenüber beschäftigen.«

»Ich möchte einfach diese Reise nach Boston hinter mich bringen, und dann werde ich frei sein.«

»Gut, dann fahre, und wenn du zurückkommst, wollen wir miteinander sprechen. Klingt das gut?«

»Sehr gut.« Irgendwo war sie erleichtert, wieder mit Faye zu sprechen.

Nach diesem Satz warf Faye einen bedauernden Blick auf ihre

Armbanduhr und erhob sich. Eineinhalb Stunden waren vergangen, und in einer weiteren Stunde mußte sie ihre Vorlesung in der Universität halten.

»Wenn du wieder zurück bist, rufst du mich an, und wir machen einen Termin aus.«

»Ich lasse sofort von mir hören.«

»Also schön. Und sei gut zu dir. Quäle dich nicht mit der Vergangenheit. Wenn du Probleme hast, rufst du mich an.«

Es war tröstlich zu wissen, daß sie Faye anrufen konnte. Als sie das Sprechzimmer verließ, fühlte sie sich gut. Diese Unterhaltung war dazu geeignet, ihr das Gespräch mit Peter zu erleichtern, das wußte sie. Es würde ihr gelingen, ihm ihre Entscheidung verständlich zu machen.

30

»Boston? Aber warum denn nach Boston, Marie? Ich verstehe das nicht.« Peter sah plötzlich müde und irritiert aus, das geschah bei ihm selten. Er hatte einen langen Tag und eine ermüdende Konferenz hinter sich, und nun mußte er sich auch noch mit diesem neuen Medizinischen Zentrum auseinandersetzen. Am Morgen hatte er sich mit den Architekten getroffen, und er fragte sich noch immer, wieso ausgerechnet er Mitglied des Komitees sein mußte? Er wußte mit seiner Zeit weiß Gott Besseres anzufangen. »Ich finde, es ist ganz närrisch, diese Reise zu unternehmen.«

»Das finde ich nicht. Ich *muß*, verstehst du? Ich bin jetzt soweit. Die Vergangenheit ist vorbei. Vollkommen.«

»Ja, so vollkommen, daß du neulich, als wir fast einen Unfall hatten, eine Stunde lang hysterisch warst. Nichts ist vorbei!«

»Liebling, du sollst mir vertrauen. Ich muß diese Angelegenheit, die einzige, die ich noch nicht bereinigt habe, zu einem Ende bringen. Dann werde ich frei sein, und übermorgen bin ich wieder bei dir.«

»Das ist Wahnsinn!«

»Nein, das ist es nicht.« Ihre Stimme war so ruhig und fest, daß er nicht zu antworten wagte. Mit einem müden Seufzer lehnte er sich auf dem Sofa zurück. Vielleicht wußte sie nun wirklich, was sie tat.

»Na schön, ich verstehe dich zwar nicht und hoffe nur, daß du weißt, was du tust. Wird's dir denn dort gut gehen?«

»Jawohl, es wird mir gut gehen, vertrau mir.«

»Das tu' ich doch, Liebling, daran liegt es nicht. Ich traue dir. Es ist etwas anderes . . . ich weiß nicht, ich könnte es nicht beschreiben, ich will nicht, daß man dir weh tut. Darf ich dich eine vollkommen irrsinnige Sache fragen?«

O Gott, sie hatte gehofft, er würde ihr nicht *diese* Frage stellen, nicht jetzt schon. Aber er dachte an etwas ganz anderes und beobachtete sie einen Augenblick sorgfältig, ehe er sagte: »Darf ich?«

»Schieß los!« Sie wartete, wie man auf eine Operation wartet.

»Wußtest du, daß Michael Hillyard in der Stadt ist?«

»Ja.« Sie betrachtete ihn mit einem seltsam ruhigen Blick.

»Hast du ihn getroffen?«

»Ja, er kam in die Galerie und wollte mich für sein neues Projekt unter Vertrag nehmen. Ich habe abgelehnt.«

»Wußte er, wer du bist?«

»Nein.«

»Warum hast du es ihm nicht gesagt?«

Nun wäre der Zeitpunkt da gewesen, ihm über das Geschäft mit Michaels Mutter zu berichten, aber es schien ihr zu spät zu sein. Jetzt bedeutete all das nichts mehr. »Das hätte nichts an der Sache geändert. Die Vergangenheit ist Vergangenheit.«

»Bist du dir da so sicher?«

»Ja, und deshalb will ich nach Boston reisen.«

»Dann bin ich beruhigt.« Doch er warf ihr einen sorgenvollen Blick zu. »Hat diese Reise irgendwas mit Hillyard zu tun?« Aber er wußte selbst, daß das nicht sein konnte, denn er hatte am nächsten Morgen eine Verabredung mit Michael Hillyard.

Marie schüttelte entschieden den Kopf. »Nein, jedenfalls nicht so, wie du meinst. Es hat etwas mit der Vergangenheit zu tun, Peter, es betrifft aber nur mich allein, und mehr will ich darüber nicht sagen.«

»Ich respektiere das.«

»Vielen Dank.«

An diesem Abend hätte er Lust gehabt, mit ihr zu schlafen, aber er unterdrückte seinen Wunsch. Statt dessen gab er ihr einen sanften Kuß und verließ leise die Wohnung. Er fühlte, daß sie mit sich allein sein wollte.

Sie verbrachte eine friedliche Nacht und fühlte sich noch immer ganz ruhig, als sie am nächsten Morgen Fred im Tierheim abgab. Sie wußte genau, was sie tun wollte und warum sie es tun wollte – sie wußte, daß sie recht hatte.

Am Flugplatz hatte sie viel Zeit. Sie stieg ins Flugzeug und kam um neun Uhr abends in Boston an. Sie spielte erst mit dem Gedanken, noch am selben Abend zu ihrem Ziel zu fahren, aber verwarf den Gedanken dann, weil sie glaubte, daß sie zuviel von ihrem Glück verlangen würde. Sie verschob das Unternehmen auf den nächsten Morgen.

Sie fühlte sich wie eine Frau, die eine geheiligte Mission zu erfüllen hatte, als sie an diesem Abend in ihr Hotelbett stieg. Sie hatte keine Lust, in die Stadt zu gehen oder jemanden anzurufen. Eigentlich war sie körperlich gar nicht da. Alles schien ihr wie ein Traum, ein zwei Jahre alter Traum, den sie zum letztenmal durchleben wollte.

31

»Dr. Gregson?«

»Ja?« Nach seinem letzten Telefongespräch mit Marie am Flugplatz fühlte Peter sich noch immer verwirrt. Noch immer hatte er ein unheilschwangeres Gefühl, was ihre Reise nach Boston betraf. Aber er mußte ihren Entschluß respektieren und wußte, daß sie ein persönliches Problem zu bewältigen gedachte.

Trotzdem würde er erst ruhig sein, wenn sie wieder bei ihm war. Er blickte auf und versuchte, sich auf seine Krankenschwester zu konzentrieren. »Ja bitte?«

»Ein Mr. Hillyard ist draußen und möchte Sie sprechen. Er sagt, daß Sie ihn erwarten, und bei ihm sind drei seiner Geschäftspartner.«

»Gut, schicken Sie ihn herein.« Herr des Himmels, das hatte ihm gerade noch gefehlt, aber warum eigentlich nicht? Wenigstens würde er den jungen Mann nun sehen und kennenlernen. In Wirklichkeit hätte er altersmäßig sein Vater sein können, und der Gedanke machte ihn schwach. Er fragte sich, ob Marie manchmal Ähnliches dachte.

Die vier Männer betraten sein Büro und schüttelten ihm die Hand, man setzte sich und begann mit dem Gespräch. Die vier Männer wollten ihm in dem neuen Medizinischen Zentrum eine Praxis vermieten. Sie wiesen ihm eine Liste mit fünfzehn bekannten und erfolgreichen Ärzten vor, die sich zu einem Team zusammengefunden hatten, um im Medizinischen Zentrum zu arbeiten. Es bestand kein Zweifel, daß die Arbeitsbedingungen in diesem zentral gelegenen Gebäude für einen Mediziner ideal waren. Gregson brauchte nicht lange überredet zu werden, sondern versprach, seine neue Praxis im Medizinischen Zentrum anzusiedeln, des weiteren stellte er sogar in Aussicht, noch verschiedene seiner Kollegen für diesen Plan zu gewinnen. Obgleich seine Reaktionen auf die Fragen und Vorschläge mechanisch waren, beobachtete er doch während der ganzen Unterhaltung fasziniert Michael Hillyard. Das also war der Mann, an den er oft gedacht hatte. Er sah nicht wie ein gefährlicher Gegner aus, sondern nur jung und hübsch, allerdings auch ziemlich selbstsicher. Peter fühlte sich beunruhigt und erkannte, daß Marie und Michael sich glichen. Beide besaßen jene Energie, jene Bestimmtheit der Aussage, selbst der Humor schien bei beiden ähnlich. Diese Erkenntnis gab Peter das Gefühl, ausgeschlossen zu sein, und plötzlich wurde ihm einiges klar. Lange Zeit saß er still da und beobachtete Michael, ohne etwas zu sagen. Er hatte den Faden des Gespräches verloren, er hörte nicht mehr zu, in sich war er damit beschäftigt, seine Realität, die er so lange verdrängt hatte, zurechtzurücken. Wieder fragte er sich, warum Marie eigentlich nach Boston gereist war. Wollte sie mit den letzten Resten der Erinnerung brechen, oder wollte sie die Vergangenheit noch einmal voll aufleben lassen?

Zum erstenmal fragte sich Peter, ob er ein Recht hatte, sich einzumengen. Er brauchte Michael nur zu betrachten, und schon hatte er das Gefühl, die andere Seite Maries kennenzulernen, jene Seite nämlich, die er nie hatte sehen wollen. Dieser Mann repräsentierte einen Teil ihres Lebens, den er selbst nie verstanden hatte, einen Teil, den er sich geweigert hatte kennenzulernen. Er hatte gewollt, daß dieses Mädchen zu Marie Adamson wurde, für ihn war sie nie eine Nancy gewesen. Sie war ein neuer Mensch, ein Wesen, das unter seinen Händen geboren wurde. Aber nun erkannte er, daß sie noch jemand anders war. Die einzelnen Stücke des Puzzles begann ineinanderzuwachsen, und eine tiefe Resignation machte sich in ihm breit. Er fühlte einen schweren Verlust und begriff, daß er einen Krieg geführt hatte, den er nicht gewinnen konnte, und daß er versucht hatte, seine eigene Vergangenheit neu erstehen zu lassen. Marie war in Wirklichkeit ein neuer Mensch, das hatte er begriffen, und trotzdem gab es Augenblicke, in denen sie der Frau glich, die er geliebt hatte – der Frau, die gestorben war. Diese Augenblicke, wenn sich Marie in Livia verwandelte, waren seine Freude gewesen, und er genoß sie gleichermaßen wie die Realität jenes neuen Mädchens, das er selbst zum Leben erweckt hatte. Vielleicht hatte er kein Recht gehabt, die Sache so zu sehen. Noch nie hatte er mit einer Patientin so sehr freie Hand gehabt wie mit Marie, die sich nicht nur auf ihn allein verlassen konnte, sondern ihm auch gestattet hatte, alles mit ihr zu tun, was er wollte . . . alles, außer dem, was er jetzt wirklich mit ihr vorhatte. Während er Michael beobachtete, entdeckte er, daß er in Maries Leben eine Vaterrolle spielte. Sie selbst hatte das noch nicht begriffen, aber eines Tages, das wußte er, würden sich ihr die Augen öffnen.

Man war sich einig und erhob sich, man schüttelte sich die Hände, und Michaels drei Geschäftspartner hatten das Büro bereits verlassen und warteten im Vorraum. Gregson und Michael plauderten noch eine Weile höflich miteinander, als plötzlich Michaels Augen sich auf einen Punkt hinter Gregsons Schulter richteten und er kein Wort mehr hervorbrachte. Dort hing das Ölbild, das er vor zwei Jahren zum letztenmal gesehen hatte ... das Bild, das sein Hochzeitsgeschenk hätte werden sollen, das Bild, das damals jene Krankenschwestern aus ihrem Appartement gestohlen hatten. Nun hing es im Büro dieses Mannes, und jemand hatte es zu Ende gemalt. Wie hypnotisiert näherte sich Michael dem Bild, keine Kraft in der Welt hätte ihn davon zurückhalten können. Er blieb wie angewurzelt vor dem Bild stehen, dann starrte er auf die Unterschrift, als wüßte er bereits, was er lesen würde. In der unteren Ecke stand in winzigen Buchstaben der Name Marie Adamson.

»O mein Gott ... o mein Gott ...« Mehr konnte er nicht herausbringen, während Gregson ihn entgeistert anstarrte. »Aber wie ist das möglich? Das ist nicht möglich ... Herr des Himmels ... lieber Gott ... warum hat mir niemand gesagt? Was, zum Teufel ...« Aber plötzlich begriff er alles. Sie hatten ihn belogen. Sie lebte noch. Sie hatte sich verändert, aber sie lebte, kein Wunder, daß sie ihn gehaßt hatte. Er hatte nicht den geringsten Verdacht gehegt. Aber irgend etwas an ihr und irgend etwas an ihren Fotos hatte ihn beunruhigt und verfolgt. Als er sich nun zu Gregson umwandte, glänzten Tränen in seinen Augen.

Peter betrachtete ihn traurig, er fürchtete das, was nun kommen würde. »Lassen Sie sie in Ruhe, Hillyard, für sie ist alles vorbei, und sie hat genug durchgemacht.« Aber er hörte selbst, daß diese Worte keine Überzeugungskraft in sich bargen. Er hatte Michael an diesem Morgen betrachtet, und er war sich selbst nicht sicher, ob er ihn von ihr fernhalten sollte. Tief in ihm gab es einen Teil, der Michael mitzuteilen wünschte, wo sie sich befand.

Michael starrte ihn noch immer wie vom Donner gerührt an. »Sie haben mich belogen, Gregson, wußten Sie das? Sie haben mich belogen. Sie sagten mir, sie sei tot.« Nun waren seine Augen voller Tränen. »Ich habe zwei Jahre gearbeitet wie ein Roboter, ich habe gewünscht, an ihrer Stelle tot zu sein, verstehen Sie? Und die ganze Zeit über –« Er konnte nicht weitersprechen, und Gregson blickte zur Seite.

»Und als ich sie diese Woche traf, da wußte ich nicht ... ich ... ich muß sie ja umgebracht haben ... kein Wunder, daß sie mich haßt. Das tut sie doch, nicht wahr, sie haßt mich?«

Michael ließ sich in einen Sessel fallen und starrte auf das Ölbild.

Gregson antwortete: »Nein, sie haßt Sie nicht. Sie möchte nur endlich die Vergangenheit hinter sich lassen, und dazu hat sie ein gutes Recht.« Und ich habe auch ein Recht auf sie, wollte er hinzufügen, aber er konnte sich nicht dazu bewegen, die Worte auszusprechen. In diesem Augenblick schien es, als hätte Michael jene unausgesprochenen Worte gehört. Es fiel ihm ein, was man ihm erzählt hatte. Marie, so hieß es, habe einen Gönner, einen Schönheitschirurgen. Plötzlich bohrten sich diese Worte in sein Gehirn, und die ganze aufgestaute Wut, vermischt mit dem Schmerz der vergangenen zwei Jahre, brach über ihn herein. Er sprang auf die Füße und packte Gregson an den Aufschlägen seiner Jacke.

»Jetzt mal langsam, verdammt noch mal! Was für ein Recht haben Sie, mir zu sagen, daß sie alles hinter sich bringen will? Woher wissen Sie das denn, woher wollen Sie verstehen, was wir zusammen erlebt haben? Woher wissen Sie, was sie mir bedeutet und ich ihr? Wenn ich aus ihrem Leben verschwinde und kein Wort hinterlasse, dann werden Sie das bekommen, was Sie wollen, nicht wahr, Gregson? Haben Sie das vor? Ich sage Ihnen, ich pfeife auf Sie, zum Teufel mit Ihnen, Sie spielen hier mit meinem Leben, mein Herr, und ich habe das Gefühl, daß das vor Ihnen schon verschiedene Leute getan haben. Der einzige Mensch, der mir glaubhaft versichern kann, daß unsere Geschichte zu Ende ist, wird Nancy sein.«

»Hat sie Ihnen nicht bereits gesagt, daß Sie sie in Ruhe lassen sollen?« Seine Stimme war ruhig, er sah in Michaels Augen.

Michael wich vor ihm zurück, und in seinem Gesicht mischte sich Hoffnung, Ärger, Verwirrung. Zum erstenmal seit zwei Jahren regte sich wieder etwas in ihm. »Nein, Gregson, Marie

Adamson hat mir gesagt, ich solle sie in Ruhe lassen, Nancy McAllister hat seit zwei Jahren kein Wort mehr mehr mit mir gesprochen. Sie wird mir jetzt ziemlich viel erklären müssen. Wieso hat sie mich nicht angerufen? Wieso hat sie mir nicht geschrieben? Wieso hat sie mich nicht wissen lassen, daß sie am Leben ist? Und warum hat sie mir sagen lassen, sie sei tot? Hat sie mir das sagen lassen, oder . . . oder hat jemand anders sich das ausgedacht? Und da wir schon dabei sind –«, er haßte es, diese Frage zu stellen, weil er die Antwort bereits kannte – »wer hat für die Behandlung bezahlt?«

»Auf einige Ihrer Fragen weiß ich keine Antwort, Mr. Hillyard.«

»Dann beantworten Sie die, die Sie beantworten können!«

»In meinem Beruf hat man nicht die Freiheit . . .«

»Kommen Sie mir nicht so!« Michael näherte sich ihm drohend, und Peter stoppte ihn mit einer Handbewegung.

»Ihre Mutter hat für Maries Operation bezahlt, seit zwei Jahren zahlt sie auch für ihren Unterhalt. Keine kleinen Beträge.« Das war es, was Michael befürchtet hatte, und trotzdem schokkierte ihn das Gehörte nicht so sehr. Es paßte genau in das Bild, das sich vor seinen Augen verdichtete, und er wußte, daß auf irgendeine verquere und närrische Art seine Mutter geglaubt hatte, das Richtige für ihn zu tun. Wenigstens hatte sie ihn nun zu Nancy zurückgeführt. Er blickte zu Gregson auf und nickte langsam mit dem Kopf. »Und was ist mit Ihnen? Was für eine Beziehung haben Sie zu Nancy?« Nun wollte er alles wissen.

»Ich glaube nicht, daß Sie das etwas angeht.«

»Hören Sie, verdammt noch mal . . .« Wieder wollte er auf Peter Gregson losgehen, aber dieser hob seine Hände, um ihn abzuwehren.

»Warum lassen wir es nicht auf sich bewenden? Gut, die Antworten sollen alle von Marie kommen. Sie soll uns sagen, was sie will und wen sie will. Vielleicht will sie keinen von uns beiden, haben Sie daran schon gedacht? Was immer der Grund sein mag, Sie haben zwei Jahre keinen Kontakt zu ihr gehabt, und um von mir zu sprechen, ich bin fast doppelt so alt wie Sie und leide, wie es sich jetzt immer mehr herausstellt, unter einem Pygmalionkomplex.« Er ließ sich schwer auf seinen Schreibtischstuhl fallen und lächelte reuig. »Fast hab ich jetzt den Eindruck, daß sie am besten mit einem dritten Mann fahren würde.«

»Da haben Sie vielleicht recht, aber diesmal will ich, daß sie mir das selber sagt.« Michael warf einen Blick auf seine Uhr. »Ich gehe jetzt sofort in ihre Wohnung.«

»Das wird Ihnen nicht viel nützen.« Peter beobachtete Michael und strich seinen Bart. Beinahe hätte er dem Burschen Glück gewünscht – beinahe. »Kurz bevor Sie kamen, hat sie mich vom Flugplatz aus angerufen.«

Wieder wirkte Michael schockiert. »Was denn nun? Wo ist sie hingeflogen?«

Peter Gregson zögerte lange Sekunden, er war nicht dazu verpflichtet, Michael das Ziel ihrer Reise zu nennen, nein, das war er nicht.

»Sie ist nach Boston geflogen.«

Michael fixierte ihn für Augenblicke, dann blühte ein kleines Lächeln um seinen Mund auf. Er sprang auf und rannte zur Tür. Dort blieb er kurz stehen und blickte über seine Schulter zurück. Nun lächelte er, er grinste von einem Ohr zum anderen. »Vielen Dank.«

32

Schon vor dem Morgengrauen war sie aufgestanden. Sie fühlte sich kraftvoll, lebendig und wach. Sie fühlte sich besser, als sie sich seit Jahren gefühlt hatte. Fast war sie nun frei. In ein paar Stunden würde sie sich von allem befreit haben. Es war, als hätte jenes kindliche Versprechen von damals sie bis heute in seinem Bann gehalten. Aber natürlich nur, weil sie es zugelassen hatte. Sie selbst hatte dem Versprechen gestattet, solche Macht über sie auszuüben.

Sie nahm sich nicht die Zeit, richtig zu frühstücken. Sie schüttete zwei Tassen Kaffee hinunter und stieg in ein Mietauto. Sie würde in zwei Stunden am Ziel sein, gegen zehn. Mittags wäre sie zurück im Hotel und könnte dann ins Flugzeug nach San Francisco steigen, um am frühen Abend wieder zu Hause zu sein. Vielleicht würde sie sogar noch Peter in der Praxis abholen können. Der arme Kerl war so geduldig mit ihr gewesen, als sie ihn mit der fixen Idee ihrer Reise überrascht hatte.

Sie bemerkte, daß sie an ihn dachte, als sie so dahinfuhr, und im stillen wünschte sie, ihm mehr gegeben zu haben, ihm mehr gewesen zu sein, als es der Fall war. Vielleicht würde sich das alles mit dem heutigen Tag ändern . . . oder kam das vielleicht daher, daß . . . sie erlaubte sich nicht, diesen Gedanken zu Ende zu denken. Selbstverständlich liebte sie Peter, darum ging es im Augenblick nicht.

Sie fuhr durch die Landschaft Neuenglands und bemerkte wenig von der Umgebung. Noch immer lagen die Felder und Wiesen dunkel und grau im Morgenlicht, die Bäume standen kahl, und nirgend zeigte sich ein grünes Blättchen. Es war, als habe diese Landschaft zwei Jahre in totenähnlichem Schlaf verbracht. Um halb zehn fuhr Nancy an der River Beach vorbei, an der damals der Jahrmarkt stattgefunden hatte, und ihr Herz machte einen kleinen Sprung. Dann folgte der Wagen der alten Straße, die sich an der Küste entlangschlängelte. Sie fühlte, daß ihre Glieder etwas steif waren, spürte aber keine Müdigkeit, sondern war erregt und nervös, sie mußte es einfach tun . . . sie konnte nicht anders . . . schon sah sie den Baum zwischen den Klippen stehen. Und dann stand sie vor ihm. Lange Zeit starrte sie ihn an, als wäre er der Hüter aller Geheimnisse, als wisse er ihre Geschichte und hätte auf ihre Rückkehr gewartet. Sie sah ihn an wie einen alten Freund, aber nun war er wohl kein alter Freund mehr. Wie alle anderen Dinge und Menschen, die sie je geliebt hatte, war er zum Fremdling geworden. Er war nichts weiter als ein Grabstein auf Nancy McAllisters Grab.

Sie blieb vor ihm stehen und lief dann die paar Schritte über den Sand zu dem großen Felsen. Dort lag er immer noch, niemand hatte ihn weggerollt, auch das Meer hatte ihn nicht verschieben können. Nur sie beide, Michael und sie selbst, hatten ihn damals bewegt, in verschiedene Richtungen und mit verschiedenen Worten hatten sie ihn bewegt. Lange Zeit stand sie so, als versuche sie, Kraft zu sammeln, ihren Mut zusammenzunehmen und das zu tun, was zu tun war. Endlich bückte sie sich und schob mit aller Kraft. Der Felsen ließ sich um Millimeter verrücken, und rasch fuhr sie mit einem Stock in den Sand unter dem Stein und suchte. Aber nichts war zu finden. Atemlos ließ sie den Felsen in sein gewohntes Bett zurückgleiten und drückte dann mit neuer Kraft. Diesmal wurde ihr klar, daß die Suche umsonst war, daß sie nichts finden würde. Was immer unter dem Felsen gelegen hatte, es war verschwunden. Jemand hatte die Perlenkette geholt. Nancy ließ den Felsen zurückgleiten und hörte plötzlich eine Stimme: »Du kannst sie nicht kriegen, denn die gehören jemand anderem, jemandem, den ich geliebt habe, jemandem, den ich niemals vergessen habe.«

Tränen standen in Michaels Augen, als er das sagte. Er hatte die ganze Nacht auf ihr Kommen gewartet. Er hatte einen Jet chartern müssen, um vor ihr einzutreffen, aber wenn es nach ihm gegangen wäre, wäre er auch mit seinen eigenen Flügeln nach Boston geflogen. Er streckte ihr die Hand entgegen, und sie bemerkte die Perlenkette, an der noch feuchter Sand haftete. Ihre Augen füllten sich mit Tränen, als sie die blauen Perlen sah.

»Ich versprach, nie Adieu zu sagen, und ich habe nie Adieu gesagt.« Er wandte den Blick nicht von ihr, als sie sich so gegenüberstanden.

»Du hast nie versucht, mich zu finden.«

»Sie haben mir gesagt, du seist tot.«

»Ich habe versprochen, dich nicht wiederzusehen, wenn ... wenn sie mir ein neues Gesicht kaufen würden. Ich habe das versprochen, weil ich glaubte, daß du mich finden würdest. Aber du hast mich ... nie gefunden.«

»Ich hätte dich gefunden, wenn ich das gewußt hätte. Hast du denn vergessen, was du mir versprochen hast?«

Sie schloß ihre Augen und sprach feierlich, und zum erstenmal seit langer Zeit mit der Stimme Nancy McAllisters, der Stimme, die er geliebt hatte und die nicht glatt und künstlich war wie jene, mit der sie nur zu sprechen gelernt hatte: »Ich verspreche, nie zu vergessen, was hier vergraben liegt, noch das, was es bedeuten soll.«

»Hast du es vergessen?« Tränen rannen langsam über seine Wangen. Er dachte an Gregson und an die zwei vergangenen Jahre.

Sie schüttelte ihren Kopf. »Nein, ich habe es nicht vergessen, aber ich gebe zu, mit aller Kraft versucht zu haben, es zu vergessen.«

»Willst du dich jetzt daran erinnern? Nancy, willst du . . .?« Er konnte nicht mehr sprechen. Er trat auf sie zu, zog sie in seine Arme und drückte sie an sich. »O Gott, Nancy, ich liebe dich, ich habe dich immer geliebt, ich dachte, ich würde sterben . . . als ich dachte, du seist tot. Ja, ich bin damals, als sie es mir sagten, gestorben.«

Sie weinte viel zu heftig, um antworten zu können, die vielen endlosen trostlosen Tage und Monate fielen ihr ein, die Jahre, in denen sie auf ihn gewartet und in denen sie ihre Hoffnung begraben hatte. Sie umarmte ihn, klammerte sich an ihn, als wolle sie ihn nie mehr loslassen. Endlich kam sie zu Atem und lächelte ein kleines Lächeln. »Liebling, ich liebe dich auch, ich habe immer gewußt, daß du mich finden würdest.«

»Nancy . . . Marie . . . wie, zum Teufel, du immer heißen magst«, plötzlich lachten beide wie die Kinder, trotz ihrer Tränen, »bitte, würdest du mir die Ehre erweisen und meine Frau werden? Ich meine, diesmal wie zivilisierte Menschen mit einer wunderbaren Hochzeit, Gästen, Musik und . . .« Er dachte an die Hochzeit seiner Mutter, die er vor ein paar Wochen erlebt hatte, und er wunderte sich, wie wenig er ihr zürnte. Er hätte seine Mutter für das, was sie ihm angetan hatte, hassen sollen; statt dessen wollte er ihr vergeben. Er hatte Nancy wieder. Mehr brauchte er nicht. Er lächelte auf sie herab, sie lag in seinen Armen, und er stellte sich das Hochzeitsfest vor. Aber sie schüttelte den Kopf, und er glaubte, das Herz bleibe ihm stehen.

»Wollen wir wirklich so lange warten? Wollen wir das wirklich alles machen, mit Musik und Leuten und . . .?«

»Willst du damit vielleicht vorschlagen . . .?« Er wagte es nicht auszusprechen, aber sie nickte.

»Ja, warum nicht, jetzt gleich, ich kann nicht wieder warten, ich könnte kein Warten mehr ertragen, ich hätte jeden Augenblick Angst, daß wieder etwas geschehen könnte, daß diesmal vielleicht dir etwas zustoßen könnte.«

Er nickte wortlos und hielt sie an sich gedrückt, während die Wellen sich schäumend an den Felsen der Küste brachen und die schwache Wintersonne langsam hinter den Wolken hervortrat. Er hatte alles verstanden.